엄마, 큰소리로
노래를 불러요

416 단원고 약전 **짧은, 그리고 영원한 5권**

엄마, 큰소리로 노래를 불러요

2학년 5반

경기도교육청 약전작가단 지음
경기도교육청 엮음

발간사

《단원고 약전》으로 영원히 기리다

'기록하지 않은 기억은 망각되고, 기록은 역사가 된다.' 우리가 오늘 그날의 이야기를 기록하는 이유입니다. 단원고 학생과 교사 261명을 포함해 모두 304명의 목숨을 앗아간 4.16 세월호 참사. 그들의 못다 한 꿈을 영원히 기억하고 우리의 책임을 통감하며 후대에 교훈으로 남기기 위해 이 참사를 기록하게 되었습니다.

'세월호'의 기록은 우리 시대의 임무입니다. '세월호'를 하나의 사건으로만 기억하지 않고 역사의 기록으로 남겨야 하는 이유는 가장 소중한 가족을 잃은 사람들의 비통함 때문만은 아닙니다. 안전 불감증이라는 사회적 성찰과 국가의 부끄러운 안전 정책은 물론 역사의 진실을 제대로 알리고자 하는 마음이 모여 한 장 한 장 피맺힌 절규를 담게 되었습니다.

희생자 한 명 한 명의 삶과 꿈, 그 가족과 친구들의 기억을 기록하는 데 그치지 않고, 어떻게 기록해야 진실을 올곧게 담아내고 가장 많은 사람들과 이 기억을 공유할 수 있을까를 생각했습니다. 그래서 이번 참사의 아픔을 함께하고, 우리 시대의 사랑과 분노, 희망과 좌절을 문학 작품으로 기록해 온 작가들을 약전 필자로 모셨습니다. 아무리 훌륭한 작가가 있다 해도 아들딸, 형제자매를 떠나보낸 가족들이 이들을 만나서 이야기해 주지 않았다면 단 한 줄도 기록할 수 없었을 것입니다. 약전 발간에 대한 가족들의 관심과 참여가 1만 매가 넘는 원고를 만들어 낸 가장 소중한 밑거름이 되었습니다.

약전 작가와 발간위원들은 가족들이 있는 합동분향소, 광화문광장, 팽목항으로 찾아가 묵묵히 그 곁을 지키며 함께했습니다. 눈을 마주치고 짧은 인사를 나누고, 그렇게 시작해 몇 시간씩 마주 앉아 함께 울고 웃으며 '지금은 천 개의 바람이 되어 버린 그들'에 대한 이야기를 나눴습니다.

이렇게 12권의 책이 만들어졌습니다. 경기도는 물론 전국 방방곡곡에서 단원고 학생과 교사들의 삶을 약전을 통해 다시 만나고 그들과 함께할 것입니다. 그들의 꿈과 미래가 영원히 우리 곁에서 피어나길 기원하며, 이 시대를 살아가는 모든 분께 《단원고 약전》을 바칩니다.

2016년 1월

경기도교육청

기록의 소중함

《삼국유사》가 전승되지 않았더라면 천년 이후에 우리는 신라의 향가를 비롯해 우리 고대의 역사, 문화, 풍속, 인물들을 어떻게 추론할 수 있었을까? 모두 알다시피 정사인 《삼국사기》와 달리 《삼국유사》는 최초로 단군신화를 수록하고 학승, 율사와 같은 위인의 전기뿐만 아니라 선남선녀들의 효행을 기록했다. 우리가 진정 문화 민족의 후예임을 밝혀 주는 보물 같은 기록이다.

사마천의 《사기》 역시 마찬가지로 문명사회의 시원과 중국 고대사를 비추는 찬란한 등불이다. 그리고 나아가 이제는 인류의 공동 자산이 되었다. 흥미로운 것은 방대한 《사기》에서 가장 많이 사랑받는 부분은 '제왕본기'가 아니라 당대의 문제적 인간들의 이야기를 엮은 '열전'이다. 지배 계층 인물보다 골계 열전에 엮은, 당시 민중의 살아 숨쉬는 모습이 압권이다. 실로 이천여 년 전의 인간이라 믿기 어려울 정도로 사실적이다.

《삼국유사》와 《사기》 안에 부조된 인간사는 현대에도 부단히 여러 예술 장르로 부활, 변용되고 있다. 기록은 그토록 소중한 작업이다.

세월호 참사에 대한 보도, 영상물을 비롯한 기타 자료 등은 넘치고 또 넘친다. 해난사고가 참사로 이어지는 과정에 대한 탐구, 분석, 평가 또한 앞으로 이어질 것이다.

'바다를 덮친 민영화의 위험성', '무분별한 규제 완화', '정부의 재난 대응 역량' 등의 문제는 정치의 영역일 터이다.

우리 139명 작가들과 6명의 발간위원들은 4.16 참사라는 역사적 대사건의 심층을 들여다보고 이를 기록하고자 했다. "잘 다녀올게요" 하고 환하게 웃으며 수학여행을 떠난 그들이 어떤 꿈과 희망을 부여안고 어떤 난관과 절망에 부딪치며 살았는지 있는 그대로 되살려 내고자 했다. 여기에는 결코 어떤 집단의 유불리나, 하물며 정치적 의도 같은 것이 있을 리 없다.

파릇한 나이에 서둘러 하늘로 떠나 버린 십대들의 삶과, 또한 이들과 동고동락한 선생님들의 생애를 고스란히 사실적으로 담았다.

로마의 폼페이 유적지에서 이천여 년의 시간을 뚫고 솟아난 한 장의 프레스코화는 실로 눈부시다. 머리 빗는 여성의 풍만한 몸매와 신라 여인을 연상시키는 의상, 그리고 이를 바라보는 어린 아들의 익살스런 포즈는 그 시대를 단번에 현대인에게 일러 준다.

프레스코화 기법의 핵심은 젖은 회반죽이 채 마르기 전에 그리는 것이라고 한다. 우리 역시 비극의 잔해가 상기 남아 있는 시기에 약전을 쓰려고 했다. 무척 고통스럽고 슬픈 작업이었다. 작가들은 떠나간 아이들과, 그리고 남아 있는 부모와 가족, 친지들과 함께 다시 비극의 한가운데 오래 머물러야 했다.

'왕조실록', '용비어천가', 《삼국사기》가 역사 기록이듯 '녹두장군', '갑오동학혁명', 무명의 여인들이 쓴 형식 파괴의 '사설시조' 등도 전통의 지평을 넓히는 우리 문화유산이다. 평가와 선택은 후세가 할 것이다. 우리는 다만 동시대인으로서 비극에 얽힌 인물들의 이야기를 기록한다.

함께 별이 된 아이들과 교사들이 하늘에서 편하시기를 기도하며, 고통스런 작업에 참여해 주신 가족, 친지분과 작가 여러분께 깊이 감사드린다.

2016년 1월

유시춘 (작가, 약전발간위원장)

2학년 1반

1권 | 너와 나의 슈가젤리

고해인 해바라기의 창
김민지 Be Alright
김민희 그러니까 민희는
김수경 나는야 친구들 고민 해결사
김수진 사랑하는 방법을 아세요?
김영경 영롱한 날의 풍경
김예은 예은이의 웃음소리
김주아 유려한 강물의 기운을 타고난 아이
김현정 어느 멋진 날
박성빈 깊고 넓은 우주, 버릴 게 하나도 없는 우리 딸
우소영 단원고의 이나영이라 불렸던 아이
유미지 구름은 왜 구름일까?
이수연 춤과 노래를 좋아하는 수재
이연화 너와 나의 슈가젤리
한고운 오래된 골목 속으로 사라지다

2학년 2반

2권 | 작은 새, 너른 날갯짓

강수정 웨딩드레스 디자이너를 꿈꾸며
강우영 내 곁에 있어야 할 넌 지금 어디에
길채원 우리들의 메텔
김민지 아프로디테 민지
김소정 아름다운 것이 없다면 세상은 끔찍한 곳이겠지
김수정 세상에서 만난 모든 것을 사랑했네
김주희 망고 한 조각
김지윤 추억의 창고, 노란 앨범
남수빈 마음은 이미 사학자
남지현 지현이의 기도
박정은 괜찮아요? 괜찮아요!
박혜선 엄마, 가끔 하늘을 봐 주세요
송지나 쪽지 편지
양온유 갑판에서 다시 선실로 뛰어든 반장
오유정 오! 유정 빵집에 오신 걸 환영합니다
윤민지 빛과 소금처럼
윤 솔 내 눈 속에 이쁨
이혜경 초록, 오렌지, 분홍, 빨강
전하영 작은 새, 너른 날갯짓
정지아 정지아 족장님의 아름다운 생애
조서우 춤추는 손
한세영 태풍이 지나간 자리에
허유림 시간 여행, 유림이의 역사 속으로

2학년 3반

3권 | 우습게 보지 마, 후회할 거니까

김담비	담비, 가족을 이어 준 복덩이
김도언	사랑으로 자라 사랑을 베풀며
김빛나라	내면이 툭 터져 영글어 가던 그때
김소연	아빠는 내 친구
김수경	따뜻한 눈사람, 수경이
김시연	깨박 시연, 그리고 재광
김영은	타고난 복
김주은	내 웃음소리를 기억해 주세요
김지인	나 행복해
박영란	영원한 작은 새, 엘리사벳
박예슬	또각또각 구두 소리
박지우	선물 같은 아이
박지윤	그림이 된 소녀
박채연	언제나 세상 모든 것이었던 채연아
백지숙	가만히 빛나는
신승희	멈춰 버린 시간을 붙잡고 싶어
유예은	우습게 보지 마, 후회할 거니까
유혜원	팔색조 같은 우리의 친구
이지민	궁극의 에이스를 위하여
장주이	주이라는 아름다운 세계
전영수	나의 신(神), 나의 교주, 나의 딸
정예진	눈이 오는 날마다, 너는
최수희	88100488
최윤민	머리부터 발끝까지 이쁜 아이
한은지	코스모스를 닮은 은지야
황지현	꿈이 없으면 뭐 어때!

2학년 4반

4권 | 제 별에서 여러분들을 보고 있을게요

강승묵	소울이 가장 중요한 '단세포밴드'
강신욱	푸근하고 듬직한 신욱이
강 혁	순애 씨의 하얀 돼지
권오천	세상을 다 가진 소년
김건우	작은 거인 건우 이야기
김대희	지켜 주고 싶어서
김동혁	엄마가 가져온 변화, 그리고 가족의 행복
김범수	이 똥깔놈!
김용진	마술이 마법처럼 제 삶을 바꿨어요
김웅기	잘 다녀오겠습니다
김윤수	하늘나라 작가가 된 윤수
김정현	형! 나 정현이야
김호연	진중하고 단정한 아이, 호연이
박수현	"사랑"을 입버릇처럼 말하던 소년
박정훈	정든 포도나무, 박정훈
빈하용	제 별에서 여러분들을 보고 있을게요
슬라바	주문을 외우면
안준혁	착한 돼지가 아니면 안 '돼지'
안형준	천둥 치는 날, 꼭 와야 해
임경빈	멋진 발차기 태권 소년 경빈이
임요한	파랑새의 집
장진용	쾌남, 주니어
정차웅	열여덟, 연둣빛처럼
정휘범	886번째 수요일부터 그다음 수요일까지
진우혁	그림, 라면, 게임, 우혁이를 표현하는 세 단어
최성호	벚꽃엔딩
한정무	충분히 좋은 기억
홍순영	여기, 한 아이가 있다

2학년 5반
5권 | 엄마, 큰 소리로 노래를 불러요

김건우1 속정 깊은 쿨 가이
김건우2 책임감과 배려심이 강했던 진정한 축구돌
김도현 자유로운 영혼의 작은 천재 피아니스트
김민성 속 깊고 철들었던 아들
김성현 형의 자리에 앉아
김완준 그 새벽의 주인공
김인호 사랑했고, 사랑하고, 영원히 사랑할 사람에게
김진광 나는 듣는 사람, 내가 네게 갈게!
김한별 한별아 나의 아가
문중식 체체, 엄마를 지켜 줘!
박성호 평화와 정의 실현을 꿈꾼 어린 사제
박준민 행복한 마마보이
박홍래 한 마리 자유로운 새가 되어 날아왔어요
서동진 끼가 넘치는 명랑 소년, 서동진
오준영 엄마의 편지 : 안산은 아침이 아프다
이석준 영원한 아가, 이석준 이야기
이진환 곁에만 있어도 절로 웃음이 나는 아이
이창현 바람처럼 빠르고 햇살처럼 따스한
이홍승 나는 이홍승
인태범 와스타디움 '편지 중계' 다시 쫌 안 되겠니?
정이삭 엄마, 큰 소리로 노래를 불러요
조성원 오! 해피 데이
천인호 너는 사랑만 주었다
최남혁 보석처럼 빛나는 아들
최민석 민석이는 떠나지 않았다

2학년 6반
6권 | 그만 울고 웃어 줘

구태민 아름다운 힘, 태민
권순범 너무 일찍 철이 든 아이
김동영 짖지 않는 바람처럼
김동협 여러분, 김동협의 모노드라마 보러 오실래요
김민규 이제 그만 울고 모두를 위해 웃어 줘, 엄마
김승태 아빠, 부탁해요!
김승혁 특별하지 않아 가장 특별했던 아이
김승환 선명한 밝은 빛, 저를 기억해 주세요
박새도 아직은 친구보다 가족이 더 좋았던 아이
서재능 큰 소리로 꿈을 말하다
선우진 네가 있는 세상보다 더 좋은 건 없을 거야
신호성 18세의 아리랑고개
이건계 내가 알고 있는 건계
이다운 이 노래 그대에게 들릴 수 있기를
이세현 나타날 수 없지만 분명히 존재한다
이영만 따뜻한 웃음, 순수한 영혼
이장환 장환이가 우리 친구라서
이태민 요리의 제왕, 이태민
전현탁 너처럼 착한 아이
정원석 빛을 가진 아이
최덕하 결정적 순간
홍종영 평등한 세상을 꿈꾼 쌍둥이 형
황민우 민우의 바다

곽수인 다정한 아들이 될게요, 언제까지나
국승현 보라색 꿈이 된 승현이
김민수 렛잇고, 아무런 문제도 없어……
김상호 희망이 있어서 더 아름다웠던 시절
김성빈 '가족'과 함께했던 행복 발자취
김수빈 착한 놈, 씩씩한 놈, 행복을 주는 놈
김정민 너를 통해 보는 네 모습
나강민 기억 속의 소년
박성복 박성복 보고서
박인배 나는 두렵지 않다
박현섭 매일 너의 이름을 부른다, 현섭아
서현섭 나의 일기
성민재 땡큐, 크리스토프
손찬우 요리가 좋아지기 시작한 봄
송강현 게임의 왕, 강현이의 꿈
안중근 소중한 것들을 대하는 그의 태도
양철민 불꽃놀이 하자, 철민아!
오영석 웃고 웃기며 사는 즐거운 인생
이강명 안 되면 되게 하라
이근형 영원한 동생바보
이민우 어느 날 갑자기
이수빈 수학자를 꿈꾼 수빈이
이정인 사랑하는 사람들과 함께했던 소년의 시간
이준우 2차원과 3차원을 연결하기 위해
이진형 기억 속에 피는 꽃
전찬호 내 생애 가장 긴 편지
정동수 예비 로봇 공학자
최현주 힘껏 사랑받는 사람
허재강 엄마가 강이를 키웠고 강이는 엄마를 키웠다

고우재 다시, 길 위에서
김대현 말 없는 바른 생활 사나이
김동현 달려라, 김동현!
김선우 먼 훗날의 옛날이야기
김영창 가슴 시린 이야기
김재영 엄마, 사랑해요
김제훈 형은 나의 우주입니다
김창헌 애인 같은, 철든 아들
박선균 로봇을 사랑한 소년
박수찬 수찬의 나날
박시찬 시와 찬양을 간직한 사람, 박시찬
백승현 혼자 떠나는 여행은 어떤 것일까?
안주현 기타 치는 자동차공학자
이승민 승민이와 엄마의 오랜 습관
이재욱 생명, 환경을 사랑한 재능꾸러기
이호진 너와 우리의 시작을 생각한다
임건우 우리 형은 열아홉 살
임현진 그 허연 얼굴과 까만 안경도 무척 이쁘지만
장준형 엄마는 이름이 많아
전현우 속 깊은 아이
조봉석 태권 보이 조봉석
조찬민 소울 푸드 요리사 조찬민
지상준 이 소년이 사랑한 것들
최정수 미래를 연출하다

2학년 9반

9권 | 네 잎 클로버를 키운 소녀

고하영	담담하고 당당하게!
권민경	네 잎 클로버를 키운 소녀
김민정	엄마의 꽃 민정이
김아라	김아라, 수호천사 우리 딸!
김초예	누구랑 여행해도, 어디를 여행해도
김해화	엄마, 얼굴 예쁘게 작게 낳아 줘서 고마워
김혜선	그리움의 조각을 이어 붙이다
박예지	행복한 사람, 자기를 사랑할 줄 아는 사람
배향매	다시 올게요
오경미	그날, 무대의 막이 오를 때
이보미	보미의 편지
이수진	아기 고래의 꿈
이한솔	놀기도 잘하고 공부도 잘하던 당찬 공주
임세희	노란 나비가 되어 다시 찾아오렴
정다빈	빵을 만드는 작가
정다혜	항상 멋진 정다혜!
조은정	'효녀 은정'이라고 불러 줘
진윤희	포에버 영원한 친구, 윤희
최진아	나의 샤고양이 똑순이(쑤니)에게
편다인	별이 언니의 Star's Story

2학년 10반

10권 | 팥빙수와 햇살

구보현	이렇게 행복해도 되나 가끔 두려워
권지혜	미소 천사 지혜
김다영	간직해 줘요, 깨알 편지에 새긴 내 무늬
김민정	태어나 줘서 고마운 아이, 민정이
김송희	엄마랑 같이 행복하게 산다더니
김슬기	빨리 와, 나 화장실 가야 해
김유민	다시 태어나도 엄마와 함께
김주희	짧은 생애 그러나 큰 기쁨을 주었던 김주희를 기억하며
박정슬	마음을 담아, 사랑하는 사람들에게
이가영	더 가까이, 더 따듯하게!
이경민	갱이 이모
이경주	혼자 우는 친구가 있다면 늘 그 옆에 있고 싶다
이다혜	다 덤비라고 해, 나 이다혜야!
이단비	참 행복한 아이, 단비
이소진	그래도 나는 동생이 좋아
이해주	춤 잘 추는 영원한 반장
장수정	내 카페에 오는 사람들에게 천국을 보여 주고 싶다
장혜원	팥빙수와 햇살

선생님

11권 | 우리 애기들을 살려야 해요

그리고

12권 | 세월호와 함께 사라진 304개의 우주

별이 된 아이들 이야기

속정 깊은 쿨 가이

안산 단원고 2학년 5반 **김건우**

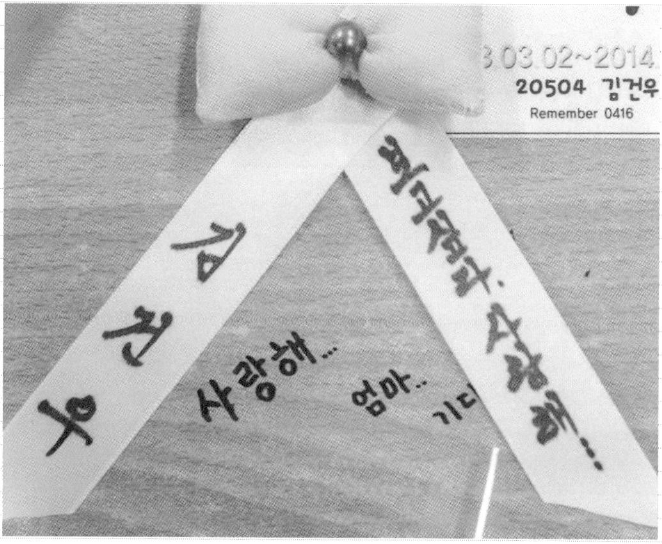

1. 시크한 차도남 김건우.
2. 친할머니의 칠순 기념으로 온 가족이 여수로 여행 갔을 때, 건우는 중학교 3학년이었다.
3. 고1 때 UCC를 함께 만들던 친구들. 왼쪽부터 이준우, 이재욱, 김건우, 최성호, 김제훈.
성호는 다른 반이어서 원래 사진에는 빠져 있었으나,
사고 후 다섯 친구들이 절친이란 걸 알게 된 부모님들이 성호 사진을 합성했다.

속정 깊은 쿨 가이

건우요? 시크한 차도남이라고 할까요? 쿨해요. 겉으로 보면 차갑게 보일 수도 있는데, 알고 보면 속정 깊은 카리스마 가이예요. 좀 멋있어요. 호호, 이거, 제 아들이라서 하는 말이 아니에요.

제가 퇴근해서 집에 가면 늘 건우가 문을 열어 줘요. 학원 같은 데 다니는 거 싫어했거든요. 문 열고 제 얼굴 보자마자 첫마디가, '밥 줘!'예요. 그러면 제가 그러죠. 넌 엄마 얼굴이 밥으로 보이니? 한참 먹을 때잖아요. 정말로 먹고 돌아서면 배고픈가 봐요. 맞벌이를 하니까 집에 늘 간식거리를 잔뜩 사 놓지만 금방 없어져요. 밥 먹고 나면 리온이 데리고 같이 저녁 산책도 종종 했어요. 리온이가 누구냐고요? 후후, 우리 집 강아지예요. 건우가 이름 지어 줬어요. 이리온, 하하, 이씨냐고요? 아니, 김씨죠, 김이리온. 재치 있죠?

걔 성격을 한마디로 말하면 굉장히 합리적인 애예요. 불합리한 걸 유독 싫어했어요. 조금만 불합리하다고 생각되면 가차 없이 비판하는데, 그중에서도 우리나라 교육 정책에 대해서 신랄하게 비판했어요. 학생이라서 더 그랬겠죠.

건우는 문과보다는 이과적인 머리를 타고 났어요. 전자로봇, 레고닥터 이런 거 대회 나가면 맡아 놓고 상을 받아 왔어요. 초등학교 고학년 때부터 중학교 때까지 일주일에 한 번씩 에리카 캠퍼스에 가서 과학 실험을 하기도 했어요. 에리카요? 한양대예요. 안산에 있는 한양대 캠퍼스를 그렇게 불러요.

성격이 좀 급한 게 단점이지만, 안 풀리는 게 있으면 끝까지 파고드는 기질이라고 교수님이 그러셨대요. 그 교수님이 건우 아빠랑 친분이 있어서 따로 말씀을 해 주셨나 봐요. 건우는 딱 연구자 스타일이라고 말하셨대요. 잘 모르는 게 있으면 누구한테 물어볼 수도 있잖아요. 그런데 절대로 그러지 않는대요. 끙끙거리면서도 혼자 파고들어서 알아내야 직성이 풀리는 외골수적인 면에다가 논리적인 사고방식이 딱 연구자 스타일이라는 거예요.

초등학생 때부터 죽 그랬어요. 과학적인 원리를 이해하고, 그걸 토대로 뭘 만드는 걸 잘했어요. 4월 달, 과학의 날에 학교에서 대회 같은 걸 하거든요. 그러면 항상 상을 받았으니까요. 물 로켓 같은 것도 만들고, 얘가 마지막으로 만든 게 고무줄 동력으로 가는 자동차였어요. 최우수상 받았어요. 나가면 늘 상을 받으니까, 별로 대수롭지 않다는 듯이 상장을 틱, 던져 주는 거예요.

그런데 수학이 안 되는 거예요. 학원 같은 거 체질에 맞지 않는 앤데, 수학은 아무리 해도 혼자서 잘 안 되니까, 수학 과목만 과외를 받아 보고 싶다고 했어요. 그게 고1 겨울 방학 때였어요. 그러면서 투덜거렸어요.

"수학을 이렇게까지 어렵게 공부해야 되는 이유가 뭔지 모르겠어요. 이 정도의 고등수학은 대학에 가서 해도 늦지 않는데. 어떤 전공을 할지 결정된 것도 아닌데 이과 학생들 전부 이렇게 수학에 에너지를 쏟아야 될 이유가 뭐람? 따지고 보면 엄청난 국가적 낭비라구요."

굉장히 억울해했어요. 수학 한 과목 때문에 자기가 좋아하는 과학을 할 수 없을 것 같으니까, 화도 났겠죠.

저는 포기하지 말라고 했어요.

"교수님도 그랬잖아. 너는 능력이나 기질이나 이런 게 다 이과 체질에 딱 맞다고. 너는 무조건 이과를 가야 돼."

제가 이렇게 말하면, 엄마가 자기 편들어 준다고 좋아하지도 않아요. 뭘 잘 알지도 못하면서 막무가내로 말하는 제가 오히려 답답했나 봐요. 건우가 한숨을 푹 내쉬면서 말하더군요.

"엄마, 나도 그러고 싶지만 현실은 그렇지 않으니까 문제죠. 사실 꼭 한길만 있는 것도 아닐 거예요. 다른 걸 하면서도 제가 가고 싶은 길을 갈 수 있을 거예요. 제가 답답한 건, 융통성이라고는 없는 우리나라 교육 제도예요."

이렇게 말할 땐 얼마나 의젓한지 몰라요. 그러면서 저한테 무슨 웹툰을 보라고 하더군요. 엄마가 자기를 잘 이해하지 못하는 것 같다면서 말이죠. 이 만화를 보면 자기를 이해할 수 있을 거라더군요. 교육 부조리를 다룬 만화라고 했는데, 그 제목은 기억이 안 나요.

이러니 건우에게 야단맞아도 싸요. 저는 맨날 건우에게 야단맞았어요. 제가 티브이 드라마에 푹 빠져 있으면 건우가 혀를 끌끌 차면서 이러는 거예요.

"엄마, 맨날 똑같은 불륜 드라마, 그런 거 봐 봤자 하나도 도움 안 돼요."

건우 동생 정우는 지 형을 어려워했어요. 엄마 아빠보다 형을 더 어려워하는 것 같았어요. 동생을 아주 꽉 잡아 놨더라구요. 제 말은 안 들어도 형 말이라면 토 다는 법도 없어요. 형 방에 들어갈 때도 조심조심 살그머니 들어가요.

그런데 그게 강압적으로 뭘 어떻게 해서 그런 게 아니었더군요. 베푸는 거예요. 그 사람이 뭔가 필요할 때 아낌없이 베푸니까 자연스럽게 존경을 받는다고 할까? 정우가 슬쩍 저에게 귀띔하더군요.

"엉아는 좀 세."

형은 말도 별로 없는데 자기가 형에게 꼼짝 못 하는 게 좀 이상하고 이해가 안 된다는 눈치였어요. 형제가 성격이 무척 달라요. 정우는 다정다감한 스타일이고, 조잘조잘 이야기했고 친구도 진짜 많고, 그런데 건우는 과묵한 카리스마 스타일이지만 속정이 깊은 아이예요. 친척들이 모이면 정우는 사촌 여동생들이랑 장난치고 약 올리기도 하고 살살 꼬셔 가면서 잘 데리고 노는데, 건우는 그런 걸 잘 못 했어요.

어떤 땐 너무 무뚝뚝하게 굴어서 화를 내는 건 줄 알고 왜 그러냐고 물었어요. 건우가 말하더군요. 자기도 잘하고 싶은데, 동생들이랑 잘 놀고 싶은데, 그게 마음대로 잘 안 된다는 거예요. 선이 굵은 아이예요. 그래서 친구가 많지는 않지만, 진짜 내 친구다 싶으면 자기 걸 다 내준다고 할까. 자기 속까지 다 터놓고 지내는 친구들이 몇 명 있었어요.

아빠가 건우나 정우에게 친구라는 것에 대해서 얘기를 많이 해 줬어요. 인생을 살면서 남는 건 재산도 아니고 친구라고요. 자기 자신을 생각하지 않고 아무 계산속 없이 지내는 친구, 그런 친구가 있어야 된다고요. 아빠가 그렇거든요. 물질적으로 풍족하진 않아도 마음 깊은 곳에서 우러나는 우정, 의리로 똘똘 뭉친 그런 친구들이 있거든요. 그런데 우리 집에 오는 건우 친구들 보면서 아빠가 딱 한마디 하더군요.

“짜식, 걱정 안 해도 되겠군.”

아빠가 보기에도 친구들이 다 괜찮은 애들이고, 몰려다니면서 나쁜 짓 하는 것도 아니고, 생각 있는 애들이었으니까요. 그 친구들이랑 밴드를 했어요. 금요일이면 우리 집에 와서 기타도 치고 게임도 하면서 놀았어요. 애들 먹성이 얼마나 좋은지 몰라요. 치킨 같은 건 한 마리씩 뚝딱 해치워요. 대형 피자도 뚝딱. 제가 맞벌이를 하니까 냉장고에 늘 먹을 걸 채워 놓는데, 걔들이 오면 냉장고가 텅텅 비어요. 한창 먹을 나이니까요.

합리적이고 논리적인 성격은 아빠를 빼닮았나 봐요. 아빠가 공부만 하라고 떠미는 사람이 아니거든요. 오히려 이것저것 다 해 보라고 부추기는 사람이에요. 영 황당한 게 아니라면 해 달라는 건 다 해 줘요. 하고 싶은 게 있으면 뭐든 해 봐라, 그게 인생에서 결정적인 게 될 수도 있겠지만 아니어도 상관없다, 해 보고 싶은 게 있으면 그냥 해 봐라, 지금 아니면 언제 하겠니, 그러나 뭘 할 건지는 스스로 결정해라, 아빠가 뒤에서 지원은 해 준다, 늘 그렇게 말했어요.

진짜로 말 그대로 그렇게 해 줬어요. 베이스 기타를 치고 싶다고 했을 때 아빠가 생일 선물로 그걸 사 줬어요. 그러더니 밴드를 시작했어요. 제일 친한 친구 재욱이랑 에이더블류(AA)라는 밴드를 만들었어요. 그런데 건우가 드럼 학원을 한 달만 보내 달라고 하는 거예요. 기타는 어쩌고 드럼을 하려고 하냐고 물었어요.

"기타는 재욱이가 저보다 잘 쳐요. 그런데 드럼 주자가 없어요. 제가 잘할 수 있을 것 같아서 그래요."

그 말에 아빠는 두말하지 않고, 그럼 해 봐라 그러면서 학원에 보내 줬어요. 드럼은 아빠가 자기 용돈을 모아서 사 줬고요. 학원 한 달 다니더니 정말 곧잘 치더라고요.

집에서 드럼을 치면 다른 집에서 시끄럽다고 하지 않을까, 제가 걱정했더니 드럼 밑에 패드를 깔면 소리가 울리지 않는다고 하더군요. 그리고 얼마 후에 학교에서 연습실을 만들어 줬어요. 기타 치고 드럼 치고, 밴드 활동을 참 좋아했어요.

중학교 졸업하면서 드럼은 아빠 회사 창고에 갖다 뒀죠. 방학이면 아빠 공장에서 아르바이트를 했어요. 사회 경험도 쌓고 용돈도 벌어 보라고 아빠가 시킨 거죠. 그런 일도 곧잘 하고 재미있어 했어요. 그러다가 문득 창고 쪽을 바라보더래요. 아빠가 금방 눈치를 채고 물었대요.

"드럼 치고 싶구나?"

건우가 씨익 웃으면서 고개를 끄덕거리더래요.

고등학생 되고 나서는 드럼을 한 번도 못 쳤거든요. 대신 집에서 베이스 기타를 쳤어요. 컴퓨터에서 악보 내려받아서 혼자 연습했어요. 드럼을 칠 순 없으니까, 드럼스틱을 가지고 놀았어요. 다른 사람하고 얘기를 하면서도 무의식중에 스틱을 손가락으로 뱅글뱅글 돌리면서 말이죠. 나중에 보니 드럼스틱이 세 개나 있더군요. 미제더라고요. 꽤 비쌌을 텐데, 자기 용돈을 모아서 샀나 봐요. 아빠는 그런 걸 금방 이해하더군요. 기타나 드럼 같은 거에 빠진 사람들의 공통적인 행동이래요, 그게. 아빠도 고등학교 때 밴드를 했거든요. 그래서 언제든지 생각나면 공장에 와서 연습하라고, 아빠가 말했지만 학교생활이 바쁘니까 다시 가진 못했어요.

건우가 몸이 약한 건 아닌데, 쇠막대기 같은 걸 지니고 다녔어요. 자기를 지켜야 된다고 생각했는지, 그게 있으면 마음이 편하다고 하더라고요. 아빠 말로는, 사내애들은 그 나이 때 자기를 보호하려는 본능 같은 게 있다더군요. 무작정 애들하고 싸우는 게 아니고, 처음 한 번은 당해 주고, 그다음에는 경고를 하고, 그래서 덤비면 그때는 제재를 가한다는 거예요.

그러더니 어느 날은 칼을 사 달라고 하는 거예요. 예, 그런 거 감추지 않아요. 용돈이 있으니까 자기가 몰래 살 수도 있겠지만, 그런 문제는 부모와 상의해야 하는 일이라는 걸 알고 있어요. 그런 건 아주 투명하다고 할까, 그랬어요. 하지만 칼이라니, 제가 놀라서 물었죠. 그런 거 가지고 다니면 위험하지 않냐고, 사람을 다치게 하면 어쩌냐고요. 그랬더니 사람에게 상해를 입힐 정도의 칼은 몇 센티 이상이 되어야 하는데 자기가 원하는 건 그 정도는 아니니까 괜찮다고 하더군요.

아빠도 물었죠. 사람에게 심각하게 해를 끼칠 정도는 아니라고 해도, 그걸 가지고 있으면 남들이 보거나 우연치 않게 사건에 휘말리게 되면 오해를 살 수도 있다. 그런데도 칼이 필요한 이유가 뭐냐고요. 그때도 자기를 지키기 위해서라고 대답했어요. 하지만 언젠가는 자기가 꼭 없애 버릴 거라고 다짐했어요. 자기가 혼내 줄 애가 있는데, 두고 보고 있다고 하면서.

아빠는 그 말에 충분히 공감하고 이해하고 믿어 줬어요. 그런 말을 듣고도 야단을 치거나 하지 않으니까 애들이 아빠나 저에게 다 털어놨어요. 합리적인 성격이다 보니까 불의를 보면 못 참는 것 같았어요. 응징도 할 줄 아는 사나이다운 점이 있었어요.

건우가 칼뿐 아니고 여러 가지 도구가 필요하다고 해서 아빠가 맥가이버 칼을 사 주기도 했어요. 건우가 뭘 만드는 걸 좋아했거든요. 자전거 수리도 자기가 하고 자전거 튜닝도 하고, 그런 걸 잘했어요. 집에 뭐가 고장 나면 건우가 해결사였어요. 나중엔 학교에서 선생님까지 수시로 호출하셨어요. 교실에 뭐 고칠 게 있다고 하면서. 그러면 맨날 자기만 부른다고 투덜거리면서도 후딱 달려가요. 귀찮긴 하지만 어쩐지 자랑스러워하는 것 같았어요.

컴퓨터도 처음에 아빠가 기본 사양만 해 줬는데 건우가 다 업그레이드 시켜 놓은 거예요. 건우가 중학교 때부터 아빠한테 컴퓨터에 대해서 많이 물었어요. 그러면 아빠는 직접 해 주지 않고, 니가 해 봐라 그래요. 건우가, 고장 나면 어떡해요? 하고 겁내면, 고장 나면 고치면 되고 아니면 다시 사면 되지 뭐가 걱정이냐? 니가 직접 해 봐, 이랬어요. 원래도 이런 거에 취미가 있는데 아빠가 자꾸 격려해 주니까 더 잘했어요. 메모리랑 하드디스크랑 다 원래 사양이 아니더라고요. 게임을 하려다 보니 그래픽 카드도 높은 사양으로 업그레이드해 놓았고.

아빠요? 예, 아이들에게 전폭적인 아빠 맞아요. 그런데 건우랑 성격이 똑같다니까요. 사내 애들이니까 아무래도 아빠랑 대화를 좀 많이 했으면 좋겠다 싶었거든요. 그리고 진로 문제 같은 것도 걱정되고 해서 대화 좀 하라고 말하면, 그런 건 자기가 결정해야 되는 거래요. 그리고 주말이면 산에 가는 거예요. 산악회 총무를 맡아서 그러기도 했을 거예요.

하지만 저는 산의 '시옷' 자만 들어도 지겨워요. 사내애들 자전거도 제가 다 가르쳤다고요. 자전거 두 대를 들고 내려가서 가르치고, 인라인도 제가 가르치고. 아빠는 근사한 산장에서 월드컵 축구 볼 때 우리는 집에서 티브이로 봤다니까요. 그런데 사실은 화가 나거나 그러진 않았어요. 아들 둘이랑 놀다가 둘이 내 옆에서 자고 있는 거 보면 그것만으로도 가슴이 뻐근하고 든든했으니까요.

그래도 사나이들끼리는 서로 통하는 게 있나 보죠? 아빠가 붙잡아 앉혀 놓고 미주알고주알 대화를 안 해도 아빠가 자기들한테 해 주는 걸 보면서 아들들은 아빠의 뜻이 뭔지 자기들에게 바라는 게 뭔지, 이런 걸 다 느끼는 것 같더라고요. 아빠는 나중에 두 아들 데리고 백두대간 종주하는 게 꿈이라고 했어요.

하여간 시간이 지나고 건우는 결국 진로를 바꾸더라고요. 다 그놈의 수학 때문이죠, 뭐. 처음에는 엉뚱하게 바리스타가 되겠다느니 조리 학원을 다녀서 자격증을 따겠다, 그러더니 좀 지나니까 심리학자가 되겠대요.

사실 오래전부터 친구들이 건우한테 이런저런 고민을 털어놓고 조언을 구하고 그랬나 봐요. 상담이란 말은 거창하지만, 하여간 친구들 얘기를 잘 들어 줬나 봐요. 집에서는 과묵한데 친구들이랑은 얘기를 잘했던 것 같아요. 친구들이랑 멘토링 강좌를 신청해서 교육도 받으러 갔다 왔어요. 그런데 뭐가 잘못됐는지, 강의를 한 번밖에 안 하고 끝내서 건우가 굉장히 서운해했어요. 하여간 친구들끼리 서로 멘티 멘토를 맺어서 서로 도와주는 그런 게 있었나 봐요. 평소에도 사람 심리에 대해서 관심이 많았어요. 저 보고 《스눕》이라는 책을 사 달라고 해서 읽기도 하고. 제가 티브이 드라마를 보면서, 어머, 저 사람 도대체 왜 저러는 거야? 이러면, 엄마, 그건 무슨무슨 심리라고 그래요, 이러면서 그 책 몇 페이지를 읽어 보래요.

정우가 여자 친구하고 헤어졌을 때였어요. 정우가 힘들어하는 것 같아서 제가 어떻게 해야 되나 눈치를 보니까, 건우가 그러더라고요. 엄마, 지금은 그냥 내버려두는 게 좋아요. 지금 뭐라고 하면 오히려 역효과가 나요. 참 나, 내가 건우한테 이렇게 배웠어요. 그러면서 건우가 고백하더군요.

"내가 여자 친구하고 헤어졌을 땐 엄마가 나를 좀 안아 줬으면 하고 바랐는데 안 그래서 속상했어요."

이런! 제가 그걸 놓쳤나 봐요. 저는 애들 여자 친구 생기면 집에 데리고 오라고 하거든요. 기념일 됐다고 하면 영화표도 끊어 주고, 패밀리 레스토랑도 예약해 주고...... 그런데 건우는 워낙 자기 스스로 알아서 하는 애라서 제가 좀 신경을 덜 썼나 봐요.

그 여자 친구도 실은 건우한테 고민을 털어놓다가 사귀게 된 거예요. 그 애들 사귈 때, 남자들은 다 똑같구나 하고 혼자 속으로 웃었어요. 그렇게 과묵하고 카리스마 넘치던 건우도 여자 친구 생기니까 애가 완전 부드러워지는 거예요. 여자 친구 준다고 기념일 챙기고, 선물 사고, 초콜릿 사오고, 편지 쓰고, 커플 반지까지 하고, 평소 같으면 손발이 오글거려서 못할 것 같은 것도 잘만 하더라고요.

건우 생일 때 여자 친구가 준 게 있더군요. 생일 카드도 아니고, 무슨 학교에서 주는 상장처럼 가장자리에 무궁화로 노란 띠를 두른 건데, 생일인증서라고 써 있어요. 후훗, 생일인증서라니, 재밌죠? 내용은 이래요.

위 사람은 첫 태어남의 설렘을 가슴에 안고 사랑을 줍니다. 자녀를 축구 선수 한 팀을 만들 때까지, 검은 머리 파뿌리 될 때까지 오래오래 살며 또다시 이 인증서를 준 사람에게 감사해하며 그 사람에게 생일 조공을 해 줍니다.

정말 깜찍하죠? 살짝 질투까지 나던 걸요. 배 속에서 열 달을 고이 품어 낳은 내 아들, 불면 날까 쥐면 꺼질까, 금이야 옥이야 애지중지 키운 내 아들, 마침내 어깨 딱 벌어진 멋진 청년으로 우뚝 버티고 선 내 아들, 바보 만드는 건 한순간이라더니…… 이러면서 말이죠.

휘유……

며느리 구박이나 하는 못된 시어머니가 되는 건 아닌지…… 이러면서 말이죠.

휘유……

한가하게 그런 걱정이나 하고…… 이러면서 말이죠.

휘유……

그러고 싶었네요.

휘유……

정말이지 그러고 싶었네요.

책임감과 배려심이 강했던 진정한 축구돌

안산 단원고 2학년 5반 **김건우**

1. 유치원 시절 뽀얗고 통통했던 모습. 뒤돌아보고 있는 아이가 건우.
2. 축구공을 향하여 저돌적으로 달려드는 건우. 회색 티셔츠를 입고 있다.
3. 중3 반장 할 때의 모습.

책임감과 배려심이 강했던 진정한 축구돌

"엄마, 어디? 데리러 와 줄텨?"

오후 4시 30분이면 으레 전화를 주었던 건우, 나의 둘째 아들은 건강하고 밝은 아이였어요. 책임감이 강하고 배려심이 남달랐어요. 리더십이 좋았어요. 믿음직한 아이였어요. 상남자 포스인 겉보기와 다르게 다정하고 섬세했어요. 사근사근하고 애교가 많았어요.

축구를 정말 좋아했어요. 아침에 공 하나 들고 나가면 저녁에 들어오곤 했어요. 그리 밖에서 뛰어노니 뽀얗고 통통하던 얼굴이 가무잡잡하게 변했고 키는 작았어도 다부지고 튼튼한 체격으로 다져졌어요. 건우의 장딴지와 종아리를 본 사람들은 축구하기에 딱 좋은 다리라고 한결같이 감탄했죠.

스스로 과욕이다 싶으면 끊을 줄 아는 아이였어요. 욕심 나는 일이 있어도 쉽게 표출을 안 했어요. 그 조절 능력이 어디서 오는가 봤더니 축구였어요. 축구에 모든 걸 쏟아부으며 자기도 모르게 평정심이 길러졌어요. 축구는 건우의 인성이나 성향, 스트레스 해소, 그 모든 것에 굉장한 영향을 끼쳤어요.

건우가 공 차는 것에 꽂힌 것은 초등학교 4학년 때부터였어요. 학교 동아리 활동은 무조건 축구부였고 내내 축구에 푹 빠져 살았죠. 중학교 때는 축구 클럽을 만들어 활동했어요. 원일중 심재연이 만들고 박웅서, 이종혁, 최찬희 등 친구들이 의기투합했는데 '안산마드리드'로 이름 짓고 유니폼도 맞춰 입고 대단했어요. 얘네들이 모태가 되어 안산에 아이들이 만든 자생적인 스포츠 클럽이 유행했어요. 같은 아파트 단지 중심으로, 친한 친구들 중심으로…… 주말이면 축구팀들끼리 경기하느라 건우 얼굴을 보기 어려웠어요. '안산마드리드'의 활약은 선부중, 선일중, 원일중을 망라해서 대적할 팀이 없었어요.

"건우는 전천후였어요. 공격형 미드필더, 수비형 미드필더 가리지 않았는데 그 중 완전 수비대장이었어요. 건우의 볼은 대포였어요. 힘이 워낙 좋고 몸이 단단했어요. 건우의 가장 큰 장점은 저돌성! 상대방이 공을 잡았을 때 건우가 짧은 다리로 다다닥 달려가 압박하면 상대방이 허둥대곤 했죠. 승부욕도 강해서 어쩌다 지기라도 하면 엄청 속상해했어요. 건우가 있나 없나가 경기력에 영향이 컸어요. 건우가 공부 좀 하려고 빠지면 지기도 했어요. 건우는 미드필더에서 아이들이 공격을 잘할 수 있도록 두루 받쳐 주고 심리적으로 안정을 주는 역할을 아주 잘했거든요."

축구팀 아이들뿐만 아니라 누구나 건우를 좋아했어요. 특히 선생님들이 건우를 참 예뻐했어요. 초등학교 6학년 담임이셨던 김범철 선생님과는 졸업 이후에도 각별하게 지냈어요.

"건우는 그냥 마음이 가는 아이였어요. 수업 시간에 조용히 하자며 친구들을 독려하고 또 아무도 발표를 안 하면 건우가 나서서 일부러 발표를 해 주며 수업 분위기를 이끌었어요. 컵스카우트 활동을 할 때도 분대장을 맡은 건우가 솔선수범 아이들을 잘 다루어 대장인 절 많이 도와주었어요. 제 무릎에 스스럼없이 앉기도 하고, 그 나이답지 않게 사람 마음을 참 편안하게 해 주고 사랑을 줄 줄 아는 아이였어요."

김범철 선생님은 첫 부임지 첫 제자일 뿐만 아니라 붙임성 좋은 건우에게 남다른 정을 느끼셨다고 해요. 방학이면 선생님 댁에 가서 자고 오기도 하고 맛있는 것도 먹고 영화도 보고 보드게임도 하면서 지냈어요. 고등학교 졸업하고 대학생 되면 형, 동생 하자고 제안도 하셨어요. 그 말을 듣고 건우도 나도 무척 좋아했어요.

중2 체육 선생님이었던 노형일 선생님은 진로에 있어서 건우의 멘토셨어요. 건우는 늘 선생님이 되고 싶어 했어요. 처음엔 초등학교 선생님이 되고 싶어 했죠. 애기들이 너무 이쁘대요. 한번은 "엄마, 동생 낳아 줘!" 하길래 "엄마 이제 나이 들어 못 낳아" 했었죠. 그런데 어느 날 "엄마, 나 꼬맹이들보다는 중학생이나 고등학생을 잘 다룰 수 있을 것 같아!" 하는 거예요. 노형일 선생님께 영향을 받은 거였어요. 그때부터는 줄곧 체육 선생님이 되고 싶어했어요.

"건우는 아주 긍정적인 아이였어요. 교사가 얘기하는 것에 믿음을 가졌어요. 수업 시간에 고개도 끄덕이고 눈도 잘 맞추고 호응을 잘해 주어서 교사가 아주 편했어요. 체육 수업은 운동장이다 보니 아이들이 들뜨기 쉬워서 교사의 주의는 잔소리가 되기 십상이죠. 그런데 건우가 '우리 조용히 하자'는 쪽으로 분위기를 잡아 주면 아이들이 말을 잘 들었어요. 임원이 아니었는데도 아이들을 통솔하고 이끄는 재주가 있었어요."

노형일 선생님은 체육 행사를 위해 경기 일정을 정한다거나 유니폼 수요 조사 등을 건우에게 맡기면 책임감 있게 만족할 만한 결과물을 내곤 했다고 대견해 하셨어요.

공부방 문진아 샘과의 인연은 더욱 깊었어요. 문 선생님은 미술 선생님으로 재직하다가 그만두고 아이들의 스스로 학습에 관심을 가지고 공부방을 연 분인데 건우가 "엄마, 엄마" 하며 따랐어요. 건우는 문 샘에게 고등학생이 되어서도 뽀뽀하고 다녔어요. 처음부터 그랬던 건 아니었어요. 엄마 외엔 절대 뽀뽀 안 하는 아이였어요. 아주 비싸게 굴었어요.

초등학교 과제물로 그림 그리기가 있었는데 건우가 어찌할 줄 몰라 징징거리길래

샘께 도움을 요청한 적이 있었죠. 봄비가 주룩주룩 내리는 날이었어요. 건우가 연필로 대충대충 그려 놓은 걸 샘이 조언해서 빗방울이 튀어도 번지지 않게 네임펜으로 그려 나왔는데 아뿔싸, 문밖에 나서다가 그만 그림을 빗물에 빠뜨린 거예요.

숙제는 반드시 해 가야 하는 성격인 건우는 "으아아아" 울음을 터뜨렸고 문 샘이 달려 나가 다독이며 젖은 그림을 드라이로 말려 주신 거예요. 건우는 마른 눈물자국을 달고 "오오오!" 환성을 질렀고요. "선생님 고맙지? 그럼 뽀뽀해" 그랬더니 뽀뽀를 아주 그냥 '쪽!' 하더래요. '우리 문 샘에게 가면 모든 것이 해결이 돼' 하는 믿음이 생긴 것 같아요. 그때부터 다 커서도 뽀뽀를 하고 다녔어요.

문 샘은 늘 건우의 첫인상을 잊지 못해 하셨어요. 일곱 살 어린 아이가 집중해서 그림을 그리는 모습이 신기했대요. 안산 한양대에서 주최하는 미술 대회에 참가했는데 주최 측에서 나눠 주는 종이가 4절지여서 건우 키 반만 했대요. 그 큰 4절지에 건우가 그림을 제일 빨리 그렸대요.

그림을 완성하자 2절 화판을 머리에 이고 200미터 떨어진 미대로 달려가서 제출했는데요, 가방도 제가 다 메고 머리 한 가닥은 내려와 있고 칠부 바지와 반팔 티셔츠를 입고 화판을 머리에 이면 애는 안 보이고 화판이 날아가는 것 같았대요. 거기다가 다른 애들 화판까지 날라 주고 5학년이 그림을 완성하니까 그것까지 지가 나서서 제출하느라 부지런히 오갔다는 거예요. 여름이라 무척 더웠는데 덥다고 말려도 아랑곳없이 얼굴이 시뻘게서 왔다 갔다 하는 건우를 보고 참 놀라셨대요. '아, 이런 녀석이구나!' 하고요.

"건우는 책임감과 배려심이 강했어요. 그래서 미술 대회가 있으면 늘 건우를 보조로 데려갔어요. 작은 애들을 맡아 줘. 선생님이 큰 애들을 살필게. 임무를 주면 자기 동생처럼 잘 살폈어요. 힘들어도 자세히 섬세하게 가르쳐 주었어요. 또 아이들을 데리고 있다가 몇 시까지 어디로 와, 하면 정확한 시간에 늦지 않고 아이들을 챙겨 왔어요. 건우는 늘 제 가슴에서 아들이었어요. 제가 자식이 없기 때문에 우리 죽으면 재산을 다 건우에게 줄까? 하면 남편도 그래도 되지! 흔쾌히 말할 정도로 건우에 대한 믿음이 컸어요."

문 샘네와 우리 집은 가족 간에도 허물없이 잘 어울렸어요. 샘이 건우가 이리 편안하고 활동적으로 큰 거는 엄마 역할이 큰 거 같다고, 스스로 알아서 하길 바라고 어느 정도는 풀어주는 엄마의 교육 방식이 작용한 것 같다는 말을 한 적이 있었어요. 그럴까요? 내가 일을 하다 보니까 일일이 아이들을 따라다니며 돌볼 수가 없었어요. 그런 교육 방식은 어쩌면 자구책이었는데 다행스럽게도 건우가 잘 따라주어서 무척 고마웠어요. 학원 가라, 잔소리 한 번 한 적이 없었어요. 시간 되면 알아서 척척 잘 갔어요.

친구들하고도 정말 잘 지냈어요. 남자애 여자애 구분 없이 아이들과 장난도 잘 치고 유머러스하고 스스럼없이 의사소통을 잘해서 건우가 있는 반은 원활하게 단합이 잘 되었다는 소릴 많이 들었어요. 사실 건우는 낯가림이 좀 있었어요. 좀 친해지면 엄청 붙임성 있게 굴지만 처음엔 쑥스럽다고 좀체 반장 선거에도 나서질 않았어요.

그런데 누가 시키지 않아도 습관처럼 궂은일이며 아이들 챙기는 데 열심이다 보니 2학기 때는 "건우야, 반장해!" 몰아가는 분위기가 형성되었다고 해요. 중3 때는 아이들이, 고등학교 1학년 2학기 때는 담임 선생님이 시켜서 본의 아니게 반장을 하게 되었어요. 축구에서 수비를 잘한다는 것이 그런 것인가 봐요. 리더십 있고 판단력이 좋은 수비 대장의 모습이 교실에서도 발휘된 거라고, 축구팀 친구들은 한결같이 입을 모았어요. 건우를 미워한 사람을 본 적이 없어요.

여자 친구요? 몇몇 아이들과 살짝 썸을 타기는 했다는데 큰 진전은 없었던 것 같아요. 친구들의 고민 상담은 맡아 놓고 해 주면서도 자기 문제에는 쑥맥이었던 모양이에요. 여자 친구가 있는 형이 부럽고 사귀고는 싶은데 숫기가 없어서 잘 못하는 것 같았어요. 쿨한 척 하지만 그렇게 소심한 구석도 있었어요. 그러면서도 결혼 빨리 하고 싶다고, 딸 낳고 싶다고, 주말에는 축구하며 즐겁게 살고 싶다는 말을 종종 했어요.

고등학교에 들어가서는 공부도 열심히 했어요. 좋아하는 축구와 공부의 균형을 맞춰 가려고 노력했어요. 고1 첫 시험에서 수학 시험을 잘 본 것이 동기 부여가 되었어요. "엄마, 우리 반에 전교 1등이 있는데 그 애가 하나 틀리고 내가 하나 반 틀렸는데 전교 2등이래." 건우도 신기해했어요. 수학에 재미를 붙이니 다른 과목도 열심히 했어요.

책상도 맨 앞자리에 앉았어요. 앞자리에 앉으면 애들이 뭐하는지 볼 수도 없고 집중도 잘 되니 그러는 줄만 알았어요. 나중에 과학 선생님의 얘기를 듣고 내막을 자세히 알게 되었죠. 고1 건우 반 분위기가 유난히 어수선했는데 수업이 제대로 이루어지지 않을 정도여서 선생님들이 무척 힘들어하셨다고. 건우가 어느 날 과학 선생님께 다가와 "저희 반 때문에 힘드시죠? 제가 더 열심히 할게요" 하더니 다음 날부터 맨 앞자리로 옮겨 앉아 대답도 크게 하고 발표도 열심히 하면서 수업 분위기를 이끌었다고. 그 후로 담임도 아닌데 건우를 유심히 지켜보았다고. 야자 시간에도 늦게까지 남아 가장 열심히 했던 아이였다고.

어렸을 때요? 완전 떼쟁이였어요. 건우가 태어날 때는 우리 가족이 서울에서 살았어요. 6월 28일, 서울 백병원에서 건우를 낳았는데요. 일을 하다 보니 두 아이 돌보는 게 만만치 않았어요. 건우 6개월 때부터 시댁에 들어가 할머니가 건우를 키워 주셨어요. 건우 아빠가 장남이고 첫 손주들이니 얼마나 오냐오냐 키우셨겠어요. 좀 버릇이 없었어요. 백화점 장난감 코너를 그냥 못 지나갔어요. 뭘 안 사 줬다 하면 백화점 바닥에 그대로 드러누웠어요. 유치원에서는 어떤 여자아이를 깨물어 약을 사다 주고 급급 사과한 적도 있어요.

그러다가 여섯 살 때 건우 아빠 직장 때문에 안산으로 이사를 오게 되었어요. 새로운 유치원에 넣으면서 저는 한걱정이었죠. '우리 건우 꼴통인데 적응 못 하면 어떡하나. 말썽 피우면 어떡하나' 했던 것이죠. 한두 달 후 상담하러 갔더니 유치원 선생님이 건우 칭찬을 하는 거예요. 건우가 밥도 제일 먼저 잘 먹고 장난감이 어질러져 있으면 애들에게 치우자고 하며 정리도 잘한다고.

그때부터 건우는 뭐든지 열심히 했어요. 할머니 품에서는 마냥 어리광쟁이였던 건우가 스스로 의젓하게 변화하는 모습이 눈에 보였어요. 유치원에서 하모니카를 가르쳐 주면 대회에 나갈 정도로 열심히 배우고 또 잘 먹었어요. 살이 통통 올랐어요. 초등학교 때 줄넘기 급수 따는 것이 있었는데 땀 뻘뻘 흘리며 매일 연습하더니 특급을 땄어요. 뭐든지 목표했던 것을 이룰 때까지 했어요.

사랑을 듬뿍 받으며 자랐어요. 어렸을 때는 제 입으로 '할머니 엄마 아들'이라고 할 정도로 할머니 사랑을 받았고, 결혼 안 한 시누이도 친자식처럼 예뻐했어요. 성장과 계절에 따라 옷도 거의 다 고모가 사 입혔어요. 고모는 내가 일을 하며 미처 챙기지 못한 부분을 넉넉히 채워 주었어요. 조카들에게 다양한 것을 보여 주고 경험하게 해 주고 문화생활도 즐기게 해 주고 싶어 했어요. 만화나 영화 보고 쇼핑하고 미장원 가서 머리 깎고…… 친구처럼 지냈어요.

건우는 만화가 강풀을 좋아했는데 강풀의 그림은 그저 그러해도 스토리가 짱이라고. 강풀의 〈26년〉, 이사야마 하지메의 〈진격의 거인〉 등 고모는 건우가 추천한 만화는 믿고 보았다고 해요. 고모가 무얼 하자 해도 싫다는 게 없고 워낙 잘 먹고 맛있다는 표현도 리얼하게 해서 사 주는 사람 기분이 엄청 좋았대요. 건우도 고모 밥 먹었냐, 늘 알뜰히 챙겼고요. 서로 늘 문자를 주고받았고 한 달에 한두 번은 서울로 고모를 만나러 다녔어요.

고모와 해외여행도 두 번이나 다녀왔어요. 말레이시아 여행에서는 축구, 배드민턴, 수상스키 등을 지도하는 스포츠 트레이너를 많이 만나서 체대를 들어가려는 건우에게 값진 체험이 되었어요. 영어만 잘하면 체대 졸업하고 이런 데 와서 일할 수 있다고. 영어 울렁증이 있는 건우에게 동기를 심어 준 것이었어요. 영국 여행은 형과 셋이서 다녀왔는데 건우가 푸른 잔디만 보면 축구를 하고 싶어 몸살을 앓았대요. 꿈에 그리던 첼시경기장도 갔는데 아쉽게도 경기가 없는 시즌이라 스타디움, 락카룸 등을 돌아보고 기념품으로 축구복을 사 왔어요. 또 유소년들이 좋은 잔디밭에서 축구 연습하는 것을 보고 무지 부러워했어요.

세 살 터울인 형과도 싸운 적이 거의 없었어요. 건우가 형 대접을 깍듯이 했어요. 큰애는 다소 시크한 면도 있었지만 듬직하게 동생을 돌보고 챙겼어요. 간혹 제 형이 친구들과 놀러 나가며 안 데려간다고 해서 우는 정도가 전부였어요.

돈도 잘 안 썼어요. 돼지저금통에 오천 원, 만 원짜리가 엄청 들어가 있었어요. 건우는 주기적으로 용돈을 정하지 않고 필요할 때마다 달라고 했어요. 친구들과 냉면이나 대패삼겹살 먹으러 가는데 얼마만 줘, 하는 식으로요. 맞벌이를 하다 보니 사는 게 빠듯하잖아요. 아이들이 원하는 걸 안 해 준 적은 없지만 '돈은 항상 아껴 써야 한다'는 경제관념은 어렸을 때부터 가르쳤어요. 그런 영향인지 돈이 생겨도 함부로 펑펑 쓰질 않았어요.

어쩌다 한 번 말썽 부린 적도 없었냐고요? 글쎄요. 이렇다 할 사건 사고가 없었어요. 건우는 무사무탈, 모범생이었고 모범상도 많이 탔어요. 사춘기도 정말 잘 넘어갔어요. 저 모르는 고민이 있었는지는 몰라도 별다른 표가 없었어요. 공을 차는 것으로 푼 것 같아요. 잠도 늘 나와 같이 잤어요. 형이랑 방을 써야 하는 불편함 때문이기도 했겠지만 "엄마가 좋아~, 그래서 그래~" 하면서 내 옆에서 뒹굴뒹굴하다 잠들곤 했어요.

큰애는 어딜 가도 듬직한데 건우는 마음이 약해서 나쁜 일에 휩쓸리지는 않을까? 간혹 노파심이 일기는 했죠. 그래서 관심을 가지고 지켜보면 친구들과 노래방엘 가도 딴짓 하는 게 없이 돌아왔어요.

하지만 겁이 많았어요. 무서운 얘기를 들었거나 영화를 보고 난 밤에는 집 안의 화장실도 같이 가 달라고 했어요. 문구점 앞에 오락기 있잖아요? 초등학교 때는 건우가 그 오락을 무지 좋아했는데 하루는 희고 덩치 큰 개가 슬쩍 다가와 소스라치게 놀랐나봐요. 그 후론 아예 문구점 앞에 얼씬도 안 했어요. 우리 가족은 덕분에 건우가 오락 끊었네, 하면서 한바탕 웃었죠. 형들이나 친구들이 귀신 얘기를 하며 장난을 치면 순진하게 그대로 믿고 울음을 터뜨린 적도 있었고요. 놀이 기구도 무서워서 못 탔어요. 겁 많은 건 똑 나를 닮았어요.

엄마와 무언가 하는 것을 좋아했어요. 큰애 태우는 무뚝뚝한 제 아빠 성격을 닮아서 말수도 적고 천상 장남 스타일인데 건우는 곰상스럽고 살가웠어요. 시장 갈 때나 쇼핑할 때나 어디든 마다 않고 즐겨 따라다녔어요. 내 생일날 특별한 이벤트를 해 주기도 했는데 건우가 중3 때였나? 하루 종일 건우 친구들의 생일 축하 문자가 연신 들어왔어요. 이게 무슨 일인가 휘둥그레 얼마나 흐뭇했는지…… 마치 딸처럼 자잘한 행복을 듬뿍 안겨 준 아이였어요.

그리고 늘 엄마 집 사 준다고 노랠 삼았어요. 공기 좋고 풍경 좋은 전원에 나란히 집을 세 채 짓겠다고. 한 채는 엄마 아빠, 한 채는 문 샘네, 한 채는 지 색시랑 다정하게 어울려 살고 싶다고. 내 아들 건우는 이렇게 여러모로 듬직한 매력 덩어리였어요.

자유로운 영혼의 작은 천재 피아니스트

안산 단원고 2학년 5반 **김도현**

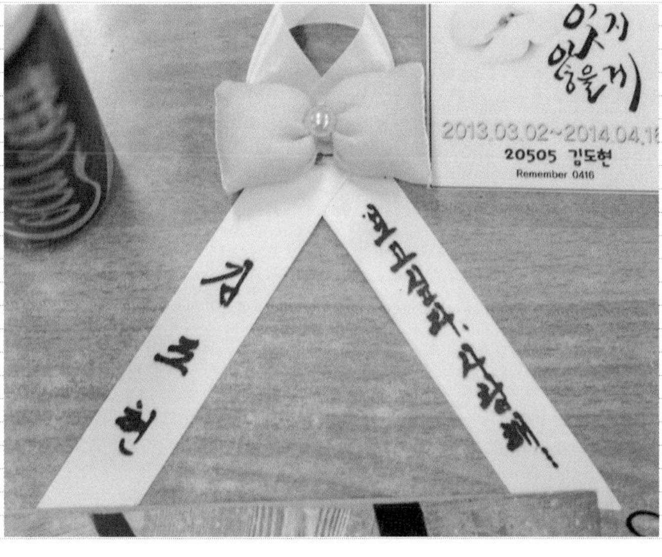

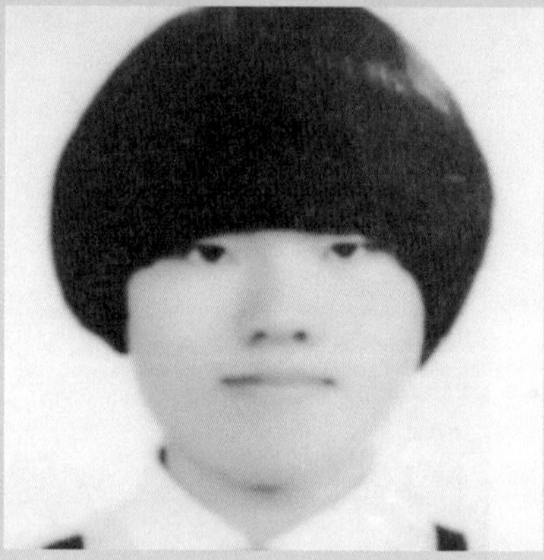

1. 고1 때 친구들과 놀이공원 가서.
2. 유치원 때 누나랑 동네 친구와 함께.
3. 도현이는 독학으로 피아노를 익혔다.

자유로운 영혼의 작은 천재 피아니스트

음악 선생님은 창문을 열어 한껏 높아진 가을 하늘을 올려다봤다. 단풍은 여기저기 곱게 물들어 가고 있었고, 바람은 산들산들 가볍기만 했다. 중간고사가 끝난 지 얼마 되지 않아, 아이들 마음도 바람처럼 가벼웠다.

"날씨가 너무 좋구나. 누구 앞에 나와서 피아노 연주 좀 해라."

그때 누군가 피아노 앞에 얌전히 앉았다. 도현이었다.

도현이의 손끝은 잠시 떨렸다. 도현이는 숨을 한 번 내쉬고는 건반 위에 손을 올렸다. 강물이 흐르듯 선율이 흘렀다. 센 물살과 약한 물살이 만나 고요히 흘렀다. 소용돌이치듯 몰아가다가도 잔잔하게 머물기도 했다. 숨죽여 듣던 아이들은 〈River Flows in You〉에 몸을 맡겼다. 연주가 끝나자 여기저기 박수가 터졌다. 아이들은 "오올", "오오 짱!" 하면서 손가락을 치켜세웠다. 선생님은 도현이의 머리를 쓰다듬었다.

"제법인데! 언제 이렇게 실력이 좋아진 거야?"

도현이는 이제껏 피아노 학원 한 번 가 보지 못했다. 또 누군가에게 피아노를 배워 본 적도 없었다. 심지어 도현이 집에 제대로 된 피아노가 놓인 것도 겨우 두어 달 전이었다.

어릴 때부터 도현이 부모님은 맞벌이를 했다. 부모님이 늦게 오는 날이면 음악을 듣다 잠이 들곤 했다. 중학생이 되고 사춘기가 되자, 음악을 듣는 날은 점점 많아졌다. 음악은 도현이에게 편안함을 주었다. 은은하고 나직하게 들리는 피아노 소리는 도현이의 마음을 따뜻하게 어루만져 주었다.

중3 겨울 방학이 끝날 무렵, 같은 반 연준이가 방을 정리한다면서 작고 오래된 디지털 피아노를 도현이에게 건넸다.

"도현아, 피아노 갖고 싶다면서? 이거 가질래?"

도현이는 연준이가 내민 건반을 얼른 받았다. 받침대도 없는 멜로디언 모양의 낡은 피아노였지만 그것도 좋았다. 그걸 들고 중앙동에서 3킬로미터가 넘게 떨어진 집까지 걸었다. 찬바람에 손이 끊어질 것 같았다. 건반이 무거워 몇 번이고 옮겨 들었다. 빨갛게 얼은 볼과 꽁꽁 언 손으로 낑낑거리며 계단을 오르는 것을 보고 엄마는 눈이 동그래져서 말했다.

"아니, 이건 왜 들고 왔어? 다 낡은 걸!"

엄마 눈에 눈물이 핑 돌았다. 이 추운 날 이렇게 무거운 것을 들고 왔을 거라 생각하니 마음이 아팠다. 또 얼마나 갖고 싶었으면 이럴까 싶기도 했다.

"도현아! 소리가 나긴 나는 거야?"

"그래도 아직 쓸 만해요."

도현이는 씨익 웃고는 건반을 깨끗이 닦아 책상 위에 올려 두었다. 오래되고 낡아 터치감도 좋지 않고, 건반 몇 개는 소리도 안 났다.

"도현아, 그거 치지 마. 엄마가 나중에 돈 벌어서 새 걸로 사 줄게."

엄마는 그 건반을 가만히 창고에 넣어 두었다.

3월이 되어, 도현이는 단원고등학교에 입학하게 되었다. 친한 친구들 몇 명이 단원고를 지원했고, 어릴 적 친했던 다운이랑은 같은 반까지 되었다. 초등학교 때부터 기타를 쳤던 다운이를 보면서 어깨너머로 기타도 익혔다. 도현이는 기타를 갖고 싶었다. 다운이와 공단에 가서 몇 날 며칠 아르바이트를 하고, 그 돈을 모아 기타를 샀다. 집에 돌아와 혼자 있게 되면, 도현이는 기타 연습을 했다. 기타를 치면서도 피아노를 잊지 않았다. 도현이는 창고에 넣어 두었던 낡은 피아노를 꺼내 연습을 했다. 엄마는 피아노 사는 걸 더는 미루면 안 될 것 같았다.

"도현아, 엄마 쉬는 날 피아노 사러 갈까?"

"그럼 디지털 피아노로 사 주세요. 요즘은 과학이 발달해서 디지털도 소리가 좋거든요. 일반 피아노가 터치감은 좋지만, 옆집까지 소리가 다 들려서 밤에는 아예 연습을 할 수 없어요."

엄마는 도현이가 조목조목 이야기하는 데 믿음이 갔다. 며칠 후 도현이 방에 디지털 피아노가 놓였다. 하루는 엄마가 잠을 자다 깼는데, 어딘가에서 '타닥타닥' 하는 소리가 들려왔다. 도현이 방에서 나는 소리였다. 문을 여니까, 도현이가 깜깜한 방에서 헤드폰을 끼고 연주를 하고 있는 거였다.

"도현아, 불은 켜고 해야지. 안 보고 어떻게 연습을 하니?"

"아! 깜짝이야. 엄마, 불 켜지 마세요. 안 보고도 무슨 음인지 다 알아요. 어떤 소리인지 다 맞출 수 있고 연주할 수 있어요."

도현이는 귀로 듣고 금방 익혔다. 그러고는 계속 연습을 했다. 엄마에게 피아노 연주곡을 들려주기도 했다.

"엄마, 이 곡은 제가 요즘 연습하는 곡이에요. 원곡은 이렇게 끝나거든요. 근데, 제가 뒷부분을 이렇게 고쳐 봤어요."

엄마는 도현이가 들려주는 연주 소리가 무척 좋았다. 엄마는 차츰 도현이가 음악에 재능이 있다는 것을 깨닫게 되었다. 도현이를 불러 놓고 진지하게 이야기를 했다.

"도현아, 네가 음악을 좋아하고 열심히 하니까 네가 원한다면 음악가의 길로 갈 수 있게 도와줄게. 필요한 게 있으면 언제든지 말해. 힘들지만 더 부지런히 벌어서 밀어 줄게."

도현이는 그간 가정 형편을 생각하느라 못 했던 말들을 조심스럽게 털어놓았다. 도현이는 유명한 피아니스트들의 동영상을 엄마에게 보여 줬다.

"엄마, 이것 좀 보세요. 이 사람이 치는 야마하 건반은 디지털인데도 그랜드 피아노랑 소리가 거의 흡사해요. 한번 들어 보세요. 우리 집에 있는 건반 소리랑은 많이 차이가 나지요?"

엄마가 듣기에도 집에 있는 건반에 비해 맑고 깨끗한 소리가 났다.

"저 피아노는 음이 높아질수록 차가운 소리가 나요. 아무래도 디지털 피아노를 하나 더 사야겠어요."

엄마는 차마 거절할 수가 없었다. 도현이가 얼마나 어렵게 꺼낸 말인지 잘 알고 있었기 때문이었다. 도현이는 옷 한 번 사 달라고 해 본 적이 없는 아이였다. 브랜드 신발 한 번 신어 본 적이 없는 아이였다.

"도현아, 발은 편해야 해. 좋은 신발 사 신어!"

엄마 아빠가 아무리 그렇게 이야기를 해도 도현이는 고개를 내저었다.

"싼 것도 발 편한 거 많아요."

어느 날 도현이가 아디다스 저지 추리닝을 입고 있기에 엄마가 말했다. 아이들 사이에서 한창 유행하는 옷이니, 입고 싶은 게 당연해 보였다.

"도현아, 못 보던 옷인데 어디서 났니?"

"다운이 거예요."

"친구 옷을 입으면 어떡하니! 엄마가 하나 사 줄게!"

"아니요. 입고 싶으면 잠깐 빌려 입으면 되니까 걱정 마세요. 친구들끼리 옷도 바꿔 입고 그래요. 나는 이런 거 신경 안 써요."

그러고는 씨익 웃고 그만이었다. 대신 도현이는 악기에 욕심을 부렸다.

"악기는 가격에 따라 음색 차이가 너무 많이 나거든요."

도현이는 기타를 사기 위해 이수역까지 갔다. 하드 케이스 안에 든 전자 기타는 꽤 유명한 기타리스트의 것이라고 했다. 우리나라에 세 대 밖에 없는 오동나무로 만든 깁슨 기타였다. 도현이는 그 기타를 품에 안고 매일 닦고, 줄을 맞췄다. 언젠가는 이 기타를 메고 큰 무대에서 연주를 할 거라고 다짐도 했다.

도현이의 방은 연주실처럼 변했다. 방안에는 기타와 피아노, 앰프, 심지어는 바이올린까지 있었다. 도현이는 하루도 거르지 않고 연습을 했다. 도현이가 음악에 관심을 가지면 가질수록, 도현이가 음악에 빠져 열심히 연주를 하면 할수록 음악하는 친구들이 주위로 모여들었다. 소탈하고 밝은 성격 탓에 친구들도 많았다. 고1 담임 선생님은 도현이에게 이렇게 편지를 썼다.

'과묵하면서도 듬직했던 도현아~ 네가 좋아하는 것은 과감하게 밀고 나가는, 너의 용기! 너무 멋있어! 도현아, 수련회에서 장기자랑을 했을 때 너의 숨겨진 끼에 너무 놀랐단다. 아주 멋졌어, 좋았어!'

그해 겨울 방학, 도현이는 엄마와 서울 나들이를 했다. 기타를 메고 종로 거리를 걸어 음악 하는 사람들의 천국, 낙원상가로 향했다. 우쿨렐레, 기타, 색소폰, 바이올린 등을 파는 매장을 지나 피아노들이 빼곡한 곳을 지날 때였다. 도현이는 야마하 그랜드 피아노 앞에 앉았다.

"엄마, 이 피아노는 음색이 정말 좋아요. 한번 들어보세요."

도현이는 허리를 꼿꼿하게 세운 채, 〈To the Moon〉의 OST 〈For River〉를 연주하기 시작했다. 솜털이 나 있는, 길고 하얀 손가락이 건반 위에 놓였다. 커다란 무대 위에 올라 연주를 하는 피아니스트처럼 도현이는 자신감이 넘쳤다. 도현이는 리듬을 탔다. 맑고 아름다운 선율 속에 몸을 맡겼다. 엄마의 가슴은 뜨거워졌다. 내 아들인가 싶기도 했다. 도현이는 엄마에게 최고의 장면을 선물했다. 도현이는 최고의 피아니스트가 되었다.

도현이는 친구들과 어울려 무대에 서는 날을 꿈꾸었다. 엄마와 문화예술의전당을 지날 때면 늘 이런 말을 했다.

"친구들이랑 나중에 저런 데에서 공연도 하고 싶어요."

도현이의 꿈은 2014년 4월 16일로 멈춰졌다.

수학여행을 가기 전날 엄마는 도현이의 운동화를 우연히 보게 되었다.

"어머나, 도현아! 이 운동화 신고 갈 거야? 여기가 이렇게 구멍이 났는데!"

"어? 이게 언제 구멍이 났지! 흐흐."

그러고는 도현이는 새로 산 노트북 앞에 앉아 파일들을 정리했다. 예전 컴퓨터에 있던 곡들, 디지털 피아노에 저장되었던 곡들, 핸드폰에 저장된 음악 파일들을 새 컴퓨터에 옮겨 담았다. 도현이는 수학여행에 가서 그간 연주했던 곡들을 친구들에게 들려줄 꿈에 부풀었다. 커다란 가방에 말 가면을 넣고, 노트북도 넣었다. 친구들에게 말 가면을 쓰고, 자신의 곡들을 들려줄 마음이었다. 그렇게 친구들을 웃겨 주고, 즐겁게 해줄 생각이었다. 도현이는 음악으로 친구들을 웃게 했고, 음악으로 친구들과 소통했다.

엄마의 핸드폰에는 도현이가 연주한 곡이 저장되어 있다. 일하느라 지친 엄마를 위로해 주었던 곡, 엄마는 오늘도 그 곡을 듣는다. 잠을 자기 위해서도 듣고, 밥을 먹기 위해서도, 힘을 내기 위해서도 듣는다. 도현이가 그랜드 피아노 앞에서 엄마를 위해 연주를 했던 그날, 낙원상가에서 자신 있게 연주하던 그날의 모습이 자꾸 떠오른다. 동영상을 찍어 두지 못한 것, 사진이라도 찍어 두지 못한 것이 엄마는 늘 후회가 된다.

"엄마, 내가 연주한 거 들으면 피곤이 싹 달아난다고 하셨죠? 요즘 제가 연습하는 곡이 있는데 오늘은 여기까지 들으세요. 수학여행 갔다 와서 완벽하게 연주해 들려드릴게요."

수학여행 갔다 와서 들려주겠다던 약속은 지켜지지 못했다. 음악가의 길로 발걸음을 내디뎠던 도현이. 도현이는 엄마의 가슴속에, 가족의 가슴속에, 친구들의 가슴속에 영원히 기억될 것이다. 이제, 도현이는 친구들과 재잘재잘 음악 이야기를 하고 있을 거다. 아니 친구들에게 피아노 연주를 들려주고 있을 거다. 저 먼 곳에서……

* * * *

하늘 아래 단 하나밖에 없는 내 사랑, 내 아가, 내 아들 도현아.

도현아! 너의 이름만 불러도 가슴이 찢어질 듯 아리고 쓰리니, 이 긴 세월을 너 없이 어떻게 살까? 엄마에겐 도현이가 희망이고 삶의 활력소였는데, 네가 없다고 생각하니 희망도 아무런 의욕도 없구나. 너 떠나고, 너 없는 세상에 이렇게 숨 쉬고 살아 있다는 게 미안하다. 정말로 미안하구나. 네가 하늘의 별이 되고 나서, 핸드폰에 저장한 너의 연주를 집 앞 피아노 학원 선생님께 들려줬어. 선생님이 네 음악적 재능이 보통이 아니라면서 널 데려와 보라고 하더라. 체르니 40번은 되어야 이 정도 칠 수 있는데 피아노 천재라고 하면서. 순간 얼마나 가슴이 먹먹하던지……

어려운 곡들도 독학으로 보름 만에 뚝딱 쳐 내던 우리 아들, 도현아!

낙원상가에서 엄마에게 들려줬던 아름다운 그 연주가 너의 마지막 인사가 될 줄은 꿈에도 몰랐구나. 커다란 무대 위에 올라 연주하는 피아니스트처럼 리듬을 타며 아름다운 선율에 넌 네 몸을 맡겼지. 가늘고 기다란 어여쁜 하얀 손가락, 그 기다랗고 하얀 손가락이 피아노 연주와 얼마나 잘 어우러졌는지, 네가 얼마나 자랑스러웠는지 넌 알고 있니? 네 피아노 소리가 지금도 너무나 생생히 내 귓가에 맴도는구나. 멋있고 아름답게 연주하던 그 모습을, 나 혼자 봤다는 것이 못내 아쉽고 안타깝고 정말 미안하다. 음악적 천재성을 동영상으로 남기지 못한 것이 엄마의 실수였어. 그때로 시간을 되돌릴 수만 있다면……

“엄마, 나 음감 있어요. 나 이런 곡 연주하는 데 2주 정도면 돼요.”

넌 늘 자신감이 넘쳤지. 음감 하나로 캄캄한 방에서 음악책 하나 없이 피아노 연주하던 너의 그 모습이 사무치게 내 가슴을 파고드는구나. 피아노 학원 한 번도 다니지 않았던 아들, 누가 옆에서 한 번 가르쳐 준 적도 없는데. 넌 정말 대단한 아이야. 천재였어. 완벽하게 흐트러짐 없이 멋지게 연주를 해냈으니.

아들, 엄마 보고 있지? 아들이 슬퍼할까 봐 울지 말아야지 하는데 엄마 눈엔 눈물이 마르지 않는구나. 너를 잃은 아픔이 너무나 커서 가슴이 찢어질 듯 아려온다. 너를 너무나 사랑했던 이 소중한 순간들 영원히 간직할게. 너와 함께했던 순간순간들 절대로 잊지 않을게. 지금 이 순간에도 집에 들어가면 네가 피아노 치고, 기타 치고 있을 것 같은데……

엄마에게 즐거움과 기쁨을 선물해 주고 간 내 아들 도현아. 더 일찍 더 많이 못해 준 것이 아쉽구나. 시간이 지날수록 더 보고 싶어. 엄마 꿈속에 나타나 네가 좋아했던 피아노, 바이올린, 기타, 우쿨렐레, 비파를 연주해 주렴. 제주도 가기 전에 내게 피아노 연습한 데까지 들려줬던 그 아름다운 곡, 연습 다 해서 꼭 다시 들려주렴. 네가 원하던 단원고에 배정되어서 우리 둘이 부둥켜안고 얼마나 기뻐했니. 제주도로 수학여행 간다고 들뜬 마음에 얼마나 좋아했니. 지난겨울엔 음악 같이 한다는 친구 여덟 명이서 찍은 사진도 보여 주면서 이런 말도 했는데……

"엄마, 난 학교생활이 너무 재밌고 좋아요. 친한 친구들도 많고, 음악 하는 친구들하고도 마음이 너무 잘 맞아요."

아침에 혼자 일어나 학교에 갈 때도 많았는데, 지각 한 번 결석 한 번 안 했던 너에게 고맙다는 말도, 미안하다는 말도 못했구나. 밤마다 하루 있었던 일 얘기하며 보내던 시간이, 피아노를 내게 연주해 주던 그 모습이 너무 그립고, 미치도록 보고파 눈물만 흐른다. 힘들게 일하는 엄마 아빠를 생각해 피아노 학원 보내 달라고 한 번도 말한 적 없는 속 깊은 아이, 일찍 철이 든 착한 아이였던 널 기억해. 내 아들 도현아. 그래서 더 엄마 마음이 찢어지게 아픈 건지도 모른다.

엄마가 많이 사랑한다고 말해 줄걸. 한 번만이라도 너를 품에 안고 사랑한다 말해 줬으면…… 너 없는 시간과 공간이 너무나 공허하다. 다음 세상엔 좋은 곳에서 태어나렴. 너와 내가 함께했던 순간은 짧지만 엄마는 너를 아주 많이 사랑했고, 너 또한 엄마를 많이 사랑했던 걸 우린 서로 잘 알고 있지. 너를 보지 못한다는 이 참담함을 아직도 받아들일 수가 없어. 좀 더 많이 안아 줄걸. 좀 더 많이 사랑한다고 말해 줄걸.

내 아들, 가난하고 배운 것 없는 못난 부모 만나 고생만 하고 간 내 아들.

한없이 착했던 착한 아들, 도현아. 현아, 얼굴은 볼 수 없지만 그래서 만져 볼 수도 없지만 영혼으로 엄마와 항상 함께하자꾸나. 못다 이룬 꿈들 부디 아픔도 슬픔도 없는 하늘나라에서 음악 하는 친구들과 함께 기타와 피아노 치며 엄마 꿈속에 한 번만 놀러와 주렴.

그리운 아가, 보고 싶은 아가. 아가 사랑해요. 정말 사랑해요. 엄마가 죽어서 널 만나면 꼬옥 껴안고 절대 놓지 않을 거야. 영원히 사랑해. 내 아들아!

속 깊고 철들었던 아들

안산 단원고 2학년 5반 **김민성**

특공무술을 하는 특수부대 군인을 꿈꾼 민성이는
봉사 동아리 활동을 좋아했고,
가족을 돌보는 걸 자기 책임으로 알았다.

속 깊고 철들었던 아들

김홍열 씨가 안산에 처음 발을 디딘 것은 한창 젊었던 갓 스무 살 때였다. 공단에서 일하던 사촌 누이가 소개를 해서 낯설고 물 설은 안산에 오던 날, 홍열은 알 수 없는 미래에 대한 두려움보다 어디에서든 잘할 수 있다는 자신감이 피어났다. 매사에 눈썰미가 있고 성실했던 홍열 씨는 차츰 회사에서 자리를 잡아 나갔고 스물일곱 살이 되던 해 평생의 짝이 될 여자도 만났다. 나이 차이가 꽤 나는 박은희라는 이름의 아가씨는 갓 스무 살이었다. 이듬해 첫딸을 낳았다. 이름을 나영이라고 지었다.

그리고 2년 후, 선부동 기사촌사거리에 살 때 다시 아기가 생겼다. 엄마는 꿈속에서 하얀 뱀이 든 항아리를 받아 안았다. 그것이 태몽이었다.

"뱀은 지혜로운 동물이니까, 게다가 하얀 뱀이니까 귀한 자식이 태어날 거다."

지금도 생생한 꿈, 아기를 낳기 사흘 전에는 돌아가신 친정아버지가 나타났다. 그리고 '얘가 네 아이다'라며 이름을 세 번 불러 주었는데 안타깝게도 그 이름은 기억나지 않았다.

"둘째도 딸이면 어떡하지?"

배가 남산만큼 불렀으면서도 엄마는 걱정을 했다. 아들이 있으면 좋을 것 같았다. 아빠는 괜찮다고, 딸이면 어떠냐고 안심시켰지만 속으로는 아들이었으면 하는 바람이 없지 않았다. 그렇게 김홍열과 박은희 사이에서 1997년 4월 21일에 아기가 태어났다. 아들이었다. 엄마의 표정이 환해졌고 아빠도 미소를 감추지 못했다. 민성이가 태어난 날이었다.

아빠는 일을 나가고 엄마는 세 살 나영이와 갓 태어난 민성이를 돌보았다. 젊은 부부와 어린 두 아이가 사는 집은 행복했다. 빠듯하게 이어 나가는 가난한 살림도, 고된 하루 일도 집에 돌아와 두 아이의 눈과 웃음을 보면 봄눈 녹듯이 잊혔다. 민성이는 아기였을 때 몇 번 병치레를 하긴 했어도 큰 탈 없이 자랐다. 그런데 세 살, 네 살이 되자 조금 이상한 게 느껴졌다.

"여보, 근데 민성이가 왜 이렇게 말이 늦을까?"

하루는 엄마가 근심스레 말을 건넸다. 아빠도 걱정은 마찬가지였다. 누나 나영이는 아주 일찍 말을 배웠고 온종일이라도 조잘댈 정도로 말을 잘했는데 민성이는 네 살이 넘도록 발음이 또렷하지 않았다. 민성이의 말을 잘 알아듣는 사람은 두 살 위인 나영이었다. 민성이가 잘 알아들을 수 없는 소리로 무어라고 이야기하면 엄마 아빠는 나영이의 입을 쳐다보았다.

"응, 그건 민성이가 밖에 나가고 싶다고 하는 거야."

야무지고 똑똑한 나영이가 민성이 말을 엄마 아빠에게 통역을 했던 것이다.

"아무래도 어렸을 때 앓았던 황달의 영향인 거 같아."

엄마 아빠는 꽤 걱정을 했지만 민성이는 차츰차츰 말을 잘하게 되더니 다섯 살이 될 무렵에는 전혀 걱정하지 않을 정도가 되었다. 엄마 아빠는 가슴을 쓸어내리며 안도했다.

민성이는 어릴 때부터 조금 특이했다. 겨우 세 살 때 침을 흘리며 잠들어 있는 누나에게 다가가 화장지로 얼굴을 닦아 주는가 하면 장난감 말을 타고 놀다가 저와 부딪쳐 넘어진 아이를 일으켜 세워 옷을 털어 주기도 했다. 어린아이답지 않게 남을 배려하는 모습이 신기하고 기특하기도 했다. 그렇게 온순한 아이였다.

한창 말문이 트여 재롱을 피울 때였다. 소파에 앉아 텔레비전을 보던 아빠에게 민성이가 다가오더니 엉뚱한 말을 했다.

“아빠, 절대로 죽으면 안 돼.”

무슨 말인지 어리둥절한 아빠에게 민성이가 울먹이는 얼굴로 가슴에 안겼다. 마침 텔레비전에서 자식을 두고 세상을 떠난 아버지 이야기가 나오고 있었던 것이다.

“녀석, 아빠는 너희들 두고 절대 안 죽어. 걱정하지 마.”

아빠가 꼭 껴안아 주자 그제서야 민성이가 환하게 웃었다.

민성이는 정지초등학교에 들어갔다. 누나가 다니고 있었기에 두 남매는 늘 함께 붙어 다녔고 나영이는 동생을 잘 챙겼고 민성이도 그런 누나를 퍽이나 따랐다.

민성이는 초등학교에 들어가자마자 태권도를 시작했다. 운동을 좋아했던 민성이는 태권도에 푹 빠져서 날로 실력이 늘어갔다. 빨간 띠에서 검은 띠까지 남보다 먼저 유단자가 되었다. 초등학교 때 벌써 2단을 땄을 정도로 운동 신경이 뛰어났던 민성이는 그 덕분에 큰 고비를 넘기기도 했다. 초등학교 4학년 때, 학원에 늦어서 급하게 건널목을 건너다가 달려오던 차와 부딪치는 사고가 났다. 커다란 사고로 이어질 뻔한 순간에 민성이는 몸을 틀어서 엉덩이 쪽을 부딪쳤고 공중으로 붕 떠올랐다. 정신을 잃을 정도로 큰 사고였지만 운동 신경 덕에 크게 다치지 않았던 것이다.

민성이의 성격을 잘 알 수 있는 사건은 초등학교 4학년 때 또 있었다. 어느 날 학교에서 돌아온 민성이가 제 방의 책상 밑에서 울고 있었다. 깜짝 놀란 엄마가 무슨 일이냐고 묻자 친구가 때렸다는 것이었다. 엄마는 속이 너무 상해서 화가 날 지경이었다.

“넌 가만히 맞고만 있었어? 태권도를 그렇게 열심히 했는데 어떻게 맞고만 있어?”

엄마의 화난 목소리에 민성이는 차분하게 대답했다.

“나도 그 애를 때릴 수 있었어. 그런데 내가 때리면 엄마랑 그 애 엄마랑 싸울 것 같아서 참았어. 집에 와서 생각하니까 나도 속이 상해서 울었어요.”

그렇게 속이 깊었다. 제가 참는 게 엄마가 싸우는 것보다 낫다고 생각했던 것이다. 민성이는 여러모로 집 생각을 많이 했다. 때로는 그것이 지나치지 않나 하는 생각이 들 정도였다. 초등학교를 졸업할 무렵이었다. 담임 선생님이 엄마에게 전화를 해서 민성이가 졸업 앨범을 신청하지 않았다고 했다. 당연히 앨범이 있어야 한다고 생각한 엄

마는 선생님에게 신청을 하고 나서 집으로 온 민성이에게 물었다.

"민성아, 너 왜 졸업 앨범 신청 안 했어?"

민성이가 멋쩍은 웃음을 씩, 웃더니 뜻밖의 대답을 했다.

"엄마 아빠가 힘들게 번 돈 쓰기 싫어서. 나 앨범 없어도 괜찮아."

"아이고, 이 녀석아. 누가 그런 걱정하래? 친구들 사진 다 있는데 당연히 신청해야지. 그리고 네가 걱정할 만큼 우리 가난하지 않거든."

엄마는 그렇게 말하면서도 속 깊은 아들이 든든하게 느껴졌다. 실제로 민성이는 어릴 때부터 제 마음대로 돈을 쓰는 경우가 한 번도 없었다. 탁자 위에 잔돈이 놓여 있거나 장보고 난 거스름 동전을 던져 놓아도 절대로 건드리지 않았다. 가지고 나가면 쉽게 군것질이라도 할 수 있을 텐데, 누가 가르친 것도 아닌데 그랬다. 어쩌면 엄마 아빠가 오직 누나와 자신을 위해 힘들게 일을 한다는 사실을 일찍부터 알고 있었기 때문에 그랬을 것이다.

민성이는 온순하면서도 부모의 말에 잘 순종하는 아이였다. 그런 성격 때문에 엄마 아빠는 가슴 아픈 기억이 하나 있다. 원일중학교에 들어가고 얼마 지나지 않은 1학년 때였다.

"엄마, 나 칠판 글씨가 자꾸 겹쳐서 보여. 뒤에 앉으면 잘 보이지 않고."

"그래? 근데 너무 어릴 때부터 안경 쓰면 안 좋을 것 같은데."

엄마는 그 말을 흘려들었다. 중학교에 입학하고 스트레스를 받아서 일시적으로 그럴지도 모른다고 생각했다. 그런데 어릴 때부터 안경을 쓰면 좋지 않다는 엄마 말에 민성이는 더 이상 안경을 써야겠다고 고집을 부리지 않았다. 그래서 이제 좋아졌나 보다 하고 무심히 지나갔던 것이다. 그런데 민성이의 눈은 좋아진 게 아니었다. 나중에 결국 안경을 하면서 알게 되었는데 민성이는 꽤나 심한 근시가 있었던 것이다. 그 일로 민성이는 학교 공부를 따라가는 것을 힘겨워하였다. 칠판 글씨가 잘 보이지 않으니까 공부할 의욕이 나지 않았던 것이다. 그래도 민성이는 영어 공부를 좋아했다. 수능 시험에서 영어 만점을 맞았던 누나 나영이 덕에 영어에 흥미를 갖게 된 것이었다.

민성이의 꿈은 특공무술을 하는 특수부대 군인이 되는 거였다. 고등학교 때는 이미 183센티미터까지 키가 컸고 태권도뿐만 아니라 합기도며 킥복싱까지 열심이었다. 운동을 할 때만은 결코 게으름을 부리지 않았고 그것이 적성에 꼭 맞는다고도 했다. 수학여행을 떠나기 전 며칠간은 밤 12시까지 운동을 하고 왔다.

"힘들지도 않아? 이렇게 늦게까지." 엄마가 그렇게 말하면 씩 웃으며 "수학여행 가면 며칠 빠지잖아요. 그때 못하는 거 미리 해야지" 할 정도로 운동에 열심이었다.

"멋있는 직업 군인이나 청와대 경호원이 되어서 엄마 아빠께 꼭 효도할게요."

민성이는 입버릇처럼 그렇게 말하곤 했다. 엄마 아빠를 생각하는 마음이 남달랐던 아이였다. 나영이와 민성이가 어느 정도 크자 엄마는 조금씩 일을 하기 시작했다. 시간제 일이라도 해서 아이들 학원비에 보태기 위해서였는데 엄마는 그다지 건강한 체질이 아니었다. 허리가 안 좋아서 일을 하고 오면 힘겨워하거나 아파서 빠지는 경우도 있었다. 그러다 보니 직장을 이리저리 옮기기도 했다. 그걸 보며 민성이는 굉장히 가슴 아파했다.

"엄마, 아빠가 회사 그만두고 자영업 하면 안 될까? 그럼 엄마가 하고 싶을 때 나가서 아빠 도와주고 집에 오고 싶을 때 올 수 있잖아요. 그러면 참 좋겠는데."

그런 민성이의 바람이 이루어질 것도 같았다. 아빠 역시 자영업을 할 계획을 가지고 있었던 것이다. 그 말을 들은 민성이는 누구보다 기뻐했다.

중학교 3학년 때였다. 생일을 맞은 민성이를 아빠가 불렀다.

"이제 너도 컸으니까 친구들 불러서 생일상 차려 주는 것도 좀 그렇지? 아빠가 생일 선물로 용돈 줄 테니까 친구들이랑 맛있는 거 사 먹어."

아빠는 십만 원을 주었다. 꽤나 큰돈이었다. 친한 친구들과 고기를 먹으러 갈 거라고 생각했는데 나중에 엄마에게 털어놓기를 피자로 때웠다고 했다.

"친구들이랑 맛있는 거 먹으랬더니 겨우 피자 먹었다며?"

민성이는 말없이 씩 웃기만 했다. 그리고 이듬해 아빠의 생일날, 민성이는 선물로 아빠의 옷을 사 왔다. 첫눈에 보아도 꽤나 값이 나가는, 용돈을 쓰지 않고 모아도 오랫동안 모았을 만한 선물이었다.

"용돈 모았죠. 제 생일날 아빠가 십만 원 준 거에서도 모았고."

제 생일날 쓰라고 준 돈을 모았다가 아빠의 생일 선물을 산 아들, 민성이는 그런 아들이었다.

남들이 힘겹게 겪는 사춘기도 민성이는 가벼운 감기 앓듯이 지나갔다. 엄마의 말에 잘 들리지도 않게 두어 번 투덜거린 게 사춘기라면 사춘기였을 정도로 무던했다. 그러면서도 학교에서 하는 봉사 동아리 '탑' 활동은 몹시 좋아했다. 복지시설에 가서 어린 아이들을 돌보거나 불편한 노인을 씻기는 등의 활동을 하면서 자연스럽게 사춘기도 넘어가고 생각도 어른스러워졌다. 그렇게 고등학교 2학년이 되고 4월이 왔다.

아빠 홍열 씨는 지금 생각해도 이상한 일이 있다. 피로 이어진 사이에서만 있을 수 있는 직감이랄까. 수학여행을 사흘 앞두고 아빠가 어두운 얼굴이 되어 엄마에게 말했다.

"여보, 우리 민성이 수학여행 보내지 말까?"

무어라 설명할 수 없이 그냥 불안한 마음이 들었다. 하지만 엄마는 수학여행을 간다며 좋아하던 민성이의 얼굴을 떠올리며 그럴 수 없다고 했다. 그 얼마 전에 민성이가 조용하게 물었다.

"엄마, 수학여행비 입금했어?"

아이답지 않게 늘 집안의 경제를 걱정하는 민성이에게 수십만 원의 여행비는 꽤 크게 느껴진 모양이었다. 엄마는 그런 민성이에게 미안하기도 하고 안쓰럽기도 해서 일부러 명랑하게 대답했다.

"그럼. 벌써 했지. 아무 걱정 말고 재미있게 놀다 와."

그 말을 들은 민성이의 얼굴에 환한 웃음이 피어났다. 그 웃음을 잊을 수 없는데 수학여행을 보내지 말자니.

"안 돼요, 민성이가 얼마나 좋아하는데. 꼭 보내야 해요."

엄마의 말에 아빠는 여전히 불안하면서도 더 말을 할 수 없었다.

나중에 아빠는 울면서 말했다. '내가 민성이에게 가지 말라고 했으면 조금 투덜거리더라도 아빠 말을 들을 아이였는데……'라고.

수학여행을 떠나던 날이었다.

"아들, 용돈 얼마나 주어야 돼?"

"알아서 주세요. 갔다 오면 바로 내 생일이니까 또 생일상 차려 줄 거잖아."

3만 원을 주었는데, 더 달라고 하면 더 줄 수도 있었는데 민성이는 그걸로 족하다는 듯이 웃으며 집을 나섰다.

그리고 약속했던 생일날이 되어도 민성이는 돌아오지 않았다.

* * * *

하늘에서 민성이가

엄마 아빠에게

나 많이 보고 싶지? 나 잘 있어요. 가끔 엄마가 해 주는 고슬고슬한 밥 냄새가 몹시 그립기는 해요. 엄마, 기억나죠? 제가 엄마 꿈속으로 찾아갔던 거. 할 말도 많았고 사랑한다는 말을 먼저 하고 싶었는데, 글쎄 나도 모르게 겨우 '엄마, 밥 해 주세요'라고 얘기했지 뭐예요. 하긴 엄마 아빠가 알듯이 제가 누나처럼 말이 많은 편은 아니잖아요. 하여튼 엄마가 해 주던 밥은 여기서도 생각이 나요.

그리고 아빠, 요즘 전보다 운전을 좀 위험하게 하는 거 같아요. 가끔 옆에서 오는 차도 못 보고, 신호등 앞에서 급정거도 하고. 알아요, 운전을 하다가도 갑자기 아빠 눈에 뿌옇게 이슬이 맺히는 거. 그러니까 운전할 때만큼은 내 생각 하지 않기예요. 알았죠?

다음은 누나, 내가 잘 표현을 못 해서 그렇지 얼마나 누나를 자랑스러워 했는지 모를 거야. 돈 한 푼 안 들이고 국립대를 쓱 들어가는 걸 보고, 으아, 대단하다고 속으로 감탄했다니까. 솔직히 공부에서는 내가 누나 발끝도 못 따라가잖아. 그런데 내가 누나 따라서 단원고에 갔다고, 그래서 사고가 났다는 생각은 말아 줘. 똑똑한 누나가 그건 무슨 바보 같은 생각이야?

여기 소식도 조금 전할게요. 엄마 아빠가 이상하게 생각하는 거 있죠? 내가 키우던 귀여운 햄스터, 짱구 말이에요. 내가 하늘공원으로 가던 날, 쌩쌩하던 짱구가 갑자기 쓰러져 저를 따라 왔잖아요. 아무래도 짱구는 우리 식구 중에 나랑 제일 친했으니까 나랑 있는 게 더 좋았던 모양이에요. 지금 짱구는 나랑 잘 있어요. 내 손바닥 위에서 장난도 치고 어깨 위를 잽싸게 오가기도 해요.

그리고 나와 제일 친했던 단원고 8인방, 너무 친하게 지내서였을까요. 한 명도 빠짐없이 다 같이 있네요. 여기서도 역시 8인방으로 친하게 지내요. 우린 단원고 때도 좀 달랐잖아요. 잘난 척하는 친구도 없고 제 것만 챙기는 친구도 없어요. 그러니까, 아주 외롭지는 않아요. 다만 엄마 아빠, 누나가 그리울 뿐이에요. 언젠가 다시 만나겠죠? 행복하게 살다가 다시 만나야 저도 더 반가울 거예요.

아주 많이 고마워요. 보고 싶을 때는 또 꿈속으로 찾아갈게요.

엄마 아빠, 나영이 누나!

* * * *

민성이는 4월 29일에 배에서 나와 지금은 안산 하늘공원에 잠들어 있다.

형의 자리에 앉아

안산 단원고 2학년 5반 **김성현**

1. 남자들만의 해방감을 만끽했던 남도 여행에서 아빠와 성현이 성준이.
2. 초등학교 2학년 때 네 식구가 단란하게 조촐하게 성현이 생일 파티.
3. 외삼촌네랑 떠난 여행. 성현이는 스키장에 가는 걸 가장 좋아했다.

형의 자리에 앉아

점심시간에 형에게 물었지.

'형, 밥 먹었어?'

'그래 성준아, 점심 맛있게 먹고 공부 열심히 해. 엄마한테 잘해 드리고.'

형은 오늘도 엄마처럼 잔소릴 하더군. 온 세상이 꽃으로 그득한 오월, 푸른 생동감 넘치는 오월에 내 눈길이 닿는 데마다 내 마음이 가는 곳마다 형으로 가득해.

보고 싶은 형, 내가 형에게 이렇게 긴 편지를 쓰게 될 거라고는 꿈에도 상상해 본 적이 없어. 영원히 내 형으로 우린 함께 살아갈 거였으니까. 편지 따위 쓰지 않고도 형과 나는 잘 통했으니까. 나는 언제나 믿음직한 형 앞에서 철없이 까불고 형의 말대로 헛짓도 많이 하면서 살아가면 되는 거였잖아. 엄마 아빠, 할머니 할아버지, 외삼촌, 외할머니, 이모, 사촌 형들이랑 사촌 누나도 내 마음과 같을 거야.

형은 어른들의 믿음을 저버릴 줄 모르는 어진 선비 같다고 이모가 그러셨지. 또 어쩌면 형은 튼실한 씨앗이었을지도 몰라. 형의 태몽을 들어 볼래? 시골 외가 뒤에 감나무가 한 그루 있었대. 어느 날 어머니 꿈에 돌아가신 외할아버지가 함박 웃으면서 저기 감나무에 감이 열렸다고 하셨대. 엄마가 감나무를 올려다보았더니 감이 주렁주렁 열렸는데 그중에서 하나만 탐스럽게 익었더래. 엄마가 말하셨어.

"꿈에 내 아버지께서 잘 익은 감을 뚝 따서 내게 주셨지. 외할머니는 내 결혼이 늦어서 걱정이 많았다가 꿈 얘기를 들으시고는 씨앗이 단단한 감은 아들을 낳을 꿈이라며 기뻐하셨어."

엄마는 정말로 튼실한 씨앗을 품은 감처럼 예쁜 아들을 낳았대. 그 아들이 바로 형이야. 형은 나보다 두 해 먼저 태어났지. 내가 태어나기 전까지 형아는 가족들의 사랑을 독차지하며 자랐지만 내가 태어나면서는 내게로 사랑이 흘러내렸어. 형은 엄마의 사랑을 빼앗기고 무척 억울했겠어. 그래도 형이 다섯 살, 내가 18개월이 되기까진 행복한 시절이었어. 내가 엄마 등에 업히면, 형을 안쓰럽게 바라보던 아빠는 형을 업어주면서 사랑으로 키우셨대.

어느 날 엄마는 다시 일을 해야겠다고 마음먹었대. 다들 돈 벌어서 재산 불리고 애들 교육시키는데, 애나 키우면서 아무것도 안 하는 자신을 견디기 힘들었대. 결국 다섯 살 형아는 엄마가 일할 동안 어린이집을 다녀야 했고, 태어난 지 18개월이던 나는 놀이방에 맡겨져야 했어. 나를 등에 업고 형의 손을 잡고, 엄마는 어린이집으로 갔다지. 형은 어린이집에 가지 않겠다고 길바닥에 드러누워 떼를 썼대. 하지만 엄마는 포기하지 않았지. 형을 질질 끌다시피 하고 어린이집으로 갔대.

"그땐 그게 잘하는 건 줄 알고 애를 그렇게 끌다시피 어린이집까지 데려갔단다."

엄만 그때 일을 무척 마음 아파하시지만, 생각나? 우리가 조금 더 자랐을 때 엄마 아빠가 직장으로 일하러 나간 우리 집은 놀이터였어. 우리는 식탁 의자 네 개를 거실로 옮겨 기둥을 만들고, 그 위에 이불을 씌워서 텐트를 쳤지. 그 안에서 함께 놀았잖아. 엄마 퇴근할 시간이 되면 아주아주 빠르게 텐트를 걷어 치웠지. 형은 좀 덜했지만 나는 정말 잘 놀았어. 놀이터에서 애들이랑 놀다가도 가까운 우리 집으로 쪼르르 올라와선 화장실 쓰고, 물 먹고, 라면도 끓여 먹었지. 집으로 친구들을 불러 잔뜩 어질러 놓고, 먹을 건 다 먹어 치우면서 놀았잖아.

퇴근해서 집에 돌아온 엄마는 소리를 지르면서 친구 좀 그만 데려오라고 짜증을 내곤 하셨어. 날마다 일찍 일어나서 식구들 밥 먹이고, 두 아이 씻기고, 옷 갈아입히고, 준비물 챙겨 집을 나서기가 엄마도 얼마나 힘들었겠어. 형은 나 때문에 덤으로 야단맞는 일이 잦았어. 형이니까 동생을 말려야 한다고 엄만 생각하셨지. 어느 땐 형이 엄마

대신 애들 좀 그만 데려오라고 내게 잔소리를 하기도 했어. 그리고 형은 어쩌다 애들을 데려올 때가 있어도 엄마한테 꼭 허락을 받았지.

엄마는 그렇게 살아온 10년을 견딜 수 없이 미안해 하지만, 우린 그 시간에도 무럭무럭 자랐어. 어릴 때 형은 태권도장에 다녔는데, 학원에서 엄마 아빠를 어머니 아버지라고 부르게 가르쳤다고 해. 형은 엄마를 꼭 '어머니', 아빠는 꼭 '아버지' 하고 배운 대로 부르는 기특한 아이였대. 자라면서 슬그머니 잊어버리긴 했지만 형은 여전히 반듯하고 믿음직했어.

나는 형이 있어서 엄마 아빠의 빈자리를 느끼지 않았지. 엄마가 직장에서 일하는 동안 형이 내겐 엄마이고 아빠나 마찬가지였어. 그런데 형은 어린 내게 의지할 수 없었을 테니, 외로웠지? 과묵하신 아빠는 아빠를 닮은 형이 안쓰럽기도 해서 마음이 많이 쓰였대. 아빠의 큰아들이 아빠보다 활기차고 적극적인 아이로 자라길 바라셨대. 엄마가 내 엉덩이를 톡톡 두드려 주며 예뻐할 때 형이, "엄마는 성준이 거" 그런 적도 있다지. 가끔 아빠는 성현이도 좀 챙겨 주라고 엄마한테 그러셨대. 형이 나를 질투해서 그런 것만은 아닌 것 같아. 형도 성격 밝은 나를 무척 좋아했잖아. 나는 형아 간식도 안 남기고 싹쓸이로 해치우고, 혼자만 귀염받아도 형 생각할 줄 모르는 철부지였지. 내가 형의 자리까지 차지하고 자란 것 같아.

어느 날 엄마가 형이 어릴 때 어린이집으로 끌고 간 일이랑 사랑도 먹을 것도 늘 동생한테 양보만 해 온 형에게 "네 마음에 상처가 생겼을까 마음에 걸린다"고 했더니 형은 하나도 생각이 안 난다고 했다면서. 엄마는 그래서 더 마음이 아프대. 한참 귀여울 때 내가 태어났고, 은근히 정이 가서 동생만 챙겨 주었다고.

아빠 직업이 컴퓨터 프로그래머여서 우리 집 컴퓨터는 언제나 아빠가 잘 갖춰 주셨지. 아빠가 컴퓨터를 게임용으로 쓰라고 꾸며 놓은 건 아니었어. 공부에 도움이 되라는 뜻이었을 거야. 그러나 우리는 컴퓨터로 게임을 즐기기 시작했지. 시간을 정해 놓으라고 해도 잘 안 되었고, 어느 때는 끄라는 말도 어겼어. 화난 엄마가 코드를 뽑아 놓기도 했으니까, 그럴 땐 게임에 몰두하던 형이 신경질을 내기도 했지. 한 번도 그런 적이 없는 형이 변하는 걸 보고 엄마는 형이 비뚤어질까 봐 걱정되었대. 사실 애들이 게임을 너무 많이 한다는 걱정은 어른들 몫이잖아. 나는 알아, 형은 진짜 프로게이머를 꿈꾸었다는 걸. 형은 게임을 무척 잘했어. 게임할 때 형은 완전히 몰입했으니까. 그동안 형이 보여 주지 않은 모습을 게임할 때 보여 주었으니까.

지금 생각해 보니 형은 공부하느라 힘들었던 것, 형이어서 힘든 것들을 게임하면서 풀어냈는지도 모른다는 생각이 들어. 그리고 정말 게임을 좋아해서 프로게이머를 꿈꾸고 있었다고 생각해. 그렇지만 우리들의 현실은 게임에 몰두하는 청소년을 고운 눈길로 보지 않았고, 게임에 몰두할 틈을 주지도 않지. 형은 중학교에 입학하고 학원에 다니느라 시간이 없어졌고. 엄마의 걱정도 덜해 갔어.

엄마는 게임 좀 그만하란 잔소리를 했어도 공부하라 다그친 적은 없었지. 1등 안 해도 사회생활에는 지장이 없으니 스트레스받지 말라고 하셨잖아. 그래도 한 중간 정도는 하라고 하셨어. 그런데 형은 상위 10퍼센트 정도의 성적을 받았어, 잘한 거야, 그렇지? 형은 진로에 대해서 선불리 말하지 않을 만큼 고민했던 거 같아. 아빠한테는 공인회계사가 되고 싶다고 했다지. 하지만 현실적인 형은 수학을 비롯한 이과 계열 성적에 자신이 없었는지 아니면 역사 쪽에 더 관심이 있었던 것인지 문과를 택했어.

선부초등학교를 졸업하고 선부중학교에 다니고부터 형은 역사 과목 성적이 잘 나왔어. 졸업 때 역사 교과 우수상도 받았잖아. 3년 개근상도 물론 받았지만. 단원고에 가서는 고1 때 선생님의 권유로 세계사 경시대회인가에 나간 적도 있었지. 상은 받지 못했어도 형이 역사에 대해 더욱 관심을 높이는 기회였을 거야. 고등학교 2학년 때는 담임 선생님이 한국사 선생님이셔서 무척 기대가 컸잖아. 난간에 매달린 아이들을 탈출시키고 다른 아이들을 구하려다 하늘나라로 가신 이해봉 선생님이 그분이잖아. 형이 언제부터 역사에 관심이 생겼는지 나도 잘 모르겠어. 아빠도 학교 다닐 때 역사와 세계사 같은 과목에는 흥미를 느끼지 못했다고 하셨어. 그래서 우리에게 더 넓은 세상을 향해 큰 꿈을 꾸게 하고 싶으셨을지 몰라. 어릴 때 아빠와 지구본을 돌려 가면서 나라나 도시 이름 찾기 놀이 하던 거 생각나? 카드놀이도 나라 이름과 도시 이름을 맞추는 카드로 놀았잖아. 나는 형을 이기려고 눈을 크게 뜨고 지구본을 살폈지. 지구본에 나온 나라와 도시는 주로 내가 먼저 찾았지만, 그때 형은 지구본을 벗어나 더 넓은 세상을 꿈꾸었을지도 모르겠어. 아빠의 간절한 바람이 형의 마음으로 전해졌을 거란 생각이 들어.

형은 정말 한국사를 잘 이해했어. 역사 드라마 볼 때마다 그 시대에는 어떤 일이 있었고 무엇이 잘되었고 무엇이 잘못된 것이라 설명을 해 주어서 엄마를 놀라게 했으니까. 엄마는 형의 가능성이 보여서 무척 반가웠대. 형이 역사를 전공해서 할 수 있는 직업에 대해서도 의견을 나누곤 했어. 역사 선생님이 되어도 좋고, 박물관 학예사도 좋을 것 같다며 엄마도 희망으로 부풀었어.

형은 튀는 걸 좋아하지 않았지만 은근한 멋이 풍겼어. 잘 보이고 싶어서 이러는 거 아니야. 형은 유명 상표 옷을 입지 않아도 멋있었어. 형이 즐겨 입던 빨강 오리털 조끼는 엄마의 옷이었지. 형은 엄마한테 새 옷 사 달라 한 적이 없었어. 그 흔한 유명 상표를 탐내지도 않았고. 나도 형이 입던 옷을 물려 입어도 아무렇지 않았어. 형이 신던 운동화를 신고 다녀도 좋았지. 형이 쓰던 건 다 좋았어. 엄마가 사 주는 대로 입고, 해 주는 대로 먹었던 착하고 못난 형. 엄마 아빠처럼 형도 늘 검소하게 살아서 나도 모르게 형을 본받고 싶었는지 몰라.

그리고 난 안다. 형이 걸 그룹 다비치의 강민경 누나랑 이해리 누나를 좋아했던 거. 가만가만 표 나지 않게 좋아했었지. 엄마나 아빠는 형이 집에서 워낙 말수가 적으니 친구도 없을까 봐 걱정을 하셨지만, 나는 형이 친구들과도 곧잘 어울렸다는 것도, 볼링부에 들어서 볼링을 즐겁게 배웠다는 것도 알아. 그리고 형이랑 나는 축구와 농구 배드민턴 같은 운동을 함께했지. 내가 형보다 못하는 운동은 배드민턴이어서 나는 배드민턴을 열심히 연습해서 내기를 걸 생각이었어. 다른 건 몰라도 운동만큼은 형보다 잘하고 싶었거든. 그러고 보니 나는 형보다 노래를 잘 불렀다는 거, 인정하지? 형은 노래방에 가면 언제나 발라드만 불렀는데, 고음 부분에선 음높이가 올라가지 않아서 성구와 내가 킥킥 웃곤 했어. 나는 노래만 잘 부르는 게 아니라 어른들이 좋아하는 트로트를 불러 인기를 한 몸에 받았잖아. 그것도 인정하지? 고음에서 걸리던 형의 노래도 조금은 사랑스러웠어.

노래방 하니까 외삼촌을 빼놓을 수 없어. 외삼촌이 언제나 제일 먼저 부르던 노래는 임재범의 〈고해〉, 그 어려운 노래를 외삼촌은 결코 포기하지 않았지. 우리 가족은 외삼촌네랑 자주 어울렸어. 외삼촌은 우리를 친아들처럼 챙겨 주셨고. 나와 나이가 같은 외사촌 성구에게 형은 친형처럼 다정했지. 함께 여행도 숱하게 다녔어. 우리가 다녔던 수많은 여행지 중에 형은 스키장에 가는 걸 가장 좋아했지. 어느 여름엔 남자들끼리만 여행을 떠났어. 남자들만의 해방감을 만끽하려고 떠났지만 우린 선크림 하나도 챙겨 갈 줄을 몰라서 피부가 벌겋게 익어서 돌아왔어.

조치원 할머니 댁은 외가 쪽 친척들보다 왕래가 뜸했는데, 어느 날 형이 나에게 할머니 댁에 가자는 거야. 나야 형 말이라면 언제든 오케이. 우리 둘이 할머니를 뵈러 갔었지. 누가 다녀오란 것도 아니어서 아빠랑 엄마는 형이 무척 대견스러웠대. 나도 잊을 수 없어. 형과 내가 기차를 타고 갔던 조치원 할머니 댁.

외삼촌과 우리 가족이 여행을 자주 다니긴 했어도 제주도는 한 번도 못 갔어. 제주만 해도 멀고 쉽게 갈 수 있는 곳이 아니었으니까. 수학여행으로 제주에 간다니까 그렇게 좋았어, 형? 만날 샤워로 끝내던 형이 욕조에 물을 받아 놓고 말끔히 때를 밀고 나오더래. 그러더니 "엄마, 면도기 하나 사 주세요" 하더래. 엄만 한 번도 뭘 사 달란 적이 없는 아들의 말인지라 선뜻 면도기를 사 주셨지.

다음 날 형아는 변함없이 엄마의 빨강 조끼를 입고 수학여행에 나섰어. 엄마는 형을 학교 앞에 내려 주고 직장으로 출근했고. 형은 언제나처럼 무어라무어라 문자를 보내거나 하지 않았고. 엄마가 "출발했니?"라고 보낸 문자에 "네"라는 한마디가 다였고. 그게 엄마와 주고받은 마지막 문자였어. 그날 밤 특별히 용돈을 챙겨 주신 이모부님께 '이모부님 감사합니다. 여행 잘 다녀올게요'라는 인사 문자를 보내서 이모는 녀석 많이 자랐구나 하셨대.

다음 날 아침 엄마는 사고가 난 것도 모르고 출근하자마자 바쁘게 일하고 있었대. 출발했으니 잘 도착해서 잘 놀다 오려니 했지. 같은 동네 친근한 동생이 전화해서는 급한 목소리로, "애들 탄 배가 지금 가라앉고 있으니 얼른 뉴스 좀 봐" 그러셨대. 다른 집 형아와 누나들은 배 안에서도 실시간으로 통화도 하고 사진도 보내고 하는데, 형은 너무 조용했어. 엄마가 직장 일에 방해받을까 봐 그랬어? 엄마가 걱정할까 봐 그랬어? 휴대폰을 손에서 놓친 거야?

형은 꼭 한 달 만에 바다에서 올라왔어. 형이 여행을 떠나기 일주일 전에 엄마는 수술을 받으셔서 진도에 가 있을 동안에도 내내 이모께서 보살펴 주셨어. 형이 돌아오던 그날은 처음으로 바지선을 타고 아빠 엄마가 현장으로 가셨던 날이야. 엄만 바다를 향해 목 놓아 형을 불렀는데, 엄마가 부르는 소릴 듣기라도 한 듯 깊고 차가운 바다에서 잠수사가 형을 데리고 올라왔대.

엄마는 그깟 직장 일이 뭐라고 애들에게 무심했을까 하면서 형이랑 자주 대화를 나누지 못한 게 다 일을 가졌기 때문이라며 고통스러워하셔. 형에게 미안하단 말도 사랑한단 말도 보고 싶단 말도 못 하겠대. 큰아들이 떠난 걸 지금도 믿을 수 없는 아빠는 아무도 몰래 소리 없이 우셔. 외삼촌은 누구보다 서럽게 우셨고. 외삼촌뿐이겠어. 모두 그랬지…… 모두가 그랬어. 형이 있을 때 표 나지 않았던 형의 자리는 가족과 친척들 모두의 중심이었을 만큼, 조용하지만 커다란 자리였어. 우리 모두 형이 떠난 빈자리를 확인했지만, 그 자리를 메울 방법은 아무도 찾지 못했어. 모두들 아직은 힘들어.

2학년 5반 형의 교실엔 명예 3학년 5반이라는 명패가 붙어 있어. 하늘나라로 떠난 형들 자리엔 꽃과 메모와 과자, 초콜릿 같은 물건들이 책상 위에 그득해. 형이 가입했

김성현

던 볼링부원들이 희생된 부원들의 영정 사진을 들고 찍은 사진이랑 메모도 있어. 이해봉 담임 선생님이 서 계시던 교탁에도, 아참 선생님도 잘 계셔?

나는 올해 단원고에 입학했어. 형 대신 단원고 졸업장을 받고 싶어서야. 나는 종종 형이 앉았던 책상에 메모지를 붙여. 이해봉 선생님이랑 내가 알던 형들에게도 메모를 붙이곤 하지. 처음 교실에 왔던 날, 형이 사물함에 붙인 목표를 보고 마음이 무척 아팠어. 〈하고 싶지 않은 일은 억지로 하지 말자〉 기억나? 형아, 너무나 성실하게 살아온 형이 못 견디게 가여워.

형이 떠난 뒤 한동안 형 방에 들어갈 수 없었어. 형이 있는 것만 같아 무서웠어. 며칠 후엔 형이 그리워서 형의 방으로 갔었지. 형의 자리에서 형의 베개를 안고 누웠는데 인기척이 느껴졌어. 형 같았어. 형이 다가오더니 나를 꼭 안고는 말했지.

'엄마한테 잘해 드리고 미안하다고 전해 드리렴.'

그날 밤 나는 형의 품에서 잠들었어. 며칠 동안 그랬던 것 같아. 이젠 언제라도 형을 느낄 수 있어. 어디에 있어도 형이 느껴져. 나와 함께 있는 것만 같아.

형, 형의 나라 이름은 뭐야? 나라 이름을 만들고 그 나라의 역사를 형이 기록하면 좋겠어. 내키지 않으면 안 해도 돼, 형. 하지만 형이 역사를 좋아하니까 이미 즐겁게 하는 일이 아닐까. 나를 잊지 마, 형. 우리도 잊지 않을 거야. 그날을 영원히 기억할 거야. 내겐 형이 수학여행을 떠나기 전과 후는 너무 많이 달라. 왜 그 차가운 바닷물 속에서 고통스럽게 생을 마쳐야 했는지 아직 몰라. 나도 아직은 더 자라야 하니까. 형 생각하면서 열심히 살게. 고마웠어, 형. 사랑해 아주 많이.

초록이 번지는 오월에 형의 자리에 앉아……

그 새벽의 주인공

안산 단원고 2학년 5반 **김완준**

1. 승환이와 함께. 저보다 큰 사촌 동생과 이 빠진 것을 기념해서 찍은 사진.

2. 중학교 2학년 겨울 어느 새벽에 광덕산에서 친구들과 함께.

3. 중학교 3학년 때 할머니 생신을 기념해서 우도에 갔을 때.

그 새벽의 주인공

현진아, 절친이란 건 상당히 가까운 사이라고 생각해.
만약 내가 절친이라고 부를 애가 있다면 네가 첫째였음 해.
그리고 너무 그쪽 학교 애들이랑만 놀지 마, 바보야.
- 완준

바보라고? 누구더러 바보래?

날쌘돌이 김완준, 너 지금 어디에 있는 거냐? 광덕산에서 너 혼자 해돋이를 기다리는 건 아니겠지? 우린 지금 산에 오르려고 와동초등학교 교문 앞에 모였단 말이야. 이 새벽 모임에 빠진 적 없던 네가 곧 나타날 것 같아서 두리번거리는 내 모습 보이냐? 부옇게 밝아 오는 하늘 어디쯤에서, 지켜보는 것도 참석한 거라고 우기는 네 목소리가 귀에 들리는 것 같단 말이야. 절친이라면 지켜보지만 말고 이런 때 짠! 하고 나타나 줘야 하는 거라고. 알아? 이 바보야!

지난 어버이날에도 우리 모두 너희 집에 다녀왔다. 작년 네 생일에 가고 몇 달 만이었는데도 어머니 아버지는 예전과 다름없이 우리를 반갑게 맞아주시더라. 모처럼 우리도 그간 하고 싶었던 네 얘기 실컷 하다 왔지.

완준아, 너랑 내가 초등학교 1학년이었을 때 처음 만났던 것 기억하니? 그때야 지금처럼 친하지도 않았을 텐데 너희 어머니가 놀러 오라는 말만 듣고 나는 무작정 찾아갔었지. 유난히 작고 하얀 얼굴에 눈매가 인상적이었던 너는 만화책 보는 척하다가 나와 눈이 마주치면 얼른 고개를 돌리곤 했어. 내가 찾아간 게 싫지 않은 것 같은데도, 선뜻 말 한마디 건네지 않던 네가 나를 방에 들이기까지 얼마나 오래 걸렸는지 알아? 그러고 보니 네 유별난 낯가림은 중학교에서 우리가 다시 친해질 때도 여전했던 것 같아.

네 말처럼 넌 성격상 쉽게 친해지기 어려운 아이야. 진짜 친구는 마음이 통하는 거지, 일부러 친해지려고 하면 금세 어색해져서 멀어진다면서, 너는 '친구 많다'는 말보다 '평생 함께 갈 친구가 있다'는 말을 듣고 싶다고 했지. 이제야 그 말이 무슨 뜻인지 알 것 같아. 오글거리지만 우린 여전히 네 친구인 게 참 좋다.

넌 말이 많지도 않고 길지도 않은 아이였어. 짧고 간결한 말로 표현할 수 없는 것들을 묵묵히 행동으로 보여 주었지. 겉으로는 무심한 척하면서도 우리가 덜렁거려서 빼먹고 빠트리는 것을 내색 않고 챙겨 주던 네 빈자리가 얼마나 큰지 넌 상상도 못 할 거야.

그날 너희 어머니와 아버지한테서 우리가 모르는 네 어릴 때 얘기 많이 들었다. 광주에서 태어난 네가 네 살 때 안산으로 오게 된 거며, 월피동 햇살유치원 다닐 때 네가 어땠는지, 그리고 와동 너희 집으로 이사 오게 된 사연 같은 거 말이야.

어머니는 네 어릴 때 사진들을 보여 주시며 네가 얼마나 잘 웃고 떠들던 장난꾸러기였는지 얘기해 주셨지.

너 일곱 살 때 트럭에 치여서 큰일 날 뻔한 적도 있었다며? 다들 네 다리가 부러진 줄 알고 엄청 놀랐는데 다행히 넌 깁스를 하지 않아도 될 정도로 괜찮았다고 하더라. 그래도 다들 크게 놀라셨는지, 어머니는 하던 일을 바로 그만뒀고 아버지도 너를 위해 안전한 곳을 찾아 초등학교가 바로 보이는 와동으로 이사할 결심을 하셨대.

아, 맞다. 너희 어머니 말씀이 초등학교 1학년 때 네 체중이 겨우 17킬로그램밖에 안 되어서 아프면 등에 업고 다녔다고 하시더라. 두고두고 놀려 먹을 만한 그 귀중한 정보를 이제야 듣게 되다니 그 자리에 있었던 우리 모두 진짜 아쉬워했잖아. 우리가 한창 어울려 다녔던 중학교 때 알았다면 그 정보, 정말 유용하게 써먹을 수 있었을 텐데 말이야.

지금에서야 하는 말이지만 우리는 너희 집이 참 좋았어. 일주일에 대여섯 번은 찾아가곤 했는데도 너희 부모님은 귀찮은 기색 없이 우리를 대해 주셨지. 너희 어머니가 입 짧은 너를 걱정하며 해 주신 음식이라는 거 알면서도 네가 안 먹겠다고 하면 뻔뻔하게 우리가 싹 다 먹어 치웠잖아. 솔직히 밖에서 친구들과 다투며 먹을 때는 너도 누구한테 빠지지 않는다는 걸 알아서 더 그랬는지도 모르지만 말이야.

무엇보다 네 방은 진짜 특별했어. 심심해서 죽을 것 같다가도 네 방에 들어서면 하고 싶은 일들이 저절로 떠오르곤 했으니까. 그 좁은 네 침대 위에 기본 세 명은 끼어 자고, 누구는 바닥에 앉아 책을 읽고, 또 누구는 컴퓨터 게임을 하기도 했지. 그러다 재미있는 아이디어라도 나오면 우린 주저하지 않고 행동으로 옮겼어. 우리의 새벽 탐험도 그렇게 탄생된 거잖아. 너는 우리 중 누군가 할 수 없다고 하면 의견을 조율하고 되도록 다 같이 할 수 있게끔 배려했어. 그 시절 근사한 계획의 대부분은 거의 네 방에서 세워지곤 했던 거 너도 기억하지?

참, 아롱이는 진짜 많이 자랐더라. 어머니는 네가 남긴 선물이라며 아롱이를 얼마나 아끼시는지 몰라. 수학여행 가기 두 달 전이었나? 아직 어려서 며칠 더 있어야 데려갈 수 있다는 아롱이를 보여 준다며 완준이 네가 나를 얼마나 끌고 다녔냐? 사거리 애견센터에서 아롱이를 알아보고는 눈을 떼지 못하던 네 모습이 아직도 생생하다니까.

너는 아이들 몰래 아롱이를 훈련시켜서 모두 깜짝 놀라게 해 주겠다고 별렀잖아. 그래서 그때까지는 비밀을 지켜 달라고 내게 신신당부했고. 하지만 궁금한 건 절대로 참지 못하는 문기가 너희 집까지 찾아와서 문 열어 달라며 초인종을 눌러댔지. 결국 네가 나와서 민기와 한바탕 말싸움 벌이는 것으로 아롱이 비밀 훈련 계획은 실패했지만, 그날을 생각하면 난 아직도 웃음이 나온다니까.

문기는 아롱이보다 더 예쁜 강아지도 있는데 굳이 네가 아롱이를 고른 게 그때는 이상하다고 했는데, 이번에 너희 집에 다녀오고서 그 이유를 알겠다고 하더라. 아롱이 얼굴을 보고 있으면 어딘지 모르게 완준이 너랑 닮은 데가 있다는 거야.

어머니는 네가 사춘기를 겪으면서 식구들과 소원해졌던 관계가 아롱이 때문에 달라졌다고 하셨어. 방에 틀어박혀서 나올 줄 모르던 네가 아롱이를 데려오고부터 거실로 나와 식구들과 웃고 떠들기도 했다면서, 네가 아롱이를 동생처럼 보살폈다고 하더라.

너는 너대로 힘든 사춘기를 보냈겠지만, 어머니 또한 그 시간이 무척 힘들었다고 하셨어. 어릴 때 네가 얼마나 살갑게 구는 아들이었는지, 손재주가 좋아서 어떤 것들을 만들었는지, 사고 싶은 것도 많았을 텐데도 용돈을 아껴서 부모님께 한 선물이 무엇이었는지 하나하나 다 말씀해 주셨어. 어머니한테 너는 친구 같은 아들이었다면서.

그러던 네가 어느 날부터인지 부쩍 말이 줄고 네 방에 함부로 드나드는 것도 싫어했다는 거야. 어머니는 어떻게든 너와 대화를 해 보려고 했지만 너는 그것조차 짜증스럽게 받아들이는 것 같아 많이 서운하셨대. 지금은 그런 일들도 다 그립다면서.

우리라고 너와 뭐가 달랐겠냐? 하지만 어머니 말씀을 듣고서야 그때 네가 힘들다고 했던 말을 무심히 넘겼다는 생각이 들었어. 너는 하나뿐인 아들을 제대로 키우고 싶어 하시는 부모님을 이해하면서도 지나친 간섭이 부담스럽다고 했지. 다른 형제가 있었으면 너한테만 쏟아지는 관심에서 벗어날 수 있었을 거라고 말이야.

네가 장난스럽게 예쁜 여동생 하나 있으면 좋겠다고 할 때, 외로워서 하는 말이라는 걸 그때는 잘 몰랐어. 언제나 부모님의 사랑을 넘치도록 받는 네가 우리는 가끔 부러웠거든.

너희 아버지는 지금도 퇴근하시면 네 방부터 들른대. 오늘 하루 어땠느냐고 묻기도 하시고 맛있는 것이 있으면 슬쩍 네 책상 위에 올려놓기도 하신다더라. 네가 유독 추위를 잘 타니 쌀쌀해지면 옷 단단히 입으라는 말도 잊지 않으신대. 일일이 말 안 해 줘도 넌 다 듣고 있을 테지만 말이야.

너희 부모님은 네가 학교에서 우리랑 같이 있을 때 어땠는지 듣고 싶어 하셨어. 중학교 2, 3학년 때 우리는 거의 모든 시간을 함께한 것 같은데, 그 많은 기억을 떠올리느라 고생 좀 했지.

완준이 너는 진짜 특이했어. 우리가 뭘 하자고 하면 네 첫 마디는 늘 "싫어!" 아니면 "안 해!"였지. 하지만 일단 시작하면 게임이든 시합이든 넌 누구보다 열심이었어. 정작 먼저 하자고 했던 우리는 다 나가떨어졌는데도 넌 이길 때까지 먼저 물러서는 법이 없었지. 지겹다고, 웬만하면 다른 거 하자고 우리가 꼬드겨도 넌 꿈쩍도 안 했어.

"최고가 아니면 차라리 꼴찌가 나아. 난 어중간하고 애매한 게 세상에서 가장 싫어."

지금에서야 고백하지만 그런 말 할 때 완준이 너 쬐끔 멋있어 보였다.

그러고 보니 네가 남들 앞에서 뭘 잘한다고 떠드는 걸 본 적이 없더라고. 넌 그저 좋은 건 좋고 싫은 건 싫다고 말할 뿐이지, 남들이 너를 어떻게 보는지는 별로 신경 쓰지 않았거든. 어려서부터 태권도를 해서 품띠까지 땄어도 넌 네 입으로 그걸 떠벌리고 다니지 않았어. 가끔 네 작은 얼굴과 마른 체구만 보고 함부로 덤볐다가 큰코다치는 애들도 있었지.

중2 때였나? 여리여리한 네 손을 보고 '물주먹'이라고 놀리던 녀석이 너한테 그 주먹으로 때려 보라며 약 올렸던 일 말이야. 넌 조금도 흥분하지 않고 맞아 보겠냐고 물었고 그 애는 끝까지 얕보며 때려 보라고 했지. 너한테 한 대 맞고도 여전히 '물주먹'이라고 놀리는데 넌 그냥 가더라. 나 같았으면 약이 올라서 녀석이 입 다물 때까지 한판 붙었을 것 같은데. 다음 날 그 녀석이 너한테 맞은 팔이 퉁퉁 부은 채 나타난 것을 보고서야 널 다시 봤잖아. 너란 아이는 알면 알수록 특이하다고 생각했어.

뭐, 그렇게 따지면 와동중학교 2학년 8반 우리 교실엔 너처럼 별난 아이들로 북적여서 잠시도 조용할 때가 없었던 것 같아. 너는 그런 우리 반이 좋다는 표현을 중학교 1학년 때와는 다르다고, 그때는 지루하고 따분해서 거의 잠잔 기억밖에 없었는데, 2학년 우리 반에는 특이한 아이들이 많아서 좋다고 했어. 그때 교실에서 우리가 한 거라곤 유치한 말장난과 친구들 골려 주는 일 그리고 재미있어서 낄낄대던 게 전부였는데, 우린 뭐가 그리 좋았을까?

3학년 때는 심지어 각자 반이 달라졌어도 우린 2학년 때보다 더 자주 만났잖아. 2학년 때 친했던 멤버 그대로 등산도 가고 캐치볼도 하고 배드민턴도 쳤잖아. 며칠 못 다녔지만 새벽에 복싱 배우러 다니기도 했고. 아마 그때 그런 얘기도 주고받았던 것 같아. 이다음에 우리 중에 누가 가장 먼저 결혼할지 얘기하다가 그 결혼식 축가는 무조건 우리가 해 주기로 말이야.

아, 맞다. '잠' 하니까 생각났어. 중1 때만 잠이 많았던 것처럼 얘기하는데, 그건 사실이 아니지. 우리가 너희 집에 찾아갔는데도 어느 날인가는 자느라 초인종 소리도 못 들었던 거 기억 안 나? 외출하셨던 너희 어머니가 돌아와서야 겨우 들어갈 수 있었는데, 그때 본 광경이라니! 너는 거실 인터폰 수화기를 쥐고 바닥에 쓰러져 자고 있었잖아. 우리가 그렇게 시끄럽게 굴었는데도 전혀 알지 못한 채 말이야.

왜 그렇게 틈만 나면 자느냐고 물었을 때 뭐라고 대답했는지 기억하니? 너는 진지하게, 네가 자는 이유는 졸려서가 아니라 꿈을 꾸고 싶어서라고 했어. 현실에서 하지 못하는 일들을 꿈속에서 이룰 수 있다는 게 얼마나 멋진 줄 아냐며, 그걸 모르는 우리를 불쌍하게 바라봤잖아. 그 엉뚱한 말을 듣고만 있을 우리가 아니지만, 그러느라 정작 너한테 묻지 못한 게 지금은 후회가 되네. 완준이 네가 꾸고 싶었던 꿈은 무엇이었니?

아직도 종종 휴대폰에 남은 네 생일 파티 사진을 보며 그때를 떠올리곤 해. 완준이 너는 사진 찍는 건 좋아해도 찍히는 건 진짜 싫어했지. 다행히 우리 다 같이 찍은 사진에는 새치름한 표정을 짓고 있는 네가 있더라고.

그때 우리는 샐바(샐러드 바)에서 저녁 먹고 노래방으로 몰려갔잖아. 너한테 잊을 수 없는 추억을 만들어 주겠다며 생각해 낸 게 인간 피라미드 쌓기였지. 그러고 보면 우린 참 이렇게 노는 걸 좋아했던 것 같아. 그때 너는 사진만 찍느라 밑에 깔린 우리가 얼마나 힘들었는지 모르지? 아니다, 알았으니까 괴성을 지르는 우리를 보면서도 느릿느릿 사진을 찍어 댄 거였구나. 또 문기랑 내가 마이크만 잡으면 너는 노래를 부르지 못하게 방해하며 좋아했어. 잘 웃지 않던 네가 그날만큼은 이상할 정도로 크게 웃었고 네 얘기도 많이 했던 것 같아.

이다음에 경찰관이 되고 싶다는 공식적인 꿈 말고도 넌 유치원 원장이나 셰프가 되고 싶다고 했지. 유치원 아이들을 돌보는 일이나 요리 만드는 일이 너하고 어울리지 않는다고 하니까 넌 특유의 무심한 표정으로 말했어.

"어울리지 않으면 더 재미있겠지. 소설책에서 봤는데, 왠지 하고 싶더라고."

어쨌든 기발하고 엉뚱하기로 치면 널 쫓아올 사람이 없다는 거 인정해. 새벽에 우리가 모이게 된 것도 완준이 네 아이디어였잖아. 너희 집에 모여 있는데 갑자기 나가 보자며 그 새벽에 우리를 일으켜 세웠지. 새벽 세 시의 세상, 그건 우리가 아무리 설명해도 남들은 이해할 수 없을 거야. 캄캄하고 고요한 그 새벽을 통째로 차지한 것 같아 세상 부러운 게 없었지. 그 뒤로 이른 새벽에 일어나 등산 가고, 와동초등학교 운동장을 걷고, 또 어떤 날은 서울 가겠다고 그 새벽에 모이는 일이 우리에게는 특별한 행사가 되었잖아.

누군가 우리 중학교 때 얘기를 듣고는 남학생들끼리 진짜 그렇게 놀았느냐고 되묻더라고. 뭘 상상하며 그렇게 묻는지 모르겠지만, 뭐 상관없어. 사람들이 우리를 어떻게 보건, 우리는 여자 친구도 필요치 않을 정도로 우리끼리 재미있었으니까.

작가 사인 받겠다고 서둘렀던 새벽도 기억나지? 캄캄한 새벽에 나와 지하철역까지 떠들며 걸었는데도 열차가 오려면 두 시간도 더 기다려야 했잖아. 첫 열차 타고 서울에 도착한 우리는 결국 일등으로 작가 사인을 받고 돌아왔지. 나중에 누군가 물었던 것 같은데, 우리 중 누구도 그 작가의 이름을 기억하지 못했잖아. 근데 그게 어떻다는 거지? 우린 그 자체가 좋았는데.

광덕루가 보이는 걸 보니, 이제 조금만 더 오르면 정상이다.

우리가 별나긴 했나 봐. 겨울 말고는 절대로 산에 오르는 법이 없었잖아. 여름에는 사람이 많은 것도 싫었지만 무엇보다 금세 날이 밝는 게 아까웠지. 한겨울 캄캄한 새

벽에 하얗게 입김을 내뿜으며 산에 올라 천천히 밝아오는 아침을 맞는 게 좋았으니까.

수도 없이 광덕산에 올랐는데, 희한하게 일출을 보려고 간 날마다 우린 실패했어. 그러고 보니 그중 한 번은 완준이 네가 화장실 가겠다고 내려왔는데, 그 뒤로 3분 만에 해가 떠버렸잖아. 뭐, 해야 날마다 뜨는 건데 마음만 먹으면 우리는 언제나 다시 일출을 함께 볼 수 있을 거라 생각했어, 그때는.

산에 오르면서 우리는 너와 하고 싶었던 것들을 꼽아 봤는데 단연 여행 얘기부터 나오더라. 고1 겨울 너희 집에서 기말고사 공부하다가 우리끼리 여행 가기로 했던 거 기억나? 여름이 오면 캐리비언베이에 가자는 말이 나오자마자 다들 공부하다말고 복근 만든다며 들썩이며 난리도 아니었지.

좀 안됐다만, 아무도 너랑 영화는 보지 않겠대. 시작하고 10분도 안 돼서 네가 범인을 맞춰버리고 나면 엄청 김이 샌다나? 음치 김완준이 부르는 버즈 노래도 듣고 싶다고 했어. 그때는 뛰어나가 백댄서라도 해 줄 거라면서. 와동중학교 다닐 때처럼 눈 내리면 눈싸움하고 비오면 비 맞으며 춤추고 노래 부르며 뛰어다녔던 것도 다시 해 보고 싶단다. 이 새벽에 너와 함께 온 길을 누비며 다녔던 것도……

그렇게 우리가 각자 떠들어 대는데, 문기가 한마디 하는 거야.

"난 그냥…… 보고 싶어."

이 새벽 광덕산에 와서야 우린 네게 하고 싶었던 말이 뭔지 깨달았잖아.

오글거리지만, 지금껏 네 친구로 지낼 수 있어서 진짜 좋았다고! 보고 싶다, 김완준! 그러니까 빨리 와, 인마! 곧 해 뜰 거란 말이야!

사랑했고, 사랑하고, 영원히 사랑할 사람에게

안산 단원고 2학년 5반 **김인호**

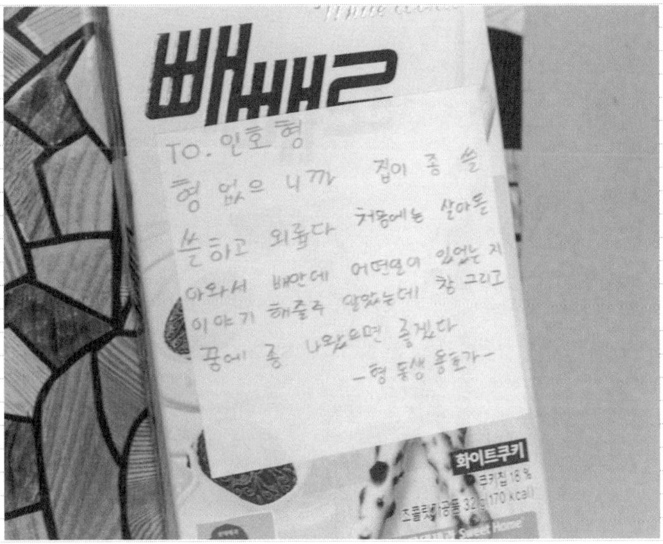

인호는 엄마 아빠, 용호와 함께하는
네 가족의 중심이었고,
정 많은 순수한 아이였다.

사랑했고, 사랑하고, 영원히 사랑할 사람에게

엄마 아빠 그리고 내 동생 용호야!

지금은 여기도 밤이야. 내가 있는 이곳에도 낮과 밤이 있다는 게 신기하지 않아?

하지만 여기도 내가 살던 세상과 별다를 게 없는 곳이야. 매일 아침 일어나 친구들과 달리기를 하거나 축구를 하면서 땀을 흘리고 찬물로 샤워를 하면 얼마나 시원한지. 거울을 보면서 가만히 내 얼굴을 보면 내가 그래도 꽤 생겼구나, 혼자 피식 웃다가 이렇게 날 낳아 준 우리 가족들을 생각해.

가족들을 생각하면 너무 할 말이 많은데도 무슨 말부터 해야 될지 모르겠어.

하긴 내가 거기서도 너무 말을 아꼈지? 사실은 하고 싶은 말이 많았는데 어떻게 표현을 해야 할지 모르겠더라고. 그럴수록 자꾸 입속에서 우물거리던 말은 소리 없이 삼켜지고 말았지. 내가 글 쓰는 걸 좋아하는 성격은 아니지만. 엄마 아빠를 생각하면 지금껏 내 속에 담아 뒀던 말들을 이제는 해 주고 싶어. 예전처럼 망설이지 않고 그냥 속 시원하게 말이야.

엄마에게

엄마, 엄마만 생각하면 내가 걱정이 앞서. 지금도 집에서 몰래 울고 있는 거 아니지?

그러지 마. 그럼 나도 마음이 너무 아프니까. 그날 수학여행에 가기 싫다고 한 건 아이들과 여럿이 우르르 가는 게 싫었을 뿐이야. 나야 원래 혼자 조용히 있는 걸 좋아하는 성격이잖아. 그런데 아이들과 몰려다니며 시끌벅적하게 다니는 게 별로 내키지 않았거든. 엄마는 지금도 그날 내 전화 때문에 엄마 자신을 탓하고 있겠지만.

엄마, 나는 엄마가 그러지 않았으면 좋겠어. 엄마는 나를 이렇게 잘 낳아 준 사람이고 나의 무뚝뚝함을 처음 이해해 준 사람이고 누구보다 다정하고 따뜻한 나의 엄마였고 지금도 내 엄마니까.

예전에 엄마가 아침마다 사랑한다고 말하고 서로 안아 주자고 했을 때 나도 참 좋았어. 평소에 엄마에게 쑥스러워 잘 표현하지 못하고 남자아이라서 무게만 잡고 있었던 것 같아서 미안했는데, 엄마가 먼저 내게 그런 사랑의 기회를 준 거니까.

만약 엄마에게 살가운 딸이 있었다면 좀 더 행복했을 텐데. 그래서 다짐했지. 엄마에게 내가 평소에 표현하지 못했던 사랑을 맘껏 표현하자. 이미 우리는 그렇게 우리 집의 룰을 정했으니까. 알지? 게임에서의 룰은 무조건 지켜야 한다는 거.

그래서 아침마다 엄마를 볼 때마다 정말 진심으로 사랑한다고 말하고 포옹도 하고 엄마 볼에 뽀뽀도 했었지. 그때의 엄마 냄새. 나는 그게 엄마 냄새라는 걸 오랜만에 기억해 냈어. 맞아. 내가 어렸을 적에는 이 냄새를 자주 맡곤 했는데 엄마 냄새를 이제야 기억해 내다니. 그동안 내가 좀 무심했구나. 내 키가 커지고 내 말수가 줄어들수록 어쩌면 엄마는 조금씩 더 외로웠겠다는 생각이 들었지.

아…… 엄마 냄새. 나는 지금도 그 냄새를 맡고 있어. 매일 아침 일어나면 엄마에게 사랑한다고 말하고 엄마를 꼭 안아 줄 거야. 그러니 엄마, 엄마는 영원히 나의 엄마고 나는 여전히 엄마의 장남 인호야.

우리 중국에서 살던 때가 생각난다. 그땐 정말 행복했는데. 공부 같은 건 안 해도 되는 거였고, 내겐 친구들도 많았으니까. 나는 하루하루가 즐거웠어. 세상이 다 내 것이었으니까. 엄마는 레스토랑을 했잖아. 손님도 많았고 직원도 많았던 거 기억나. 그리고 가정부 아주머니랑 기사 아저씨까지. 남부러울 것 없이 우리 가족이 행복했던 시절이었지. 그렇다고 한국에 들어와서의 생활이 안 좋았다는 건 절대로 아냐. 내겐 성실한 가장의 역할을 충실히 해내시는 아빠가 있었고, 나를 잘 알아주고 이해해 주는 엄마가 있었고, 내 사랑하는 동생 용호가 있었으니까.

그리고 우리, 방학이면 오션월드에 놀러 갔잖아. 고함을 지르며 물방울이 부서져라 신나게 놀던 기억과 2012년 겨울에는 스키장에 가서도 눈과 함께 수없이 넘어지며 즐거운 시간들을 많이 만들었잖아. 계절마다 엄마가 선물해 준 그 추억들이 내게 있으니까.

친구들은 내게 말을 좀 많이 하라고 했지만 나는 한 방에 웃기는 걸 더 좋아했지. 그것만으로도 친구들은 결국 내게 호감을 표시했으니까. 수다를 떠는 것보다 강력한 한 방으로 웃겨 주면 친구들은 다 깔깔거리며 뒤로 넘어갔지. 내겐 그런 친구들도 있으니까.

나는 친구들하고 노는 것도 좋았지만 혼자 조용히 레고를 조립하거나 게임을 하면서 내 세상을 완성해 나가는 게 더 좋았어. 오직 나의 생각대로 만들 수 있는 나만의 나라.

나는 지금도 그곳에 살고 있어. 엄마, 그곳에는 우리 가족이 있고 나의 친구들이 있고 나의 마음이 있어. 내가 엄마를 생각하는 마음. 내가 아빠를 생각하는 마음. 내가 용호를 생각하는 마음. 그 마음들을 매일 들여다보면서 행복했던 시절들을 생각하곤 해. 우리 네 가족. 나는 정말 좋은 가족을 가졌다는 걸 알았어.

그러니 엄마, 나는 엄마가 맛있는 음식도 사 먹고 예쁘게 화장도 하고 예전처럼 친구들도 만나고, 그렇게 잘 지냈으면 좋겠어. 엄마가 행복하게 잘 지내야 나도 마음 편하게 여기서 잘 지낼 테니까. 울지 말고 웃으면서. 우리 그동안 많이 행복했잖아. 그 행복했던 기억들을 차곡차곡 쌓아서 우리만의 세상을 완성해 나가는 거야.

아. 예전에 엄마 생일 선물로 내가 시계 선물했던 거 생각나? 그거 진짜 열심히 모아서 샀던 건데. 어떤 디자인을 사야 할지 몰라서 어떤 색깔을 골라야 할지 몰라서, 내가 얼마나 망설였는지 알아? 엄마에게 그걸 내밀 때 혹시 마음에 안 들어 할까 봐 속으로 엄청 두근거렸는데. 엄마가 너무나 좋아해 줘서 나도 기뻤어. 엄마가 갖고 싶다던 스포츠카는 아직 못 사 줬지만. 언젠가 우리 다시 만나면 세상에서 제일 멋진 스포츠카를 타고 여행을 다니자. 아침이면 서로 안아 주면서 사랑한다는 말을 하고. 엄마가 좋아하는 음식들을 먹고 엄마가 좋아하는 영화도 보면서 말야. 그날이 올 때까지 엄마, 거기서 행복하게 잘 지냈으면 좋겠어.

아빠에게

아빠. 같은 남자끼리 이렇게 말을 하려니 쑥스러운데. 미안해. 아빠. 많이 속상했지? 아빠가 중국으로 발령 나서 내가 아주 어렸을 때부터 중국에서 살았잖아. 나는 그런 시간을 보내게 해 준 아빠에게 너무 고맙다는 말을 하고 싶었어. 아빠가 다니던 회사가 어려워져서 한국으로 들어오기 전까지 보냈던 시간들이 나는 정말 행복했거든. 이 말을 평소에 하지 못하고 이제야 하다니.

내가 지켜본 아빠는 가장으로서 항상 열심히 사셨고 내게는 아빠의 그런 모습들을 보고 자라면서 나도 어른이 되면 어떤 직업을 가지면 좋을까 생각을 하곤 했지. 물론 세상이 그만큼 만만치 않다는 것도 깨달았으니까. 내가 어렸을 때는 정의로운 경찰관이 되고 싶기도 했고 위험한 사람들을 도와주는 119 대원이 되고 싶을 때도 있었지. 남들에게 도움을 줄 수 있다는 건 멋진 일이니까. 그리고 나중에는 공무원이 되면 어떨까 생각하기도 했어. 공무원이 되면 안정된 생활을 할 수 있다는 얘기들을 사람들은 많이 하니까.

그런데 말야. 내가 일요일마다 챙겨 보던 〈동물 농장〉이라는 프로그램 알지? 거기엔 정말 갖가지 동물들이 다 나오는데, 그 동물들이 어려움에 처해 있거나 아플 때 그

것을 가장 잘 이해해 주고 도움을 줄 수 있는 사람이 사육사라는 직업이더라고. 자신이 돌보는 동물들과 서로 교감하며 굳이 말하지 않아도 눈빛만으로 의사소통이 되는 사육사라는 직업은 내게 정말 멋져 보였어.

그래서 결심했지. 사육사가 되고 싶다고. 이 직업은 아무나 할 수 있는 직업이 아니니까. 순수하고 예민한 마음을 가진 사람만이 가질 수 있는 직업이니까. 그리고 나는 어렸을 때부터 동물을 좋아했으니까 나와도 잘 맞을 거라는 생각이 들었거든. 내가 어렸을 때 엄청 큰 뱀을 목에 두르고 사진 찍었던 거 기억나지? 그 뱀을 목에 두르자 엄마는 놀라셨지만 나는 뱀이 너무 신기했어. 그 사진이 아직도 가끔 기억나곤 해.

아빠는 요즘 어떻게 지내? 남자 대 남자로서 아빠와 좀 더 많은 얘기를 나눴다면 좋았을 텐데. 내가 말수가 없어서 아빠도 섭섭하진 않았는지. 요즘은 그런 생각이 들어. 그때 좀 더 다정하게 아빠를 이해하고 위로해 줬어야 했는데. 우리 식구들을 위해 힘들게 일하시는데 나는 너무 혼자만의 세계에 빠져 있었던 건 아닌지 이제야 후회가 돼. 아빠와 함께 달리기도 하고 축구도 하며 땀을 흠뻑 흘리고 싶었는데. 내가 내성적이라서 그런지 표현하지 못해 마음뿐이었지만 말야.

그동안 마음으로만 생각했던 것을 이렇게 얘기하니까 속은 시원한데 좀 쑥스럽기도 하네. 사랑하는 아빠. 그동안 고마웠어. 나의 아빠가 되어 주고 나와 우리 가족을 위해 힘들지만 꿋꿋하게 버텨 줬던 거. 힘든 우리 가족을 끝까지 지켜 주고 보살펴 줬던 거. 아빠, 정말 고마워.

용호에게

사랑하는 내 동생 용호야. 이렇게 네 이름을 불러 보는 게 얼마만인지 모르겠다. 우리 서로 티격태격 싸울 때도 있었지만 즐거웠던 적도 많았잖아. 넌 나와는 다르게 언제나 활발한 동생이었고, 궁금한 것이 많은 동생이었고, 농담도 잘하는 동생이었지.

나와는 반대의 성격이라서 내가 너를 좀 더 이해하지 못했던 것은 아닌지 모르겠어. 나는 혼자 있는 걸 좋아하는 성격이라 본의 아니게 네게 짜증도 내고 귀찮아하기도 했지만, 그래도 나는 너라는 동생이 있어서 참 좋았어. 너와 함께 같은 반찬을 먹고 나란히 게임을 하거나 엄마와 함께 영화를 보러 갔을 때가 생각나. 엄마와 나란히 영화관에 가서 봤던 영화들이며 너와 함께했던 게임들이며. 나는 그 순간들이 정말 좋았거든.

내 동생 용호야. 처음 네가 태어났을 땐 괜히 내가 받아야 할 사랑을 네게 뺏긴 것 같아서 섭섭하기도 했지만 말이야. 너와 내가 한 살씩 나이를 먹어 가며 키가 자라고 어른이 되어 간다는 생각이 들었을 때, 너와 나는 다르지만 참 닮았다라는 생각이 들었어. 그리고 넌 또 내 고등학교 후배이기도 하잖아. 그래서 지금은 네가 더 힘들지도 모르겠다는 생각도 들지만 넌 씩씩한 아이니까 잘 이겨낼 거라 믿어.

내가 옆에 없어도 아침에 일어나면 엄마 아빠 안아 드리고 사랑한다고 말해 줘. 그리고 학교 졸업할 때까지 형의 몫까지 열심히 공부해서 멋진 사람이 되길 바랄게. 내 동생 용호야. 더 잘해 주지 못해서 미안하고 내 동생으로 태어나 줘서 고마워.

이제는 엄마가 인호에게

인호야. 지금도 네가 만든 레고를 보면 믿어지지가 않아. 이런 일이 왜 평온했던 우리 가족에게 일어났는지 도저히 인정할 수가 없지만 현실은 이렇게도 조용하고 냉혹하다. 문을 열면 온통 해결되지 않는 문제들이 우리 가족을 괴롭히고 있어. 그런 와중에 이런 글이 무슨 소용이 있을까라는 마음이 드는 것도 사실이다. 너무 힘들고 외로워서. 하지만 엄마는 이 글을 쓰기로 한다. 너에 대해. 착하고 사랑스러웠던 아들을 오래 기억하기 위해.

너는 1997년 10월 15일에 우리에게 왔다. 돌이 지나자마자 아빠의 해외 파견 근무로 중국에서 8년을 살았지. 너는 그때가 가장 행복했다고 했었나? 지금 생각해 보면 엄마도 그랬어. 어린 너는 지금보다 활발했고 잘 웃었지. 코리아타운에 살아서 친구들도 많았고 교회도 열심히 다녔잖아. 그래. 그땐 부족한 것 없이 화목하게 살았지.

그러다가 2004년 3월에 우리는 한국에 들어왔다. 그런데 언제부턴가 네 말수가 줄어들었지. 동생이 생겨서 그렇겠지라고 생각했지만 엄마는 내심 걱정이 되었단다. 그럼에도 너는 언제나 예의 바르게 행동을 했고 남에게 피해 주는 일은 절대로 안 하는 성격이었다. 네 동생 용호와는 남자애들이라 가끔은 치고받고 싸웠지만 그래도 사이가 좋은 편이었으니 엄마는 걱정할 필요가 없었단다.

너는 화랑초등학교를 졸업하고 선일중학교에 다녔다. 한국에 들어와서는 친구가 그렇게 많지는 않았지만 학교생활은 잘 적응했지. 동네 어른들과 형, 누나들도 네 칭찬을 많이 했잖아. 엄마는 그런 말들을 들을 때마다 네가 정말 자랑스러웠단다.

용호는 말도 많고 활발한 편이었지만 넌 혼자 있는 걸 좋아하는 성격이었지. 조용히 집중해서 손으로 만들고 조립하는 걸 좋아했잖아. 지금도 네가 레고로 만든 큰 배가 거실 중앙에 있단다. 너는 친구를 많이 만나지는 않았지만, 친구들과의 우정도 깊게 생각할 줄 아는 아이였어. 방과 후 활동으로 농구, 축구, 줄넘기, 달리기, 주로 몸을 움직이는 걸 좋아하면서도 여럿이 어울려 다니는 것은 별로 좋아하지 않는 성격이었지.

무뚝뚝하고 말로 표현도 잘 못 하던 네가 2013년 말부터 애교가 많아지고 안 하던 다정한 행동도 하기 시작했다. 엄마가 아침에 일어나면 "사랑합니다"라며 서로 안아주자고 제의를 했을 때, 네가 동생보다도 더 적극적으로 안아 주고 뽀뽀도 해 줘서 엄마는 정말 행복했어. 지금 생각해 보면 그때 네게 평생 받을 사랑을 다 받았구나 싶은 생각이 들기도 한다. 너는 내성적이고 말수가 없던 아이였는데.

그럼에도 크게 속을 썩인 적도 없던 착한 아이였지. 주변에서 너를 얘기할 땐 예의 바르고 인사 잘하는 듬직한 남자 같다고, 얼굴은 갸름하게 생겼지만 젠틀맨이라고 누나들이 자주 그랬잖아. 그래. 지금 생각해 봐도 너는 참 착하고 좋은 아들이었다.

2014년 엄마 생일 때였다. 원래 너와 용호는 생일 때마다 작은 거라도 엄마에게 선물해 주곤 했는데 그때는 네가 시계를 선물해 줬지. 너는 원래 낭비 같은 건 하지 않고 저축을 많이 하는 성격이었는데 그 용돈들을 모아서 몇 십만 원이 넘는 시계를 덥석 사다니. 왜 갑자기 그렇게 큰 선물을 해 줬을까 생각했는데 그게 너의 마지막 선물이었구나.

언제나 네가 옆에 있으면 듬직하고 좋았는데. 너는 우리 집의 장남이면서도 내게는 항상 아기 같았는데 말이야. 보통 때는 학교 마치고 학원을 갔다 오면 밤 10시가 좀 넘었는데, 너는 그때 동생과 게임을 할 때도 있었고 아니면 혼자 방에 있을 때가 많았지. 가끔은 친구들과 영화를 보기도 하고 게임방을 다녀오기도 했다. 그때 엄마가 잔소리를 좀 했나? 그럼에도 너는 학교생활을 무난하게 잘했다고 기억한다.

그리고 엄마가 편의점을 하면서는 쉬는 날이 없었기 때문에 함께 시간을 보내기가 쉽진 않았잖아. 그래도 우리, 주말이면 오후에 함께 영화를 보러 갔지. 너와 용호와 함께 세 명이서 다정하게 가는 길이 엄마는 너무 듬직하고 뿌듯했단다. 너희의 키가 내 허리보다 더 작았을 때가 생각나기도 했고, 어느새 이렇게 커 버려서 엄마와 함께 영화도 보고 한다는 게 너무 대견스럽기도 했어. 그때 너희들도 참 좋아했지. 그랬는데. 지금은 그 시간들이 너무 부럽구나.

인호야. 그날은 네가 데리러 오라고 했지. 엄마는 그 생각만 하면 너무 미안하고 마음이 아프단다. 그날의 연락이 마지막이 될 줄은 꿈에도 생각하지 못했는데. 지켜 주지 못해서 너무 미안해, 인호야. 미안하다는 말을 수천 번 되뇌어서 그 시간을 되돌릴 수 있다면 얼마나 좋을까.

하지만 이제는 누구도 그 시간을 되돌릴 수 없고 기억하기도 힘든 날들뿐이다. 그렇지만 이 말만은 꼭 해 주고 싶어. 엄마에게 네가 와 줘서 너무 고마웠다고. 누구보다도 행복했다고. 사랑하는 내 아들. 인호야.

네가 이 세상에 처음 온 1997년부터 사랑했고, 사랑하고 있고, 그리고 영원히 사랑할 내 아들. 내겐 여전히 아들이 둘이야. 우리 네 식구. 서로 기억 속에서 잊히지 말고 오래 사랑하자꾸나. 부디 거기서도 친구들과 즐겁게 운동하며 네가 되고 싶던 사육사가 되어 동물들과 행복하길 바라. 건강하게 잘 지내거라. 사랑한다. 내 아들.

나는 듣는 사람, 내가 네게 갈게!

안산 단원고 2학년 5반 **김진광**

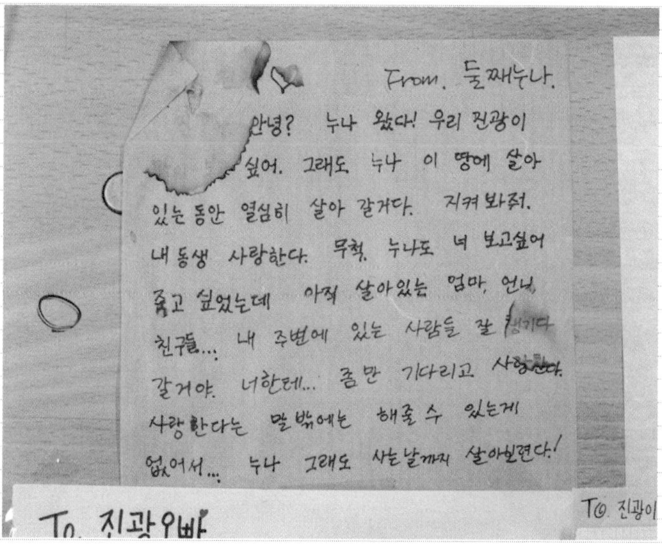

From. 둘째누나.
안녕? 누나 왔다! 우리 진광이
싶어. 그래도 누나 이 땅에 살아
있는 동안 열심히 살아 갈거다. 지켜봐줘.
내 동생 사랑한다. 무척. 누나도 너 보고싶어
죽고 싶었는데 아직 살아있는 엄마, 언니,
친구들... 내 주변에 있는 사람들 잘 챙기다
갈거야. 너한테... 좀만 기다리고 사랑한다.
사랑한다는 말밖에는 해줄 수 있는게
없어서... 누나 그래도 사는날까지 살아보련다!

To. 진광오빠
To. 진광이

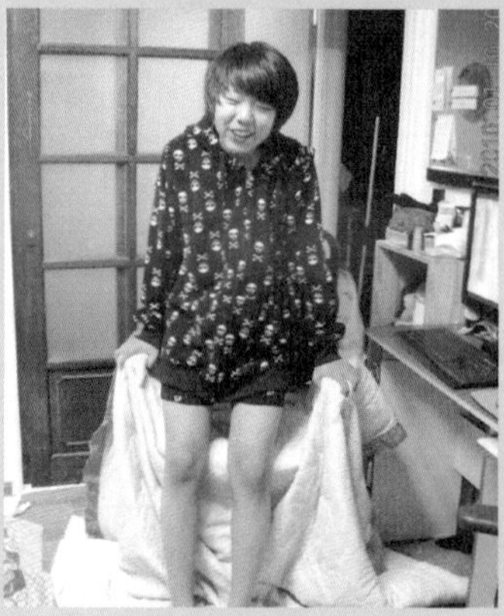

1. 연극 관람 후 가족들과 함께.
2. 집에서 수줍게 한 컷.
3. 중학생 시절 여성으로 분장하는 공연을 끝내고.

나는 듣는 사람, 내가 네게 갈게!

김진광.

천성이 여리고, 순응하는 아이였다.

상대를 배려하고 친구의 눈높이에 자신을 맞추는 것, 친구의 슬픔과 아픔을 자신의 것으로 느끼는 독특한 공감 능력을 타고났고 그걸 키워 온 아이였다. 학교에서든 집에서든 가족들이, 친구들이 하라 하는 것, 청하는 것을 거절할 줄을 몰랐다.

"나오라고? 나 차비 없는데……"

'같이 월드컵공원에 나가 놀자'는 친구의 전화를 받으며 진광은 거리를 셈한다. 버스 정류장 열 개, 화랑유원지를 질러서 뛰면 삼십 분이다, 생각한다. 기다리는 친구들이 있는데, 그냥 말수가 없다. 그럴 때마다 고민하는 진광의 그다음 답은 정해져 있곤 했다.

"기다려, 후딱 갈게."

전화를 끊으며 진광은 옷을 꿴다. 그리고 원곡동을 지나 월드컵공원까지 뛴다. 삼십 분! 진광은 자기를 기다리는 친구들을 실망하게 한 적이 없다. 부르면 어디선가 나타나는 친구, 그게 진광이였다.

고등학교에 진학한 뒤 가장 자주 만난 친구인 도경은 밤 12시에 달려온 친구를 기억한다.

"아빠한테 혼나고 집 나왔어"라는 친구에게 "별일 아냐. 잠깐만 기다려. 내가 간다"는 말끝에 숨을 헐떡이며 한달음에 달려온 것이다.

"같이 자자. 난 언제든 네 편이잖아."

그리고 진광은 어머니에게 전화하는 것이었다.

"엄마, 오늘 친구 집에서 잘게. 오늘 철야 기도는 미안. 다음 주에는 빠지지 않을게."

"너는 어쩌다 생기다 만 애처럼 누가 하자는 대로 다 하니?"

순응하고 자기주장이 없는 진광을 걱정한 엄마가 한 소리 하면, 진광은 애교 띤 목소리로 대답했다.

"예수님이 5리를 가자고 하면 10리를 가 주라고 하셨잖아요. 왼쪽 뺨을 때리면 오른쪽 뺨을 내놓는 것이구요."

그 자신의 얘기처럼 자기의 형편보다 상대의 아픔을 먼저 살피는 아이, 그게 진광이다.

엄마나 누나에게 용돈을 청할 때도 먼저 달라고 하지 않고 꼭 "혹시……"부터 했다.

"왜 또?" 하면 묻는다.

"돈 있어?"

"없어!" 하면 제가 먼저 위로한다.

"괜찮아. 생길 거야."

자기 것을 채우기 위해 욕심 부리는 일이 없는 아이였다.

진광이 순응하고 온순하게 따르는 아이인 대신, 엄마는 욕심쟁이였다. 건강하고, 교회 열심히 다니고, 무엇보다 진광이 반듯하게 신앙생활에 충실한 아이로 자라기를 기대했고 재촉했다. '세속의 즐거움에 빠지지 않는 아이'가 되라고 집에 텔레비전을 두지 않았고, 게임도 가능하면 멀리하도록 했다.

"누나들하고 나이 차이가 나잖니. 생각도 안 했는데 꿈에 거듭 동생을 주겠다는 약속을 받았어. 그렇게 네가 태어난 거야. 네가 태어난 날 연립 주택 단지에 마른 날씨인데도 쌍무지개가 떴단다. 너를 보내 준 분은 하나님이지. 난 그렇게 믿는다."

이런 엄마의 얘기를 어릴 적부터 거듭거듭 들었고, 그 진술을 진광은 믿었다. 엄마의 얘기를 믿어 주었다.

진광은 교회 생활을 열심히 하는 엄마를 따라 교회 주위에서 자랐다. 유치원은 빛나 교회 백합선교원을 다녔고, 자라는 동안 주일학교나 예배에 빠지지 않았다.

"걱정하지 마, 엄마. 내가 잘할게. 하나님을 기쁘게 하는 게 내 몫이잖아."

엄마를 편안하게 하는 아들, 그게 진광이였다.

진광은 중학교 3학년이 되고부터는 엄마가 나가는 금요일 심야 기도회에도 빠지지 않았다. 엄마가 기대하고, 자기가 같이 가는 걸 좋아하는 줄 알게 된 진광은 '내가 두 시간 교회에 있으면 엄마 기분이 좋아지는걸 뭐' 하면서 예배 시간 자리를 지켰다.

그러면서 진광은 친구들을 돌보는 게 하나님을 따르는 것과 다르지 않다고 여기는 아이였다.

좋아하는 것 중 하나는 운동이었다.

특히 사춘기가 시작되면서 엄마나 누나들과 어울려 다니는 게 좀 창피한 일이라고 여기기 시작하면서부터는 더더욱 운동에 매달렸다. 도장에서 매트를 구르고 발차기로 가랑이를 찢는 연습에 집중하곤 했다. 그렇게 어려서는 태권도를 배웠고, 합기도로 운동 영역을 넓혔다.

"내가 누군가를 돕기 위해서라도 도울 수 있는 기술이 필요한 거 아닌가? 합기도는 내게 그런 거."

운동을 왜 그리 열심이냐고 묻는 누나들에게 한 답변이었다.

초등학교 5학년 때 합기도 전국대회에 출전해서 준우승을 했던 진광이 자랑스러워하는 자격증 하나가 합기도 3단 단증이었다. 진광에게 합기도를 가르친 용천체육관 최창섭 관장은 친구들 중에서 합기도 연습에 가장 열심이어서 체육관 분위기를 좋게 이끈 친구라고 기억한다.

"순하고 맑은 아이죠. 규정 시간에 빠지는 적이 없고, 자기 시간이 아니어도 나와서 혼자 연습하기를 즐겨 했어요. 진광이 때문에 합기도장 분위기가 밝았고, 열심히 연습하는 기운이 넘쳐 났죠."

고등학교에 진학하던 때쯤, 진광은 누나들에게 자기 꿈을 말했다.

"나 솔직히 공부는 별로야. 좀 재미없어. 그래도 엄마가 기대하고, 하라고 하시니까 맞추어 하긴 해. 내게 맞는 건 운동이야. 난, 밥 먹는 것보다 운동하는 게 더 재미있어. 대신 이 얘기 엄마한테는 비밀! 알았지?"

어린 시절 진광은 경찰이 되고 싶었다. 그래서 범인과 겨룰 미래 어느 날을 준비한다고 생각하며 무술 공부를 시작했다. 그러다가 꿈이 아예 합기도장 관장이 되는 것으로 바뀌었다. 청년이 되어 어린 시절의 자기와 같은 또래들을 모아 태권도와 합기도를 가르치는 건 상상만 해도 나름 멋진 역할로 여겨졌다. 특히 어머님이 '선교사로 외국에 나가서 일할 수 있도록 해 보라'고 거듭 권고하면서 이런 꿈은 더욱 확고해졌다. 무술인으로 일하며 해외 선교 활동을 하는 이들이 있다는 걸 알게 된 것이다.

합기도 실력이 늘고 승급 승단이 되면서 큰소리도 쳤다.

"나 나중에 도장 관장 할래. 누나들도 와서 내게 배워."

그러면서 국내에서 무술 강사로 경험을 쌓은 뒤, 교회나 선교 기관과 협력하면서 외국에 나가 태권도나 합기도를 가르치며 선교 활동을 함께하는 미래를 준비하게 되었다.

진광이 중1 때 일이다.

진광은 초등학교 때부터 다니기 시작한 합기도에 푹 빠져 지냈다. 합기도장에 정해진 훈련을 빠지지 않는 건 물론이고, 정해진 훈련 시간이 아니어도 자기 시간이 남는 날이면 혼자서 웨이트트레이닝과 훈련 시간에 배운 기술 훈련을 거듭했다.

그러던 어느 날, 학교 수업을 마치고 난 진광이 합기도장에 빨리 가기 위해 평소에 다니던 길이 아닌 담을 넘다가 그만 사고를 당했다. 담 위 철조망에 옷 가장자리가 걸리면서 옆으로 굴러떨어진 것이다. 옆구리가 아팠다. 평상시처럼 운동을 할 수 없는 통증이었다. 참았다. 합기도장에도 엄마에게도 알리고 싶지 않은 진광은 합기도 연습을 포기하고 집으로 가 누워 있었다. 유난히 아픈 걸 잘 참는 진광은 자고 나면 통증이 가라앉을 줄 알았다.

얼마쯤 지났을까. 통증은 가라앉지 않았다. 마침 누나가 들어왔다.

"누나, 나 이상해. 너무 아파."

누나는 뒤늦게 엄마에게 전화를 했고, 부랴부랴 병원으로 갔다. 의사는 깜짝 놀랐다. 이 지경이 되고도 이제야 왔느냐고 했다. 비장 파열. 서울 큰 병원으로 옮겼다. 중환자실에 입원하고, 한동안 비장 파열 부위가 가라앉아 치료할 수 있을 만큼 진정되기를 기다렸으나 나아지지 않았다. 결국 비장 적출 수술을 하지 않을 수 없게 되었다.

'비장이 없는 아이', 그 뒤로 진광은 소화에 문제가 있었고, 빈혈 걱정을 달고 살아야 했다.

진광이 친구들과 함께 사고뭉치 노릇에 앞장선 일도 있다. 선일중학교 2학년 때.

친구들과 어울려 온 가족이 모두 잠들기를 기다려 각자 자기 집을 빠져나와 공원 빈터에 모여 놀다가 식구들 몰래 각자 집으로 돌아가는 '새벽 탈출, 일명 새탈놀이'에 열중하던 때다.

어느 날, 각자 집을 빠져나온 친구들은 새벽 학교 앞 분식집에 숨어들었다. 그리고 남은 음식 재료로 떡볶이를 만들어 먹었다. 진광이 음식 솜씨에서 다른 친구들보다 한 수 위였고, 멋진 떡볶이를 내놓았다. 신나는 일이었다. 그리고 아무도 모르게 가게를 빠져나왔다. 그런데 이런 일이 그냥 넘어갈 수는 없는 일이었다.

가게 주인은 경찰을 불렀고, 경찰은 순찰로 시시티브이를 통해 동네 중학생들이 몰려다니며 새벽에 가게에 들어가는 장면을 확인했고 동네 학생들인 진광과 그의 친구들이 모두 손쉽게 붙잡혔다. '봉사 활동 일주일', 진광이 받은 벌이다. 그런 일이 다시 있지는 않았으나 진광이 벌인 가장 큰 사고 중 하나가 이것이다.

이 일 이후 다시는 남의 가게에 숨어드는 사고를 치지 않았지만, '새탈놀이'는 그치지 않았다. 진광과 친구들에게 그 시간은 자유를 확장하고 꿈을 키우고 우정을 나누는 시간이었던 것 같다.

진광의 자랑 중 하나는 두 누나였다.

쌍둥이인 두 누나는 진광과 아홉 살 차이였다. '하나도 황송한데 둘씩이나……' 영화를 한 편씩 보여 주면 두 편이 되고, 용돈을 만 원씩 건네주면 이만 원을 만들어 주는 누나들이었다. 나이 차이 때문에 누나들은 진광을 마스코트처럼 여겼다. 데리고 놀고, 귀여워해 줘야 할 마스코트.

"내가 널 업어서 키웠거든. 너 크면 나한테 작은 엄마라고 해!" 진광은 되받는다.

"언제부터 작은 엄마라고 해야 해? 누나 시집 가기 힘들어질걸."

나이 차이가 있는 누나들에게 '우리 아가'가 입에 붙어 있었다.

"사랑스러운 우리 아가. 머리부터 발끝까지 사랑스러워. 매력적인 반달눈, 오뚝한 코, 천만 불짜리 미소, 넓은 마음, 섹시한 엉덩이, 작고 귀여운 턱수염, 여자보다 얇고 긴 다리, 곧은 허벅지와 보기 좋은 근육, 동글동글 귀여운 얼굴, 귀여운 볼살, 큰 발, 따뜻하고 투박한 큰 손, 들어주는 마음, 도대체 사랑스럽지 않은 곳이 없다."

누나들의 이어지는 찬사는 진광의 어깨를 으쓱하게 하곤 했다.

진광은 초등학교 6학년 때 누나들과 함께 갔던 남이섬의 가을 여행을 오래도록 잊지 않았다. 두 누나와 진광은 드라마 〈겨울연가〉가 그린 배용준과 최지우 사이의 포즈를 두루 소화하며 사진을 찍었고, 은행잎 수북한 산책길을 걷고 또 걸었다. 누나들은 자신들이 드라마 주인공인 양 했다. 하지만 진광의 마음속에 실제의 주인공은 진광 자신이었다. 두 누나의 손을 잡고 공중그네를 타며 건넌 순간은 자신이 두 누나 사이에서 '아기 왕자'임을 확인하는 순간이었다. '누나들이 행복해하니 나도 행복하다.' 진광은 그렇게 여겼다.

진광이가 공부하라고 채근하는 엄마에게 혼이 나면 누나들이 나서서 진광을 변호해 준다.

"엄마는 우리한테는 안 그러더니, 왜 진광이한테만 그렇게 공부하라고 볶아? 그런다고 공부가 되는 게 아니잖아?"

그럼 진광이 끼어들어 엄마를 변호한다.

"내가 하겠다고 약속한 거야. 약속 지켜야지. 내가 잘못한 걸 왜 엄마한테 그래. 내가 할게."

남을 편안하게 하는 친구, 그게 진광이었다.

당연히 주위에 친구들이 꼬였다. 학교에서도, 교회에서도 그는 인기남이었다. 뭇사람의 애인. 그의 친구 교제는 그냥 학교나 교회에 머물지 않았다. 인터넷 카페에는 대전, 거제, 대구 등등 먼 곳에서도 그를 찾는 친구들이 여럿이었다. 진광은 조금도 불편해하지 않았다. 멀어서 찾아가는 일을 미루어 둘 뿐 그의 형편을 살피고 작은 조언이라도 챙기기에 게으르지 않았다.

학업 성적이 오르지 않는 걸 걱정하는 친구 걱정거리를 챙기던 진광이 댓글로 그를 위로하는 얘기가 이렇다.

'실은 나도 공부를 잘하지 못해. 그래도 어쩌겠니. 내 실력이 그 정도인걸. 그걸 부끄러워 할 일은 아닌 것 같애. 그냥 최선을 다할 뿐이야. 잘하는 아이는 그 나름의 진로가 있을 것이고, 난 내 진로가 있는 거지. 그걸로 친구들 사이에 폼 잡는 것도 웃기고, 기죽을 일은 더더욱 아닌 거지.'

그는 이런 상담, 조언 등으로 카페에서는 '안산 상담원'으로 통했다. 진광은 그런 자기의 역할을 자랑스러워했고, 어깨를 으쓱하기도 했다.

"나 진짜 본격적으로 상담사로 나서 볼까."

진광이 친구들에게 지나가는 말투로 한 번씩 떠보는 얘기였다.

진광은 길 찾기 선수였다. 움직이는 내비게이션. 그가 스스로 그렇게 여겼다.

친구들과 모여서 놀러 갈 곳을 의논하면, 진광에게는 여러 길, 각각으로 가는 길이 한꺼번에 떠올랐다. 그리고 친구들을 따라오도록 했다. 그가 이끄는 길이 막히거나 틀린 적이 없었다.

그런 진광이 특별히 재미있어 하는 과목이 국토지리와 지구과학이었다.

내가 사는 곳, 내 친구들, 이웃들이 사는 곳을 아는 건 신나는 일이었다. 진광은 열심히 지도를 보았고 합기도 관장으로, 선교 사업의 주역으로 갈 수 있는 나라를 살피곤 했다. 인도네시아, 우즈베키스탄, 아니면 아프리카까지?

그 못지않게 재미있는 과목이 지구과학이었다. 지구의 역사가 40억 년이 넘었다고? 신비한 일이었다. 진광에게는 선일중학교를 다니던 시절 다녀온 '시화호의 공룡알 화석 관찰 학습'도 생생한 기억으로 남아 있다. '우리 안산이 공룡들 천국이었단 말이지.' 티라노사우르스들이 집채만 한 몸을 이끌고 땅을 울리며 걷는 모습은 상상만으로도 신나는 장면이었다.

진광은 몸으로 하는 모든 것에 자신이 있었다. 춤은 또래들 중 단연 으뜸이었다. 수줍어하다가도 흥이 오르면 랩 비트와 함께 격렬하게 춤사위를 펼쳤고 친구들이 모두 부러워하는 무대가 펼쳐지곤 했다.

진광은 분위기 메이커였다. 친구들이 놀 거리가 없어 땅만 차고 있으면, 어느 땐가 나타난 진광이 분위기를 바꾸었다.

"이거 안 되지. 청춘들이 이러면 쓰냐? 올림픽공원 가서 축구 한판 어때?"

분위기를 풀고 신바람을 끌어올리는 선수, 진광이었다.

사람 사귀기를 좋아했고, 남의 고충을 듣고 격려하고 응원해 주는 일을 기꺼이 여겼다. 자신의 몇 마디 말에 위로받고 고마워하는 친구를 대하며 이것이 자신의 역할 중 하나가 될 것이라고 직감했다.

“친구가 고민이 있대요.”

이 말은 집 밖으로 나가는 진광을 잡는 가족에게 진광이 내놓는 외출 사유 1번이었다. ‘답이 없어도 듣는다, 듣는 게 절반’이라는 상담계의 격언을 그는 새겼다. 친구들의 고충 상담에 일가견을 갖춰 가는 진광은 나름 상담과 경청에 대한 자신의 소신을 세워 갔다. 그리고 자신의 책상 위에 썼다.

“갈고 닦은 인격은 무엇보다 강하다!”

진광은 학교에 있는 동안 자신이 쓴 이 문구를 매일 보고 새기며 ‘안산 상담원’ 자신이 친구들 사이에서 해야 할 역할이 무엇인지를 새기기도 했다.

‘나는 듣는 사람, 잘 들어야 작은 도움이라도 건넬 수 있는 것!’

‘귀를 세우고 마음은 풀자!’

수학여행을 떠나기 전 친구 도경에게 약속했다.

“친구들 다 모아. 용돈 좀 받았거든. 제주도 갔다 와서 내가 치킨 쏠게. 노래방 가서 목 좀 풀어 보자.”

언제나처럼 돌아서는 그의 발걸음은 가볍고 경쾌했다.

한별아 나의 아가

안산 단원고 2학년 5반 **김한별**

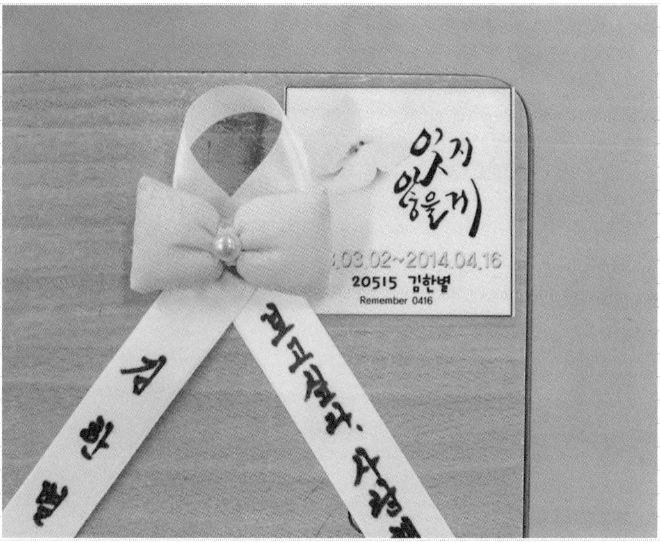

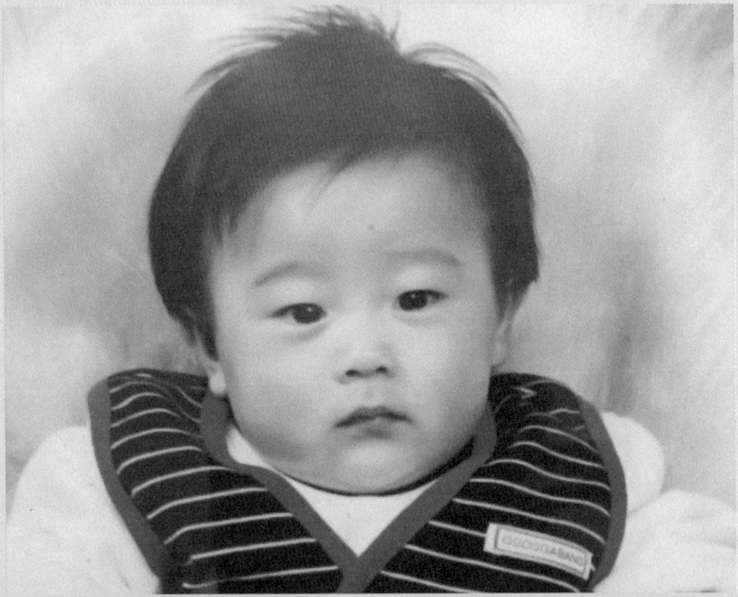

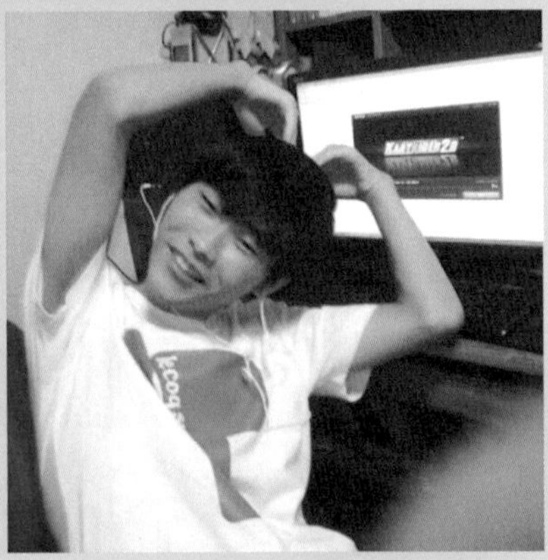

1. 한별이 백일 사진.
2. 한별이는 평소 친구들과 잘 어울리는 아이였다.
3. 게임을 좋아해서 전국대회에 참가하기도 했다.

한별아 나의 아가

한별아 나의 아가.

한별아 나의 아가.

엄마는 이렇게 너의 이름을 오랫동안 부르고 있다.

한별아 나의 아가.

한별아 나의 아가.

널 생각하며 가슴을 쥐어뜯다가 또 하루는 생각하지 않으려 종일 교회에서 지내며 그렇게 1년이나 지났구나. 엄마는 아침마다 두 손을 모은다.

우리 아가, 오늘도 맛있는 것 많이 먹고, 행복하게 지내렴.

엄마는 날마다 기도하며 네게 말을 건다. 그러니까 이 편지는 매일같이 마음으로 네게 했던 말을 옮기는 거야. 지금 이 순간에도 엄마는 너를 잃었다는 생각을 하지 않는다. 그런 일은 없었어. 너는 외국 어딘가로 긴 여행을 간 거야. 너는 지금, 아름다운 풍경을 보면서 여기서는 한 번도 먹어 보지 못한 맛있는 음식을 먹으며 웃으며 지내고 있을 거야. 공부도 안 하고 네가 좋아하는 게임 실컷 하면서 따뜻한 어딘가에서 따뜻한 사람들과 함께 아주아주 행복할 거야. 그렇지? 그렇지 아가? 거기에서 너는 아프지도 슬프지도 않고, 매일 행복하지? 그렇지? 이렇게 물으면 네가 응, 하고 답하는 것 같

아. 그러면 엄마는 조금 숨을 쉴 수 있어.

나의 아가, 한별아.

너를 생각하면 미안한 것뿐이라 어떻게 입을 떼야 할지 모르겠다. 너를 처음 낳았을 때, 아니 너를 배 속에 가졌을 때부터 엄마는 너를 위해 해 준 게 없는 것 같구나. 만삭일 때도 억척스럽게 일을 했고, 한 번 편하게 쉬질 않았으니 배 속의 너도 힘들지 않았을까. 먹고 사느라 힘든 때였어. 언제나 그랬지만 엄마는 일을 해야 했어. 시장에 나가 하루 종일 일을 해야 했어. 그래야 먹고살 수 있었으니까.

네가 배 속에 있었지만 태교에 신경 쓸 겨를도 없었지. 널 배 속에 안고 아침부터 밤늦게까지 엄마는 억척스럽게 일했어. 그 모든 시간에도 네가 있었구나. 나와 함께 있었구나. 내가 느꼈던 불안과 고통과 피곤을 너도 함께 느끼면서 나와 함께 있었구나. 다른 아이들은 태교 음악도 듣고 영어 동화도 듣고 엄마와 함께 낮잠도 자면서 그렇게 편하게 자랐을 텐데 우리 한별이는 엄마에게 생겨나서 내 안에 있어서 나의 아픔이 너에게도 그렇게 조금씩 가닿았겠구나. 나의 고생이 너에게도 묻었겠구나.

늦은 밤 장사를 끝내고 공기에 밥을 꾹꾹 눌러 담아 우걱우걱 삼켰지. 끼니를 놓쳤어. 바쁘다 보니 그렇게 됐단다. 퇴근하고 돌아와 저녁을 먹는 게 일쑤였지. 아주 늦은 저녁이었어. 그렇게 밥을 먹는 동안 갑자기 배가 살살 아파 왔지. 네가 나올 준비를 했던 거야. 진통이 오는 중에도 내일 장사를 걱정했지. 그렇게 힘든 날들이었어. 하루 종일 일하고 들어와 피곤한 몸에서 네가 나왔지. 피곤한 몸에서 네가 나오면서 울었지. 11월 9일. 3.2킬로그램으로 너는 내게 왔지.

아가, 너는 그렇게 내 고된 생활 속으로 들어왔단다. 그렇게 너의 고단한 삶도 시작됐단다. 나로 인해 고되게 산 것은 아닐까. 그런 생각이 울컥 차오르는 밤이면 그 어떤 생각으로도 위로가 안 된다. 아가. 네가 더 여유로운 집에 태어났더라면, 얼마나, 얼마나, 좋았을까?

나는 핏덩이인 너를 할머니 댁에 떼어 놓을 수밖에 없었지. 젖도 안 뗀 너를 떼어 놓고 장사를 하러 나갔지. 너는 엄마의 젖 냄새를 찾아 많이 울었다더구나. 아무리 어르고 달래도 울음을 그치지 않았다더구나. 그랬던 네가 어느 순간, 울지 않았다더구나. 얌전하게 우유 먹고, 자고, 놀고, 칭얼대지 않고, 거짓말처럼 너는 무언가 아는 아기처럼 그렇게 지냈다더구나.

엄마는 너와 형을 떼어 놓고 또다시 아침부터 밤늦도록 분주했지. 그렇게 엄마가 보지 않는 곳에서 너는 무럭무럭 자랐어. 일을 끝내고 너를 데리러 할머니 댁으로 가면 너는 엄마라고 달려들지도 않고 엄마를 보며 울지도 않고 할머니의 품에 안겨 눈만 껌뻑껌뻑 뜨고 나를 바라보았어. 모르는 사람을 바라보는 것처럼 낯설게, 한참을 내 눈을, 코를, 입을, 머릿결을 바라보다가, 소스라치게 울기도 했지. 무서운 사람을 본 것처럼 낯설게.

너의 형보다 오히려 네가 더 어른스러웠지. 어쩌면 너는 너의 현실을 너무 빨리 알아버린 것일지도 모른다. 그렇지? 네가 떼써도 엄마가 안아 주지 못할 거라는 사실을 너무 일찍 알아버린 걸 거야.

조금 커서 어린이집에 갈 때도 다섯 살이나 된 너의 형은 엄마와 떨어지지 않겠다고 발악을 했지만 너는 순하게 눈만 껌뻑이며 그런 형을 바라보았어. 엄마에게 저러면 안 되는데 엄마는 원래 부재중인 건데 형은 왜 저럴까. 그래도 달라지는 건 없는데. 너는 꼭 그런 생각을 하는 것처럼, 이방인 같은 너의 형을 바라보았어.

나는 그때도 너라도 엄마와 잘 떨어져서 편하다고만 생각했었다. 그때 너의 마음이 얼마나 추웠을까. 얼마나 엄마에게 안기고 싶었을까. 너를 옆에 세워 두고 울며불며 매달리는 너의 형을 안고 달래는 엄마를 보면서 너는 얼마나 쓸쓸했을까. 엄마에게 매달려 발버둥 치는 네 형의 등을 보면서 너는 얼마나 슬펐을까.

한별아 나의 아가, 엄마는 한 번도 네가 마음껏 떼쓰게 놔두지 않았구나. 지금 나는 또 하나의 사실을 깨닫고 있다. 네 속에서 끓이오르던 것을 울부짖게 놔두질 않았구나. 어린 너에게 속으로, 속으로만 삼키라고 강요했구나. 한별아. 여유가 없는 엄마의 마음을 알았는지 너는 병치레도 없고 유별난 곳 없이 자라났지. 돌이켜 보니 참 편하게 키웠구나. 너의 속은 어떤지도 모르고, 그저 나는 날 편하게 하는 착한 아들이라고 생각했구나. 너의 속은 어떤지도 모르고, 괜찮을 거라고만, 그럴 거라고만 생각했어.

엄마는 늘 없었지. 너의 곁에. 그래서 집에는 어린 네 형과 더 어린 네가 있었지. 그 집에서 다툼도 많았을 거야. 엄마가 보지 않는 곳에서 형이 괴롭히기도 했을 거야. 엄마가 일하고 있을 때 너는 자주 전화를 걸었지. 아직 어린 네가 열기가 가득 찬 목소리로, 형아가 장난감 뺏었어, 엄마. 울먹이며 전화를 걸어도, 잘잘못을 중재해 줄 사람이 없는 그 작은 집에서, 그 어두운 집에서 장난감을 빼앗겨 울분을 토할 사람이 엄마밖에 없었는데도 엄마는 바빠서 형에게 양보해, 그 말만 하고 끊었지. 너는 어리광을 부릴 수 없었지. 한 번도 너의 편을 들어주지 않았지. 누구도.

내 아들 한별아.
너는 얼마나 무서웠을까.
내 아들 한별아.
너는 얼마나 무거웠을까.

그런 너에게 나는 참으라고만 가르쳤구나. 그렇게 다 참고 참아서, 묵직했을 텐데도 계속 참으라고만 했구나. 엄마가 퇴근해 들어가면 너는 엄마에게 꼭 붙어 얘기했지. 엄마. 형이 때렸어. 형이 나 괴롭혀. 그런 너의 말을 듣고도 나는 늘 너를 앉혀 놓고 가르쳤지. 엄마가 없을 땐 형이 엄마야. 엄마는 늘 밖에 있지? 엄마는 늘 바쁘지? 그렇게 물으면 너는 고개를 끄덕였지. 그럼 엄마 없을 땐 누구에게 의지해야 해? 누구밖에 없어? 나의 물음에 너의 작은 입에서 형, 하고 새어 나오던 목소리가 기억나. 그러니까 형에게 덤비면 안 돼. 형 말은 무조건 잘 들어야 해. 엄마가 없을 땐 형이 널 보호해 줄 거야. 알겠지? 그럼 너는 시무룩한 얼굴로 고개를 끄덕였지.

그래서 너는 늘 참기만 했지. 자라서도 참기만 했지. 엄마가 신경 쓰지 못하는 부분은 알아서 포기하면서 바쁜 엄마에게 기대지도 못하고 홀로 어른이 되어 가고 있었지.

네가 중학교 때, 너의 방을 청소하다가 가정 통신문을 발견했지. 학부모 모임 상담, 그런 문구를 쭉 읽다가 날짜를 봤는데 한 달이나 지나 있었어. 학교에서 돌아온 너를 앉혀 놓고 엄마가 물었잖아. 왜 말하지 않았니? 그랬더니 너는 조용히 말했지. 어차피 엄마 못 오잖아. 원망이 조금도 섞이지 않은 담백한 말투였어. 엄마는 당연히 못 오니까. 엄마 신경 쓸까 봐 말하지 않았어.

섭섭한 기색도 없이 말하는 네게 나는 되레 섭섭했단다. 학교에서 그 가정 통신문을 받아 들고 너는 얼마나 망설였을까. 그리고 조용히 접어 가방에 넣으며 너는 고개를 흔들었겠지. 한 번의 망설임도 없이 고개를 흔들었겠지. 매번 피곤에 지쳐 잠든 엄마의 머리맡에 가정 통신문을 놓아둘 용기가 생기지 않았겠지. 처음부터 모든 것을 알아서 판단했겠지. 너무 일찍 어른이 되어 버린 한별아. 그래서 더 아픈 우리 한별이.

아무래도 아가, 너의 이름을 잘못 지은 게 아닐까.

나는 요즘 하나부터 열까지 모든 것이 후회가 된다. 나와 네 아빠는 너와 네 형의 이름을 지을 때 고집을 부렸단다. '진'자 돌림으로 지어야 한다는 너의 할아버지 말을 듣지 않고 한솔, 한별. 한글로 형제의 이름을 지었지. 한별. 한별.

내가 너의 이름을 한별로 지은 것을 지금 얼마나 후회하는지 너는 모를 거야. 가끔 생각한다. 이름 때문에 네가 별이 된 게 아닐까. 너의 할아버지의 고집대로 다른 이름을 가졌더라면 별이 되지 않았을까. 이름을 버리면, 다른 이름을 주면 그러면, 너는 돌아올까?

엄마 왜 내 이름은 한별이야. 여자 이름 같잖아. 초등학교에 다니던 때 너는 그렇게 물은 적이 있었어. 기억하니? 이름 가지고 유독 고민이 많던 초등학생 때였지. 엄마는 그때도 피곤해서 "좋은 이름이야" 대충 얼버무리고 넘어갔지. 마주 앉아 너의 눈을 보고 설명해 주어야 했는데, 그 이름을 짓고 네 아빠와 내가 얼마나 기뻤는지, 너를 낳은 순간 네가 얼마나 별 같았는지, 얼마나 소중했는지, 그런 말을 해 주었어야 했는데. 그런 말을 한 번도 못 해 줄 만큼 뭐가 그리 바빴는지, 먹고사는 게 뭐라고. 너를, 너를, 너무 오래 홀로 뒀구나.

한별아, 나의 아가.

나는 매일 기도한다. 아침저녁으로, 기도하느라 하루를 다 보낸다. 요즘은 몸이 안 좋아져서 엄마는 일을 쉬고 있어. 매일같이 너를 두고 일을 하러 갔었는데, 그 일을 지금은 놓고 있어. 너를 한 번 더 살갑게 안아 주지 못하고, 한 번 더 깊은 대화를 나누지 못하도록 나의 몸과 마음을 온통 지배하던 그 일이 지금은 사라졌어. 엄마가 일하지 않는 모습을 보면 너는 정말 기뻐했을 텐데…… 그렇지, 한별아? 이제 엄마가 네 곁에 있을 수 있는데 너는 너무 멀리 있구나.

엄마는 한동안 너의 소지품과 너의 물건을 보지 못했어. 나 대신 네 이모가 너의 물건을 정리했지. 이모가 너의 노트를 보았다고 했다. 너의 이모가 말해 주었어. 너의 노트엔 엄마에 관한 이야기가 딱 한 줄 있었다고. 엄마에 대한 너의 딱 한마디는, '엄마는 너무 바쁘다'는 말이었다고. 너의 눈엔 엄마는 늘 바쁘고 정신이 없는 사람이었구나.

엄마는 바빴고 너는 이내 혼자 서는 법을 터득했겠지. 엄마는 네 친한 친구가 누군지 모를 정도로 그런 살가운 대화를 나누지도 못할 정도로 바빴구나. 너의 장례식장에 친구가 가득 찬 걸 보고 나는 정말 놀랐어. 우리 한별이, 우리 아가. 친구가 이렇게 많았구나. 모나지 않게 알아서 착하게 커 주었구나. 엄마는 너의 친구들을 보면서 깨달았어. 엄마는 언제나 늦게 알지? 그렇지, 한별아?

네 중학교 때 친구의 이야기를 들으며 엄마는 몰랐던 네 모습을 다시 본다. 너는 중학교 때 프로게이머가 되고 싶어 했다고. 어떤 게임에 빠져 굉장히 열심히 했다고. 전국에서 순위 안에 들었다고 친구가 말해 주더구나.

엄마는 또, 몰랐다. 아가. 도무지 너에 대해 아는 게 없구나. 친구가 그러더구나. 네가 아끼는 물건도 친구에게 양보했다고. 그렇게 착한 친구였다고. 한별아 나의 아가. 우리 착한 아가. 엄마가 네게 너무 쉽게 포기하는 것을 가르친 것 같구나. 욕심도 없고 포기만 하는 아이로 기른 것 같구나. 해 준 게 아무것도 없어. 정말 그렇구나. 아가.

하루 일과를 마치고 집에 들어오면 엄마가 길게 "한-별-아-" 하고 부를 때 너는 알고 있었지. "또?"라고 말하며 엄마에게 다가와 어깨도 주물러 주고 팔다리도 주물러 주었어. 남자애라 손에 힘도 좋았지. 안마사 못지않게 시원했어. 잠시 그러는 동안 도란도란 엄마의 얘기도 들어 주고 그럴 때 너의 손바닥이 얼마나 따뜻했는지 몰라. 따뜻한 너의 체온이 엄마에게 전달되면 엄마의 노곤한 하루가 풀렸어. 고맙다. 한별아. 그때 정말 고마웠다. 너로 인해 따뜻했어.

그렇게 혼자 크다시피 한 너는 미래도 혼자 설계했지. 어느 날 엄마가 일하고 있는데 낯선 사람에게 전화가 걸려 왔지. 한별이 네 이름을 대더구나. 전단지 돌리는 아르바이트를 하러 왔는데 미성년자이기 때문에 엄마의 동의가 필요하다고. 시급은 한 시간에 5천 원 정도. 그 돈을 벌고 싶어 너는 안달이 났지. 경험 삼아 해 보라고는 허락했는데 너는 벌써 그때부터 자립을 했던 거야. 엄마는 지금도 궁금해. 어디서 그런 용기가 났는지. 엄마에게 징징거리지도 않고, 스스로 돈을 벌 생각을 했다는 게 미안하고 못내 또 미안하구나.

고등학교에 들어가서 갑자기 다이어트를 하겠다고 했지. 초등학교 때부터 꽤 통통하던 네가 어느 순간 밥도 먹지 않고 운동을 시작할 때 그렇게 다이어트를 시작해 몰라보게 살이 빠졌을 때 엄마는 내 아들 멋있구나, 생각했어.

그러다 고등학교 2학년 때부터 방과 후 수업을 듣겠다고 수업료를 내 달라고 했지. 공부를 하고 싶다고. 대학교에 가고 싶다고. 너는 대학교에 가서 돈을 벌고 싶어 했지. 돈, 그 징그러운 것이 엄마를 통과해 너에게도 가 달라붙어 너를 불안하게 했구나. 그래서 방과 후 수업도 등록하고 이제부터 공부하겠다 다짐했었지. 생각한 것을 실천으로 옮기고 목표한 것을 이루려 노력하는 너를 보면서 우리 아들 다 컸네. 그런 생각으로 며칠 흐뭇했단다. 누가 시키지 않아도 자기를 관리하는 우리 아들을 보면서 잔소리 한마디 필요 없이 알아서 너를 설계해 가는 모습을 보면서 엄마는 네가 꽤 자랑스러웠어.

그렇게 살을 빼고 통통했던 한별이가 날씬해지고 공부를 시작하고 대학을 꿈꾸면서 너는 어떤 미래를 꿈꿨던 걸까. 구체적으로 너와 미래에 관해 이야기를 하지 못한 것이 못내 아쉽구나. 아니 미래를 이야기하지 않은 것이 다행일까. 이런저런 생각이 복잡하게 떠오르는구나. 엄마가 할 수 있는 것은 그저 두 손을 모으는 일밖에 없다. 네가 있을 때도 지금도 엄마는 네게 해 줄 수 있는 게 없구나.

사고가 있고 나서 목사님이 그러시더구나. 네가 마지막으로 예배를 보던 날 이상했다고. 너는 교회에 가도 예배만 드리고 오지 밥은 먹지 않고 왔잖니? 늦잠도 자고 싶고 교회도 가고 싶지 않았을 텐데 엄마의 성화에 못 이겨 교회에 나가 주었잖니? 그날 네가 예배가 끝나고 교회에서 밥도 먹고, 구석구석 교회 살림살이도 들여다보았다더구나. 그리고 목사님께 인사를 했다지? 그동안 돌봐 주셔서 감사했습니다. 뭔가 이상했지만 목사님은 네가 철이 드는구나 생각하시고 잘 커 줘서 나도 고맙다, 그렇게 답하셨다고 했지. 그 말을 전해 듣는 순간, 나는 오열했다. 너는, 한별아 너는 알고 있었던 거니?

엄마는 너의 옷과 학용품을 체크하지 못했어. 무엇이 필요한지 알지도 못했어. 네가 어렵게 말을 꺼내면 그제야 필요한 것을 사 주곤 했잖아. 수학여행 때문에 다른 아이들은 운동화며 옷을 사는데 너는 아무 말도 안 했지. 그리고 인터넷을 뒤져서 싸고 예쁜 걸 찾아내면 그제야 어렵게 엄마에게 말했지.

신발장에 놓인 너의 운동화는 늘 깨끗했어. 신발도 교복도 모두 네가 빨아서 다녔지. 그런데 어느 날 목사님이 너의 신발 밑창을 봤는데 다 떨어져 있었다더구나. 목사님이 슬며시 신발 사 신으라며 용돈을 건네셨다고. 그런 목사님의 마음을 너는 기억하고 있었던 거구나. 그래서 목사님께 인사를 드리고 간 거니, 착한 아가?

엄마가 바빠서 따뜻한 밥도 못 해 주고 밑반찬으로 너와 네 형은 끼니를 때웠지. 그게 두고두고 미안하다. 너는 그 여행지에서 따뜻한 밥도 먹고 고기도 먹고 그렇게 행복하게 지내고 있으리라 믿어.

사랑하는 나의 아가, 우리 한별아.

엄마 목소리가 들리니?

꿈에도 잘 오지 않는 한별아.

너는 지금 따뜻한 곳에서 편안히, 편안히 잘 있는 걸 거야. 그렇지, 아가?

이젠 좋은 풍경을 바라보며 웃고, 떠들고, 맛있는 것 많이 먹고, 마음 놓고 투정도 부리면서 지내렴. 돈 생각하지 말고 편안하게 지내렴. 이젠 참지 말고, 하고 싶은 것 모두 다 하며 지내렴. 그렇게 우리 만나자. 그리고 못난 엄마를 꼭 기억해 주렴. 잊지 말고 꼭 기억하고 있으렴.

체체, 엄마를 지켜 줘!

안산 단원고 2학년 5반 **문중식**

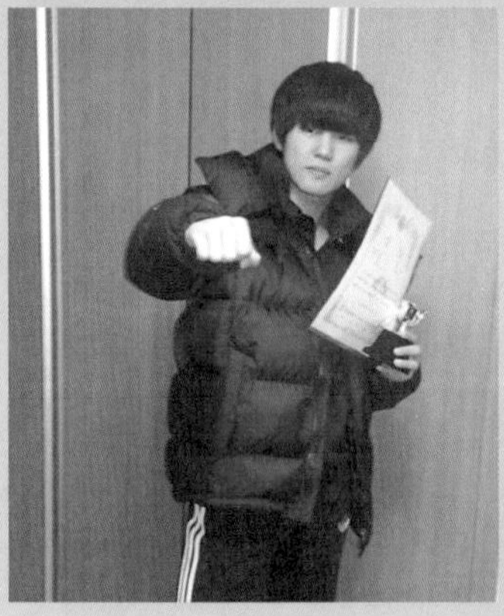

1. 디딤돌유치원 시절부터 피아노를 즐겨 쳤던 중식이.
2. 인천에서 실시된 제1회 격투기 최강자전에서 최우수선수상 수상을 기념하며.
3. 경호원을 꿈꾼 중식이는 날렵했다.

나를 있게 한 8할의 바람!

나를 아는 사람들은 알 거야. 내가 얼마나 운동을 좋아하는지. 공부보다, 먹는 것보다, 여자 친구보다, 운동을 더 좋아했던 거 같아. 내가 처음 시작했던 운동은 태권도였어. 여섯 살 때 태권도를 접하고 정말 열심히 했어. 3단까지 단을 따고 명예 사범증을 받았을 정도로 태권도라면 열심이었지.

6학년이 되어서는 또 다른 운동이 나를 신세계로 이끌었어. 바로 축구야. 공을 몰고 운동장을 가로지르는 기분은 해 본 사람만이 알겠지. 상대 선수들을 이리저리 뚫고서 상대 골문에 득점 골을 넣을 때의 유쾌, 통쾌, 상쾌함을 무엇에 비교할 수 있을까?

"야, 공을 잡고 있으면 어떡해? 빨리 패스 패스."

친구들과 경기라도 하는 날은 흥분해서 목이 쉬어라 소리치곤 했어.

학생들이라면 누구나 그렇겠지만 사실 일기 쓰기 숙제 정말 끔찍하잖아. 그런데 내가 일기장에 정말 신나서 써 내려가는 날이 있어. 눈치 챘지? 그래. 바로 축구 하고, 축구 한 이야기를 일기장에 늘어놓을 때야.

그런 날은 일기를 쓰는 일이 즐겁기까지 했어. 그래서 내 일기장에는 초등학교 때나 중학교 때 축구 이야기가 자주 등장해.

"저 진짜 진짜 유명한 축구 선수가 될 거예요!"

난 축구 선수가 되고 싶어서 진지하게 내 진로를 결정했어.

박지성 같은 세계적인 축구 선수가 되어 대한민국의 이름을 빛내고 싶었거든. 그런데 축구 선수가 되는 꿈은 접어야 했어. 왜냐면 엄마 아빠는 내가 좀 더 안정적인 삶을 살기를 원하셨던 거 같아. 그때는 지금보다 내게 좀 더 많은 가능성들이 열려 있던 시기였으니까. 아쉽기는 했지만 부모님의 마음도 이해할 수 있었어. 진짜 축구 선수들은 고된 훈련이나 힘든 시합들로 많은 시간을 보내야 하니까. 하지만 난 또 곧 새로운 운동에 빠져들었어.

"킥복싱을 해 보고 싶어요."

중학교 때부터 안성 쌍용체육관에서 킥복싱을 정식으로 지도받게 되었어.

난 운동에 재능이 있었던 거 같아. 힘든 훈련으로 열심히 땀을 흘리고 나면 엔돌핀이 도는 것이 느껴졌어. 친구 태하와 함께 킥복싱을 할 때는 정말 하루하루가 즐거웠어. 그리고 킥복싱을 하게 되면서 새로운 것들도 깨닫게 되었지. 팀워크가 중요한 축구와는 다르게 킥복싱은 철저하게 나 자신과의 싸움이라는 거야.

"중식아, 이번에는 우승할 수 있지?"

관장님은 누구보다도 내 가능성을 믿어 주셨어.

2012년 '코리안 비트 전국생활체육 복싱 대회'에서 준우승을 한 적이 있었기 때문에 이번에는 우승을 목표로 더욱 열심히 훈련에 임했어. 그리고 그동안의 노력들이 결실을 얻게 되었어. 2013년 11월 제1회 국민생활체육 인천광역시 격투기 한국 최강자전에서 최우수 선수상을 수상했거든. 트로피를 들고 집으로 가는 기분은 정말 날아갈 것 같았어. 난 집으로 들어가기 전 아파트 아래에서 엄마에게 전화를 걸었어.

"엄마! 트로피가 너무 커서 못 들고 가겠어."

"아들, 엄마가 나갈까?"

"진짜 진짜 무거워."

나는 엄마에게 엄살 아닌 엄살을 부리며 한껏 어리광을 피웠지.

사실은 작은 트로피였지만 엄마는 누구보다도 크게 기뻐해 주셨어. 난 부모님을 기쁘게 해 드릴 수 있다는 사실이 벅차서 막 응석을 부리고 싶었어. 내 스스로 뭔가 이루어 냈다는 게 무척 자랑스러웠으니까.

"저 경호학과에 갈 거예요."

고등학교에 들어오고 나는 경호원이 되겠다고 선언을 했어.

언젠가 티브이를 통해서 경호원들이 일하는 모습을 보았는데 너무 근사했어. 누군가를 위험으로부터 지켜내고 보호하는 모습은 정말 멋있어 보였어.

경호원을 직업으로 택한 또 하나의 이유는 좋아하는 운동을 포기하지 않아도 된다는 점이었어. 운동을 마음껏 하면서 사명감을 가진 한 사람의 직업인으로 살아가는 내 미래를 떠올리면 가슴이 설레었어.

"국민대 경호학과?"

"네. 국민대 경호학과를 목표로 할 거예요."

나는 내 꿈을 펼치기 위해 국민대학교 경호학과를 목표로 정했지.

목표가 정해지면서 내게도 많은 것들이 달라졌어. 내 길에 대한 책임감이 생겼다고 해야 할까? 구체적인 계획을 세우고 꿈에 한층 더 가까워졌다고 여겨지자 경호원이란 직업은 더욱 소중해졌어.

바보들의 바보 인증!

음, 우리 가족들? 한마디로 바보들의 집합이라고 해야 할 것 같아. 무슨 뜻이냐고? 다른 사람들이 날더러 아빠바보라고 해. 근데 사실 난 억울해. 진실을 밝히자면 나보다 사실은 우리 아빠가 더 아들바보라니까? 아빠와 난 정말 껌딱지처럼 붙어 다녀.

"아들, 늦었어. 빨리 가자."

우리 아빠는 나를 매일 학교에 데려다주셨어.

믿어지니? 어쩌다 한 번이 아니라 눈이 오나 비가 오나 매일같이 내 등굣길을 책임지셨지. 몇 년씩이나 그러시려면 어느 날 귀찮아 꿀밤이라도 한 대 먹이면서 혼자 가라고 할 것도 같은데 우리 아빠는 언제나 한결같은 모습이었어.

아들바보 인증? 그렇지? 아빠와 난 목욕탕에도 함께 다녔어. 우리 또래 남자애들이 좀 무뚝뚝하잖아. 나와 아빠도 목욕탕에서 서로 때를 밀어 주고, 거울 앞에서 같이 머리를 말리고, 내가 좋아하는 오렌지주스를 마시며 집으로 돌아오는 동안에도 많은 말을 하지는 않았어. 하지만 같이 있는 것만으로 많은 말들이 오간 것보다 더 따뜻하고 푸근한 시간들이었지.

"나중에 나 취직할 데 없으면 아빠 회사 물려받아야지."

"누가 물려준대, 이놈아?"

아빠는 작은 회사를 운영하시는데 난 농담 삼아 말하곤 했어.

사실 난 말이 별로 많지 않은 편이었어. 하지만 고등학교에 가면서부터는 아빠에게 더 많은 이야기를 나누려고 노력하고 있어. 서툴기는 하지만 내 일상에 대해, 내 친구들에 대해, 내 꿈에 대해 아빠와 좀 더 나누고 싶었거든. 그런 내 마음을 아빠도 느끼셨는지 나와의 대화를 잘 받아 주시곤 했어.

"아빠 이거 선물."

난 쑥스럽게 포장지에 싼 선물을 내밀었어.

"생일도 아닌데 무슨 선물?"

그러면서도 아빠는 내 선물에 조금 감동하신 거 같았어.

며칠 전에 아빠 지갑을 보았거든. 오래 쓰셔서 너무너무 낡았더라구. 그동안 모은 용돈을 탈탈 털어서 백화점에 가서 지갑을 샀어. 뭐 어버이날이나 생신도 아닌데 선물 사는 게 좀 쑥스럽긴 했지만 아빠가 기쁘게 받으셔서 기분이 최고였어. 쉿! 엄마에게는 미안해서 지금 다시 용돈을 모으고 있는 중이야.

"아들, 뭐하고 싶어?"

아빠는 어릴 때부터 내가 원하는 것이라면 뭐든지 해 주고 싶어 하셨어.

아이스크림이 먹고 싶다고 하면 같이 슈퍼에 가 주시고, 그네가 타고 싶다고 하면 같이 놀이터에 가 주시고, 축구가 하고 싶다고 하면 축구공을 같이 굴려 주셨던 아빠. 아빤 그런 분이셨어.

"절대 비뚤어지지 않을 테니까 운동은 계속할 수 있게 해 주세요."

아들의 진로 걱정을 하시는 아빠에게 난 부탁을 드렸어.

어떤 상황에서도 운동을 그만둔다는 것은 생각할 수도 없었으니까. 아빠는 내 진로에 대해 당연히 걱정이 되셨을 거야. 아들바보 아빠인데 그 염려가 오죽하셨겠어. 그런데도 결국에는 내가 원하는 방향으로 밀어주셨어.

내가 운동을 잘하다 보니까 이런저런 시비를 걸어오는 녀석들도 있었어. 다른 학교에서도 싸움을 하자고 찾아올 정도였으니까. 하지만 내가 그런 아이들에게 휩쓸리지 않고 내 목표를 향해 갈 수 있었던 것은 그런 부모님의 사랑이 있었기 때문일 거야.

음, 우리 엄마? 우리 엄마는 뭐랄까 사랑이 넘치는 분이셔. 특히 우리 아들들한테 말이야. 내가 엄마의 첫째여서 그런가? 나에 대한 것은 뭐든지 모아 놓으셨는데 그 정성이 보통이 아니시거든. 세상 모든 엄마들이 아들딸들에 대한 사랑이 끔찍하겠지만 우리 엄마도 못 말리는 아들바보야.

"아들, 장가갈 때 아기 돼지 넣어 줄 거다."

"아, 그런 걸 뭐하러 가져가?"

아기 돼지가 뭔지 알아? 내가 어릴 때 가지고 놀던 동그란 몸통에 분홍색 코와 분홍색 귀, 분홍색 발, 분홍색 꼬리가 귀여운 아기 돼지 인형이야. 이 인형을 내가 어릴 때 아주 좋아해서 시골 할머니 댁에 가거나 친척 집에 갈 때는 꼭 돼지 인형을 끌어안고 다녔대. 엄마는 그 인형을 지금도 간직하고 계시는데 내가 장가갈 때 그 인형을 주겠다는데, 와 진짜 이거 스타일 구기는 거 아니냐? 나처럼 카리스마 넘치는 상남자한테 말이야.

"중식아, 이 독서록은 정말 글씨도 잘 썼어."

엄마는 내가 하는 것은 뭐든지 일단 진한 감탄사를 내뱉고 보셔.

이렇게 엄마는 태어나서 성장해 온 나의 지난 시간들을 하나도 놓치지 않고 차곡차곡 정리해 놓으셨어. 아기 때부터 지금까지 앨범은 물론이고 학교 다닐 때 쓰던 일기장, 독서 노트, 그림 같은 거는 물론이고 성적표, 임명장 같은 것까지 하나도 버리지 않고 다 모으시지.

"엄마, 저 합격해서 경호학과 가면 제네시스 사 주세요."

어느 날 국민대 팸플릿을 보며 이야기를 나누다가 내가 말했어.

평소에도 난 차에 관심이 무척 많거든.

"그래? 엄마가 사 줄게."

그런데 그 비싼 차를 엄마가 선뜻 사 주시겠다는 거야, 글쎄.

"진짜 진짜지? 근데 엄마 무슨 돈으로 살 거야?"

"걱정 마, 엄마가 식당 알바라도 해서 사 줄 테니까."

엄마가 식당 알바를 하게 할 생각은 없지만 기분은 굉장히 좋았어. 엄마의 큰 사랑이 온전히 느껴지는 순간이었거든.

"엄마, 여기 여기."

아파트 공터에 장이 서는 날이었어.

난 엄마를 모시고 나와서 같이 카네이션을 골랐어. 엄마는 아들 용돈 쓰는 거 아까워서 작은 꽃을 고르려고 하셨지만, 나는 우겨서 화분에 심어진 예쁜 카네이션을 사 드렸어. 내가 사 드리는 것이라면 그것이 무엇이든 엄마가 다 좋아하신다는 걸 아니까. 조금 더 큰 꽃을 선물해 드리고 싶었어.

이제 내 동생 성식이 이야기를 해야겠네. 이 녀석은 한마디로 정말 잘생겼어. 난 남자다운 매력(?)이 철철 넘친다면, 내 동생 성식이는 온몸에서 후광이 난다고 해야 할까? 한번 본 사람들은 그 매력에 안 빠질 수가 없지.

이런 애들은 연예인이 되어야 한다고 생각해. 그렇지 않다면 그건 범국가적인 낭비, 아니 범세계적인 낭비가 아닐까 싶어.

"형. 바보같이 뭐냐? 창피하게."

고슴도치 엄마냐고 욕해도 어쩔 수 없어. 내 동생은 한때 축구 선수가 되고 싶어 했어. 지금은 연예인으로 목표를 확실히 정했지. 얼마 전에는 프로필 사진을 찍고 왔다고 하더라고. 짜식, 벌써부터 자기 목표를 향해 나아갈 줄 알다니 기특하기만 해.

요즘 만능 엔터테이너들이 뜨고 있지. 우리 성식이도 몇 년 후에는 꼭 그런 대스타가 되어 있을 거야. 성식아, 형이 건투를 빌어 줄게.

"얍, 씨름 한판 하자."

난 동생의 다리를 걸고 넘어뜨렸어.

"에이, 아프잖아."

"넌 오늘 딱 걸렸어. 한번 맞아 볼래?"

"형님아, 좀?"

성식이는 내가 놀리는 것을 다 받아 주는 동생이었어. 놀리느라 때리는 시늉을 해도 알면서 당해 주었지. 나보다 다섯 살이나 어리다 보니 내게는 언제나 애기처럼 느껴져서 더 그랬던 거 같아. 기특하게도 녀석은 한 번도 나한테 대든 적도 없었고 우린 싸움 한 번 하지 않았지.

"누가 때리면 형한테 꼭 얘기해?"

"내가 애기야?"

"형한테 꼭 얘기하라고. 알았지?"

"예, 형님. 알겠어요."

난 틈이 날 때마다 성식이한테 말하곤 했어.

동생이 밖에서 나쁜 아이들한테 얻어맞고 들어오기라도 할까 봐 걱정이 되었던 거야. 동생은 내가 따라다니며 자꾸 같은 말을 반복하니까 귀찮기도 했을 거야. 하지만 요즘 학생들 장난 아니잖아. 성식이 녀석은 착해서 실컷 얻어맞고도 주먹질 한 번 못해 볼 것이 뻔하거든. 이런 순간에는 나도 동생바보가 맞구나 싶어.

그리고 우리 가족이 더 있는데 바로 세 살짜리 체체야. 푸들인데 3년 전에 제일 늦게 우리 가족이 된 녀석이야. 밤색 털이 뽀글뽀글 파마를 한 것처럼 곱슬한 모습이 정말 귀여워. 작은 몸집으로 화가 날 때는 앙칼진 소리로 덤비기도 하지.

"체체, 손! 체체, 얼음! 체체, 빵!"

체체와 함께 보내는 시간들은 내게 무척 특별해.

뭐 내가 워낙 멋진 형이다 보니 날 제일 많이 따르는 것은 당연하고. 실은 엄마 아빠는 바쁘시고 성식이는 아직 어리고, 그래서 내가 제일 많이 돌봐 주다 보니 나를 제일 좋아하는 거 같아. 머루같이 까만 눈으로 나를 빤히 쳐다보면 진짜 진짜 녀석에게 빨려 들지 않을 수가 없어.

"체체, 형 슬프다."

내 기분이 조금만 이상해도 금세 알아차리는 녀석이야. 그리고 제 딴에는 뭔가 위로를 하고 싶은지 곁에 와서 낑낑거리며 재롱을 피우지. 밤늦게 집에 돌아올 때도 제일 먼저 달려 나오는 녀석이 바로 체체야. 귀엽고 사랑스러운 체체 덕분에 피로가 한 번에 씻기는 느낌이 들곤 해.

"체체, 물 먹어."

나는 학교에 가기 전에 체체의 밥과 물을 잊지 않고 챙기곤 해. 더운 날은 체체의 물그릇에 얼음을 몇 개 동동 띄워야 마음이 놓이지. 역시 나도 체체바보인 거 인증인가?

질풍노도의 시기를 알리지 마라!

내 친구 태하야, 원창아, 용훈아, 태훈아! 너희들 혹시 '내가 어떤 사람이냐' 이런 질문을 갑자기 받는다면 뭐라고 대답할 거야? 설마 '중식이는 사춘기가 일찍 와서 중1 때 반항하느라 교복 바지 줄여 입고 싸움하고 그랬어요' 뭐 그런 진실을 털어놓지는 않을 거지? 친구들의 의리를 믿어 보겠어.

"야, 교복 바지 줄였어?"

내가 처음 바지를 줄여 입었을 때 다들 경외스러운 눈빛을 보냈던 거 생각나니? 우리들은 비슷비슷한 청소년기를 보내고 있는 거 같아. 앞서거니 뒤서거니 질풍노도의 시기를 함께 겪고, 남자로 성장해 가는 동안 우리들의 우정도 끈끈하고 단단해져 갔지.

"야, 여자 친구하고 진짜 헤어졌어?"

여자 친구와 헤어진 것도 같이 가슴 아파해 줬던 친구들.

우리가 아직은 다들 서툴고 그런 나이잖아. 여자 친구를 사귀고 싶지만 막상 만나면 어떤 이야기를 나눠야 할지, 어떻게 해야 할지 잘 몰라서 곧 헤어지기도 하고. 나도 그랬던 거 같아.

"야, 모태 솔로?"

내가 태하를 그렇게 부르면,

"내가 왜 모태 솔로야?"

태하는 강하게 부인하는데 태하가 모태 솔로인 것은 내가 보장할게. 태하는 살만 좀 빼면 훈남 스타일인데. 아깝다, 진짜. 그리고 또 피시방에도 참 많이 몰려다녔어. 언젠가 피시방에서 치러진 게임 대회에 참가하기 위해 우리는 또 우르르 갔었지. 친구들의 기대주는 당연히 나 문중식이었고, 그 기대에 부응하듯 나는 당당히 일등을 차지했어.

"와, 역시 중식이 짱!"

"야, 이거 나 갖는다."

"이건 나 줘."

"나도 나도."

상품으로 받은 마우스와 마우스 패드를 서로 갖겠다고 난리였었지. 게임에서 우승한 것보다 작은 상품이지만 너희들에게 뭔가를 선물할 수 있어서 뿌듯한 날이었어. 그리고 우리 부모님이 집을 비우신 날, 우리는 내 방에서 또 한 번 비밀스런 일탈의 시간들을 함께했지.

"야, 이거 진짜 소주야."

"소주 정도는 마셔 줘야지."

"캬, 쓰다 써."

중국 음식을 시켜 놓고 소주를 한 모금씩 나눠 마시며 몸서리를 쳤지. 소주의 쓴맛이 아직까지 코끝에 감도는 거 같아. 그날 우리는 참 많은 이야기들을 나누었지. 게임, 축구, 복싱 이야기에 정신이 없었지. 여친 이야기도 간절했지만 아무도 여친이 없었던 관계로 통과. 불안한 우리들의 미래에 대해서도, 우리들의 꿈에 대해서도 서로의 고민을 나누었지.

"중식아, 우리 한번 뭉치자."

지금 생각해 보면 내 주위에는 항상 친구들로 북적였던 거 같아.

초등학교 때 만난 친구부터, 중학교 때 만난 친구, 고등학교 친구, 체육관 친구, 동네 친구들, 참 많은 친구들이 있어. 말도 별로 없고, 특별히 재밌는 구석도 없는데 그렇게 많은 친구들이 나를 좋아해 줘서 얼마나 감사한지 모르겠어. 친구들과 함께 있으면 세상을 다 얻은 듯 든든하고 우쭐한 기분도 들잖아. 그리고 태하야, 원창아, 용훈아, 태훈아, 너희들과 함께한 따뜻했던 기억들로 인해 나는 오래오래 행복할 거야.

너무 많은 이야기를 한꺼번에 털어놓았나 봐. 지금부터 난 조금은 긴 잠을 자야 할 것 같아. 우리는 삶의 영속성 안에서 다시 만나게 되겠지. 그때까지 다들 파이팅!

그리고 체체, 알지? 엄마를 지켜 줘!

평화와 정의 실현을 꿈꾼 어린 사제

안산 단원고 2학년 5반 **박성호**

1. 평화주의자 임마누엘 성호.
2. 큰누나 보나, 작은누나 예나, 동생 성은. 4남매의 어릴적 모습.
3. 단짝 친구 기윤이와 사제복을 입고. 박성호(좌), 심기윤(우).

평화와 정의 실현을 꿈꾼 어린 사제

내 이름은 임마누엘 성호예요. 성호경의 성호를 의미해요. 우리 집안은 친가 쪽으로는 3대째, 외가 쪽으로는 5대째 가톨릭 신앙생활을 하고 있어요. 나는 우주를 좋아했어요. 별자리를 찾아보거나 별 이름 외우는 걸 즐겼고 하늘 사진을 많이 찍었어요.

변화무쌍하게 흘러가는 하늘과 구름, 별빛들이 신비로웠어요. 우리가 접하는 시간과 공간의 개념이 고정된 것이 아니라 마음이 주는 또 다른 차원인 듯했어요. 시공을 초월한 삶에 대한 동경이었는지도 모르겠어요. 과학과 물리는 싫어했는데 천문학은 좋아한 것이죠.

역사를 좋아했어요. 세계의 역사만이 아니라 동아시아 역사 등 세분화해서 알기를 좋아했어요. 역사는 늘 백 점 만점을 받고 싶어 했어요. 관심 있는 분야에는 성실하게 파고드는 노력파였어요.

집중력이 강했어요. 무엇에 집중하면 누가 옆에서 불러도 못 들을 때가 많았어요. 그리고 축구를 정말 잘했어요. 초등학교 때 잠깐 축구 선수를 꿈꿀 정도로 좋아했고 '축구 잘하는 박성호'로 불리곤 했어요.

나는 평화주의자이자 정의주의자였어요. 관계 형성을 중요시했어요. 관계에 대한 파악이나 분석을 아주 잘했어요. 사회성도 뛰어났는데 완벽하게 알거나 확신이 서지 않는 일에는 안다고 말하지 않고 성급하게 판단하지 않았어요. 나 자신을 드러내거나 자랑하는 걸 안 했어요. 조용하지만 내성적이지 않고 적극적이고 밝았어요. 사회 문제에도 관심이 많았어요. 정의롭지 못한 사회 현상을 접할 때마다 의구심을 품었어요. 언론 보도 속에 가려진 진실을 알고 싶어 했어요. 특히 약한 자들이 인권을 침해 받거나 오해받고 아파하는 모습을 보면 견디기 힘들었어요. 학교에서도 노는 애들이 약한 애들을 괴롭히면 못 참아 했어요.

나를 따라다니는 수식어에 '신선' '미륵보살' '아낌없이 주는 나무' '힘이 되어 주는 존재' 등이 있는데요. 어휴, 생각만 해도 낯간지러운 찬사들이지만 무척 감사해요. 주변 사람들에게 사랑받는 존재라는 건 신나는 일이잖아요? 아마도 바보스러울 정도로 욕심이 없어서인 것 같아요.

타인을 배려하고 친근하게 대하는 성격은 천성인 것 같아요. 쉽게 감정을 표출하지 않고 느긋하게 바라보고 지켜보는 편이었어요. 그렇다고 무관심이나 방관은 아니었어요. 잘못하지 않은 사람이 엉뚱하게 오해를 받는 상황이 생기면 적극적으로 나서서 변호해 주곤 했으니까요.

완전 자화자찬이죠? 이쯤 해서 또 다른 모습을 얘기해야겠어요. 나는 '나무늘보'였어요. 완전 귀차니스트였어요. 내가 좋아하는 일에는 아주 열심히 하고 월등하게 두각을 나타냈지만 싫어하는 것에는 관심이 없었어요.

내 동생 성은이는 이런 나를 '천재형'이라고 표현하더군요. 여자 친구 사귀는 것도 귀찮아했어요. 게임을 좋아했어요. 멍 때리기 귀찮아 게임을 하고 그도 귀찮아지면 밥을 먹고 또 심심해지면 게임을 하는 식이었어요. 게임에 푹 빠졌을 때는 야자 빼먹고 친구 집에서 게임하다가 들어오기도 했어요.

아, 그리고 나는 '아이유 빠돌이'였어요. 아이유 시디를 사 모으고 노래를 들으면서 열렬히 좋아했어요. 하지만 아이유 콘서트에는 한 번도 가지 않았어요. 시끌벅적한 곳에서 소리쳐 외치지 않아도 아이유는 내 안의 작은 성이었으니까요. 알고 보면 나도 재미있는 아이였어요.

우리 가족요? 가장 큰 자랑거리는 형제가 많다는 것이에요. 내 위로 보나, 예나 누나가 있고 남동생 성은이 해서 4남매예요. 각기 개성이 달랐지만 바쁜 엄마를 도와 집안일도 나누어 하면서 즐겁게 자랐어요.

보나 누나는 무척 예뻐요. 평온하고 사려가 깊고 겸손하고 정직하고 한결같은 성격이에요. 예나 누나는 좀 칼칼한 성격이에요. 과격하지는 않지만 은근히 자기주장이 뚜렷해요. 감정을 잘 드러내지 않는 보나 누나와 달리 친화력이 좋고 다정해서 친구처럼 지냈어요. 누나들에게 나는 '착함의 대명사'였죠. 혹여 누나들이 밤늦게 귀가하는 시간이면 언제든지 열심히 마중을 나갔거든요.

내 동생 성은이는 많이 까불어요. 자유로운 영혼이에요. 영특하고 발랄하죠. 무엇이든지 놀이화하며 순수한 재미를 추구하는 기질이에요. 그런 성은이가 재미있어서 함께 잘 놀았어요. 누나들과 인형 놀이하며 놀다가 성은이와는 로봇도 맞추고, 칼싸움도 하고 정말 신났어요. 친구들과 놀 때도 항상 성은이를 데리고 다녔고 싸움도 거의 안 했어요. 곤충을 잡아 싸움도 시키고 인터넷 검색하며 곤충 공부도 하고 뱀을 잡아 해부해 본 적도 있었어요. 뱀의 독이 어디에 있는지 어떻게 퍼져 나가는지 살펴보았어요.

성은이는 과학 탐구 정신이 뛰어나요. "형은 역사 천재이고 나는 과학 천재!"라고 성은이가 그랬죠. 저녁 먹고 나가 운동도 하고 엄마 몰래 피시방 가는 것도 성은이랑 했어요. 성은이는 내가 '신선'이고 조용하고 점잖아서 까부는 자길 다 받아 주었다고 하지만 나는 정말 내 동생 성은이가 좋았어요.

아빠는 평범한 회사원이에요. 축구를 아주 좋아하셨어요. 어렸을 때 아빠와 함께 축구를 하고 축구장에 간 기억들이 생생해요. 초등학교 2학년 때 나이키 축구화를 사 주셨는데 금방 크는 아이한테 비싼 축구화가 웬말이냐고 엄마에게 잔소릴 듣기도 하셨어요. 아빠는 대가족을 부양하느라 늘 일하느라 바쁘셨어요. 그래서 가족들과 지낼 시간이 부족했던 점이 아쉬움 중의 하나였어요.

엄마요? 한마디로 나의 멘토셨어요. 삶의 태도나 진로나 신앙적인 모든 면에서 나를 이끌어 주셨어요. 엄마에게 나는 어떤 아들이었을까요? 3킬로그램으로 태어난 나는 어렸을 때부터 평화로운 아이였다고. 두 누나들은 예민하고 잠투정도 심하고 병치레도 많았는데 나는 피부도 뽀얗고 성격도 온순하고 잘 먹고 잘 자라서 엄청 수월했다고. 키도 178센티미터까지 훌쩍 커서 몸의 비율도 좋고 성격도 아주 듬직하고 사춘기도 없이 잘 지나갔고 신뢰가 가는 아들이었다고. 어휴, 내 입으로 말하기 민망하네요.

엄마는 논술 선생님이어서 논리적이고 엄하셨지만 어떻게 살아야 옳은 삶인지 중심이 잡혀 있는 분이셨어요. 공부 열심히 하라고 하지 않았어요. 항상 "책 많이 읽어라. 많이 뛰어놀아라. 직업은 나눔이다. 제때 제대로 배워라" 하셨어요. '당신의 독서는 당신의 잠든 위대함을 깨운다.', '책을 읽는 것은 사람만이 가진 삶의 특권이다.' 나의 방 벽면에 붙어 있는 문구들이에요.

엄마 덕분에 고전, 문학, 역사, 문화, 성경 등 다양한 책을 많이 읽었어요. 문과 성향인 나의 감성을 풍부하게 살려 주셨죠. 내가 역사에 대해선 좀 안다 할 수 있잖아요? 엄마가 간혹 역사에 대해서 물어보시면 분야별, 시대별로 일목요연하게 설명해 드리곤 했어요. 그러면 "성호야~ 자료로 찾은 것보다 네 설명이 더 실감나고 폭넓구나!" 무척 흐뭇해하셨어요. 하지만 게임하는 건 무지 싫어하셨어요. 더욱이 정해진 약속 시간을 초과하면 불호령이 떨어졌죠. 내가 유일하게 엄마 눈치 보며 몰래 한 게 게임이었어요.

외할머니를 좋아했고 존경했어요. 외가가 음성 시골에 있는데 마을 입구 커다란 느티나무만 봐도 마음이 평화로웠어요. 된장찌개, 두부 요리, 청국장 등 외할머니가 해 준 음식은 정말 맛있어요. 외할머니의 음식 솜씨는 엄마와는 깊이가 달랐어요.

밭에 나가면 상추, 고추, 가지, 오이 등 채소가 자라고 열매 맺는 것이 그리 신기했어요. "할머니, 힘드신 일 놔두었다가 저 오면 시키세요" 하면 "성호야, 농사는 미뤄 둘 수 있는 게 아니란다. 그때그때 해야 되는 거란다" 할머니는 웃으셨죠. 아하, 그렇구나!

그래서 외가에 가면 설거지를 도맡아 했어요. 이모 수녀님도 유난히 날 많이 아껴 주셨어요. 내가 선하고 착해서 너무나 귀엽고 사랑스러웠대요. 네다섯 살 때부터 엄마와 떨어져 이모 수녀님과 여행도 많이 다녔고 아주 친하게 지냈어요. 이모 수녀님이 "성호는 이모 장난감?" 하고 말하면 "네!" 하고 씩씩하게 대답했대요. 어느 날은 세례명인 "임마누엘!" 하고 불렀더니 내가 울음을 터트렸대요. "나 임마누엘 아니야, 이모 장난감이야" 하면서요. 어린 나이에도 임마누엘이라는 호칭은 어딘지 먼 느낌이고 이모 장난감이라는 호칭을 더욱 친근하게 느꼈나 봐요.

아, 성당 얘기를 안 할 수 없죠. 어쩌면 내 삶의 가장 중요한 부분이라 뜸을 들이며 뒤로 미루어 놓았는지도 모르겠어요. 선부동 성당은 1997년 생으로 나와 나이가 같아요. 성당은 제2의 집이었어요. 친가 친척 형이 신부님이고, 외가 고모할머니와 이모가 수녀님인 집안이니 태어났을 때부터 성당에 가는 것이 당연했고 자연스러웠어요. 성당 생활은 나의 인성 형성에 커다란 도움을 주었어요. 신앙심이나 공동체의 관계들을 직접 경험하고 실천하는 활동 속에서 많은 것을 깨닫고 배웠어요.

나는 전례부, 복사, 레지오, 예신 모임, 성가대, 동아리 등 청소년이 할 수 있는 모든 활동에 적극적이었어요. 전례부에서 미사 진행 해설을 하며 목소리 좋다고 칭찬을 받기도 했어요. 복사는 종도 치고 촛불을 켜고, 끄고, 성찬례 시 물, 포도주스도 드리고, 영성체 할 때도 신부님 옆에서 조용히 시중을 드는 일이에요.

보통 초등학교 4학년 때부터 서는데 나는 스스로 일찍 일어나는 게 자신이 없어서 중학교 때부터 섰어요. 레지오는 성모님의 기도 군단인데 내 영적 생활에 아주 큰 도움을 주었어요. 레지오 활동을 통해 교리 공부도 깊어지고 왜 기도를 해야 하는지, 왜 사랑해야 하는지, 왜 남을 위해 살아야 하는지, 영적 성장의 밑거름이 되었어요.

성가대에서 솔로를 한 경험도 잊을 수 없어요. "아버지의 뜻대로…… 이 잔은 제게서 거두어 주소서~ 그러나 제 뜻대로 마시고 주님의 뜻대로 하소서"라는 부분이었는데 스스로 생각해도 너무 잘 불렀어요.

솔로가 처음인데 떨지도 않고 음이탈도 안 났어요. 내가 원래 사랑을 안 하는 편인데 "엄마, 나 오늘 너무 잘 불렀어, 이상하게 잘 불렀어, 칭찬 많이 받았어!" 집에 와서도 거듭 뿌듯해했어요. 성탄제와 여름 캠프를 위해 춤도 췄어요. 몸치라서 처음 연습을 시작할 때는 제일 못 추는데 본무대에서는 아주 능숙하고 부드럽게 선을 보여서 주변을 놀라게 했어요. 진정한 노력파라고. 샤이니의 〈셜록〉, 크레용팝의 〈빠빠빠〉 등 노래와 안무가 정해지면 정말 땀 흘리며 연습하고 또 연습했어요.

예신 모임에서는 신부가 되는 공부를 해요. 복사 서는 아이들은 신앙의 흐름이나 규율이나 마음가짐이 중요하니까 어른들은 꼭 신부가 되지 않더라도 권유하는 분위기예요. 엄마도 자신이 못 이룬 꿈을 우리 4남매가 대신 이루어 주었으면 하는 것도 있고, 신앙의 씨앗을 심어 주려는 마음도 있어서 여러 대화 속에 덧붙여 권유하곤 하셨어요. 하지만 처음부터 확실하지는 않았어요. 그보다 먼저 진로에 대한 탐색을 오래 했어요.

역사를 좋아하면서 정치가가 되어 봤으면 했어요. 정의가 땅에 떨어지고 권력의 횡포가 너무 심하고 항상 서민이 고통 받는 역사를 접하면서 지금의 사회 현상들에도 관심이 많아졌어요. 세상을 바로잡아야 한다는 생각 때문에 정치가를 한번 해 보면 어떤가 했어요.

그런데 내 생각을 들은 엄마가 "네 성격을 들여다봐. 강인하게 어떤 시련이나 모함이 와도 이겨 내고 참아 낼 수 있는지, 너의 성격과 정치가란 직업이 어떻게 다른지, 정치가의 탐욕과 이기주의 때문에 이런 현상이 일어나기도 해"라고 말씀하시는 거예요. 엄마 말씀을 듣고 진지하게 생각해 보니 사실 난 정치가와 어울리지 않는다는 결론에 도달했어요.

난 뭐가 좋을까? 끊임없이 고민했어요. 몇 달 후 복지사, 역사 선생님, 신부님, 세 가지로 좁혀졌는데 도무지 답이 안 나와 또 엄마와 마주 앉았어요. "그 모든 걸 다 할 수 있는 방법이 있어. 복지사, 역사 선생님, 신부님을 한꺼번에 다 할 수 있는데……"

"그게 뭐예요?" 나는 눈이 휘둥그래져서 물었죠.

"신부님이지. 성서의 역사는 하나님의 역사만 있는 게 아니라 세계의 역사이고 인간의 역사이기도 해. 모든 인류의 역사를 다 알아야 하는 게 사제야. 사제는 제사장 역할뿐만 아니라 복지사의 역할, 상담사의 역할, 사람의 통과의례를 다 관찰하는 역할을 해. 그러면서 사랑을 실천할 수 있고." 엄마의 말씀을 듣고 나는 깜짝 놀랐어요. 조용히 방으로 들어와 있다가 5분도 안 돼 "엄마, 저 고민 끝났어요. 신부님이 되는 게 맞는 것 같아요!" 말씀드렸더니 엄마는 또 자신 있게 말하지 말고 더 고민해 보라고 하셨어요.

신부가 되기로 내면적 의지를 다진 것은 고1 겨울 방학 때였어요. 예신 모임에서 피정을 갔는데 프로그램 중 고해성사 하는 게 있었어요. 한 시간 동안 촛불을 켜 놓고 짧은 인생의 행동과 버릇과 습관, 나는 어떤 존재인가 돌아보는 시간이었어요. 오롯이 혼자 스스로 조용히 자신에게 묻고 성찰하는 시간이었어요. 그 한 시간이 길 수도 짧을 수도 있는데 많은 걸 되돌아보고 성찰하면서 '이보다 더 좋은 건 없겠다. 사제가 되자' 결심하게 되었어요. 내가 평소 결단 있는 성격은 아니었어요. 대부분 두루뭉술 흘러가는 편인데 그때는 자신 있게 확신할 수 있었어요.

이러한 활동을 모두 함께한 절친 심기윤. 나의 반쪽이자 쌍둥이 같고 가족 같은 친구, 사도 요한 기윤이는 초등학교 들어갈 무렵 성당에서 만났어요. 딱 한 번 초등학교 4학년 때 같은 반이었고 중고등학교도 달랐지만 우리는 늘 딱 붙어 지냈어요.

아이들이 내 세례명을 비틀어 "임마, 임마!" 하고 놀리니까 기윤이가 그러지 말라고 아이들을 혼내고 날 감싸면서 친해졌어요. 기윤이는 살짝 엉뚱하고 까불까불 아이답고 나는 어른스럽고 과묵해서 서로 잘 맞았어요. 둘이 놀면서 나는 활발해지고 기윤이는 점잖아지는 현상도 나타났고요.

우리는 늘 화정천을 걷거나 배드민턴을 치거나 성당에서 피아노를 치거나 소성전 아지트에서 춤 연습을 하는 등 성당 안팎을 빙글빙글 돌며 놀았어요. 토요일이면 밤새 문자를 주고받다가 일요일 새벽 산에 올라가 희붐히 밝아 오는 일출을 바라본 날도 많았고, 부분 월식이 있거나 유성우 떨어진다는 날엔 초저녁부터 흥분해서 기다렸고, 하늘빛 구름 모양만 이뻐도 함께 바라보며 즐거워했어요.

내가 의사 표현이 화려하지 않은 편인데 기윤이에게만큼은 풍성하게 했어요. 남이 남긴 음식을 잘 안 먹는데 기윤이가 남긴 것은 먹을 수 있었어요.

겉보기엔 사뭇 다른 성격이지만 우린 영적인 교감이 통했어요. 무엇보다 기윤이는 재미있는 친구였어요. 내가 힘들 때 기윤이가 몇 마디만 해 주면 기분이 풀리곤 했어요. 무겁고 심각한 말로 위로하지 않고 일상적이고 심상한 말들로 내 마음을 편안하게 녹여 주는 재주가 있었어요.

우리는 무엇이든 공유했어요. 서로를 챙겨 주고 경험을 나누고 신앙심을 북돋워 주고 사제의 꿈도 함께 꾸었고…… 땅에 개미 두 마리가 나란히 기어가든지 하늘에 새 두 마리가 날아가는 걸 봐도 '우리 같구나!' 감탄했어요.

고등학생이 되어서는 성당에서 맏형급 노릇을 톡톡히 했어요. 미사 끝나고 밤늦은 시간이면 아이들을 일일이 집까지 데려다주었어요. 그중 의현이는 많이 까불까불하고 어리광 부리고 강아지처럼 졸졸 쫓아다녔어요. 항상 관심 가지고 챙겨 주어야 했지만 역시 소중한 동생이었어요.

주일학교 선생님들과도 소통이 좋았어요. 선생님들은 내가 교사가 다 신경 못 쓰는 아이들도 챙겨 주는 든든한 지원군이라고 좋아하셨어요. 복사가 펑크가 나면 언제든지 기꺼이 나섰어요. 그래서 신부님은 나와 기윤이를 신부님의 양팔이라고. 나는 신부님의 오른팔, 기윤이는 왼팔이라며 든든해 하셨어요.

나는 이태석 신부님처럼 살고 싶었어요. 존경하는 세 사람을 써 본 적이 있는데 첫 번째는 엄마, 두 번째는 이태석 신부님, 세 번째는 노무현 전 대통령이었어요. 그 이유는 '엄마는 신앙에 모범이 되고 나의 멘토 역할을 넘치게 해 주신 분이어서, 이태석 신부님은 전 생애를 남을 위해 헌신한 삶이 존경스러워서, 노무현 전 대통령은 자기 목숨을 걸어서라도 정의를 증거하는 데 주저하지 않는 삶을 살았던 분이어서'라고. 내 가치관이 '평화와 정의를 실현하는 삶을 살고 싶다!'인데 세 분은 그 모델이 되는 분들이었어요.

사제가 되면 어떤 모습일까, 그려 봤어요. 단지 직업으로서의 사제를 꿈꾼 것이 아니라 아픈 사람 가난한 사람의 벗이 되고 싶었어요. 정의를 위해 앞장서는 사람, 성인으로 살려고 노력하는 삶을 살고 싶었어요. 내 가치관과 이상을 실현하면서 평화롭게 살고 싶었어요.

행복한 마마보이

안산 단원고 2학년 5반 **박준민**

1. 준민, 수빈, 엄마가 영화를 보고 나서 카페에서 차를 마시면서 함께한 행복한 날.
2. 준민이 초등학교 2학년 때 가족끼리 에버랜드로 소풍 갔던 날.
3. 준민이 만 다섯 살이 된 기념으로 찍어 준 사진.

행복한 마마보이

혜경은 준민의 친구들이 만든 동영상을 열어 본다. 영상 속의 준민은 여전히 친구들 사이에서 웃고 있다. 세월호 참사로 희생된 친구들을 추모하며 동영상을 만들고, 사진을 찍기 위해 사진관에 모였던 친구들이다. 2014년 6월 6일자 한국일보에 〈"친구야, 잊지 않을게……" 영정 들고 우정의 사진〉이란 제목으로 기사도 실렸다.

준민을 잃고 실의에 빠진 혜경에게 자신들이 아들이 되겠다며 위로했던 준민의 친구들이다. 아이들이 무척 고맙다. 그리고 그 아이들과 함께 숨 쉬던 준민에게, 넌 왜 없느냐고, 어디 갔느냐고 원망해 보기도 한다. 믿어지지 않는 준민의 부재, 불쑥 문을 열고 들어설 것만 같은 금쪽같은 아들이었다.

아이들은 혜경을 편안한 이모 대하듯 스스럼없이 대했다. 이모 떡볶이 좀 해 주세요, 이모 피자 먹고 싶어요, 하면서 거리낌 없이 드나들곤 했다. 영흥도라는 섬으로 준민이와 친구들이 놀러 갈 때 혜경은 펜션을 통째로 예약해 주었다. 많은 아이들이 모였으니 남에게 폐라도 끼칠까 싶어서였다. 평소에 혜경은 아이들이 하고 싶다는 것에 대해 안 된다거나 못 하게 말린 적이 없었다. 원하는 걸 다 들어주는 편이었다. 친구가 재산이니 친구를 많이 사귀고 사이좋게 지내라고도 가르쳤다.

준민은 엄마의 마음을 잘 알아주고 따라주는 아이였다. 그래선지 준민은 친구가 정말 많았다. 그중에도 윤호는 16년지기였다. 유치원에 다닐 때부터 함께 놀았다. 함께 놀다가 함께 자기도 했다. 중학교에서 서로 다른 학교에 배정되었던 준민과 윤호는 학교에서도 각자 친구가 여럿이었다. 어느 날 두 친구가 만났고, 두 친구의 친구들이 모여 서로서로 친구로 맺어졌다. 그들은 함께 놀고, 고민도 털어놓고, 꿈에 대한 이야기도 나누면서 희망에 부풀기도 했다. 장차 살아갈 세상살이에서 기쁨과 슬픔을 함께할 든든한 동반자들이었다.

혜경은 아이를 무척 좋아했다. 결혼하면 아기를 많이 낳고 싶었으며 손수 키우고 싶었다. 그녀의 꿈은 현모양처였다. '양처'까지는 모르지만 적어도 '현모'가 되려고 노력했다. 꿈이 현모양처라면 누군가 웃을지 모를 일이다. 누가 웃든 말든 혜경은 그렇게 살고자 했다. 그런데 결혼 후 1년 이상 아이가 생기지 않았다. 의사의 진단으로는 임신이 쉽지 않다고 했다. 부부는 실망이 컸으나 혜경은 의사의 처방대로 따르며 아이를 가지려 노력했다. 애쓴 보람이 있어 2년 만에 준민을 낳았다.

혜경의 부친은 첫 손주가 태어난 기쁨으로 병원 복도에서 만세 삼창을 불렀다고 한다. 세 살 터울로 수빈도 얻었다. 행복했다. 임신이 어려운 상태였음에도 귀한 자식들을 얻었기 때문이다. 세상에 귀하지 않은 자식이 있을까만 혜경은 어렵게 얻은 아이들을 말 그대로 금쪽처럼 귀하게 키웠다. 손이 귀한 외가와 친가의 사랑을 듬뿍 받고 자란 준민은 너그럽고 순수하고 잘생겼다.

혜경은 아이들에게 결핍을 느끼지 않게 하려 애썼다. 아이들의 어느 것 하나 소홀하게 다루지 않았다. 그러한 혜경의 면모는 아이들 사진을 모아 둔 앨범만 보아도 알 수 있다. 태어나면서부터 성장하기까지 준민의 모습이 여섯 권 이상의 앨범에 담겨 있다. 혜경의 사진은 가히 전문가라 해도 손색이 없을 만한 수준이나, 준민의 인물 또한 빼어나다. 몇몇 지인은 연기자로 키워 보라고 했다.

지인들의 솔깃한 말이 아니어도 혜경은 준민을 연기자로 키우고 싶었다. 그래서 연기 학원에 보냈고 적극적으로 준민을 도왔다. 준민은 EBS 어린이 프로그램에 몇 번 출연했고, 〈노란 손수건〉이라는 드라마도 찍었다. 우유에 말아 먹는 시리얼 광고를 찍은 적도 있다.

하지만 준민의 연기자 수업을 지속시키기가 힘들었다. 혜경도 힘들었거니와 어린 수빈이 안쓰러웠다. 촬영장마다 엄마가 따라다녀야 하는데, 그동안 어린 동생을 돌봐줄 사람이 없었다. 새벽 촬영이나 야간 촬영이 있을 때 시간에 맞춰 두 아이를 깨우고 데리고 나가는 일이 어린 수빈에게는 차마 못할 짓이었다. 준민의 연기자 수업을 접을 수밖에 달리 방법이 찾아지지 않았다. 다행인지 준민은 마침 학교에 입학했고 학교에서 친구들과 노는 일에도 재미를 붙였다.

수빈에게 준민은 썩 괜찮은 오빠였던 것 같다. 또래의 친구들이 오빠에게 맞았다는 얘기를 들었다거나, 오빠들이 함부로 대한다는 얘기를 들으면 수빈은 오빠와 비교가 되었다고 한다. 준민도 수빈을 자주 놀리고 다투기도 잘했다. "야, 박수빈 너 태어날 때 할아버지가 만세 삼창 불렀어?"라는 둥, 수빈이 약 오르는 소리를 곧잘 했다. 하지만 준민은 몇 시간을 못 넘기고, "야 박수빈, 오빠가 아까 미안했어"라고 사과했다. 어색한 관계를 못 견디는 착한 오빠였다.

오빠 잃은 고통을 수빈이는 비교적 잘 견뎌 내고 있다. 그럴 수 있었던 건 수빈과 준민이 사이가 그럭저럭 나쁘지 않았던 덕분일지 모른다. 서로를 힘들게 했었더라면 고통을 견뎌 내기가 더욱 힘들었을 거라 생각하니 불행 중 다행인지도 모르겠다.

수빈은 생존 시 그대로 둔 준민의 방에서 오빠가 좋아하던 '서든'이란 게임을 곧잘 한다. 하면서 마치 오빠가 옆에 있는 것처럼 "아, 이래서 오빠가 게임에 미쳤었구나. 엄마한테 게임 많이 한다고 야단맞아 가면서도 신나게 놀았구나"라고 말한다. 효원납골공원에 가는 날은 "오빠, 나 왔다. 잘 지냈지?" 하면서 인사를 건네곤 새로 쓴 메모지를 붙여 놓는다.

오빠 없어도 하루하루 잘 가더라고. 그런 게 너무 슬퍼. 나는 그냥 오빠가 밖에 놀러 나간 거 같은 느낌이야. 오빠 모습, 얼굴, 목소리가 듣고 싶고 보고 싶어. 내가 오빠 맨날 구박하고 놀리고 한 것도 미안하고 오빠가 나 놀린 것도 후회되지? 하지만 나는 쿨하니깐 그런 거 미워하지 않아. 이젠 오빠랑 싸우고 싶어!!!

수빈이 이제는 눈물 없이도 오빠 이야기를 할 수 있을 만큼 마음이 단단해졌는지도 모르겠다. 그래도 시도 때도 없이 불쑥불쑥 차오르는 슬픔을 어쩌는지 엄마인 혜경도 알 수가 없다. 오빠에게 연기를 쭈욱 시켰더라면 안산에서 살 일도 없었을 거라고, 단원고에 들어갈 일도 없었을 거라고 수빈은 말하곤 한다. 혜경도 억장이 무너진다.

준민은 외모에 신경을 많이 쓰는 아이였다. 중학교 때 키가 170센티미터를 넘었다. 어떤 옷을 입어도 참 잘 어울렸다. 새로 나온 디자인이나 튀는 색깔의 옷을 입고는 으스대며 집을 나서는 아이였다. 함께 집을 나서면 팔짱을 끼라면서 혜경의 팔을 끌어가던 아이였다. 엄마가 예쁜 옷을 입고 긴 생머리를 찰랑거리며 다니는 걸 좋아하던 아이였다. 엄마와 은근히 외모 경쟁을 벌이는 수빈하고는 다르게, 애살스럽게 울 엄마가 최고라던 아이였고, 설거지할 때면 행주 소독까지 말끔하게 해 놓던 아이였다.

준민이가 초등학교 3학년 때 쓴 〈엄마와 아빠〉라는 글에는 울다가도 웃음이 나게 천진난만한 준민이 보인다.

엄마와 아빠에 대해 소개해 줄게. 먼저 우리 집 대장인 아빠. 성격은 아주 착하고 싸움도 잘해. 좋아하는 음식과 싫어하는 음식은? 우리 엄마가 해 주는 음식은 다 좋아해. 싫어하는 것은 남이 해 주는 거야. (중략) 우리 아빠는 엄마가 하라는 것을 잘해. 이번엔 우리 엄마에 대해 소개해 줄게. 우리 엄마는 키가 크고 엄청 예뻐. 그리고 몸은 날씬하셔. 머리는 가슴까지 닿고 생머리야. 성격은 너무 착해. (중략) 노래는 〈어머나〉 하고 〈짠짠짠〉을 잘 불러. 춤은 아주 섹시하게. 우리 엄마는 밥도 많이 먹으셔. 엄마 아빠 저를 낳아 주셔서 감사하고. 이제부터 엄마 말을 잘 듣겠어요. 엄마 아빠 제 모든 걸 주는 것까지 사랑해요. 엄마 아빠에게 효도 많이 해 드릴게요. 2006년도에도 행복하게 사세요.

준민의 천진난만함은 사춘기를 겪으면서도 달라지지 않았다. 중3 때 준민은 교통사고로 어깨를 다쳐서 수술 후 한동안 치료를 받으며 학교에 다녔다. 그동안에도 밝고 긍정적인 성품이 왜곡되거나 어두워지지 않았다. 그러나 그 일이 어린 준민을 어찌 힘들게 하지 않았으랴.

혜경이 언제나 예쁜 모습을 아이들에게 보이고 싶듯, 준민도 엄마와 가족에게 힘들어하는 모습을 보여 주지 않았을 뿐일 터이다. 준민이 그렇게 웃을 수 있었던 힘은 윤호를 비롯한 친구들이 곁에 있었기 때문이다. 그 힘든 시간을 견디느라 준민은 공부보다는 노는 일에 열중했을지도 모르겠다. 가끔은 어른들 흉내를 내고 싶어서 술도 마셨을 게다. 담배 맛도 보았을 거다. 그러나 혜경은 굳게 믿었다. 학생 신분을 벗어날 만큼 비뚤어질 아이는 아니라고.

그러나 성적에 관해서까지 부모로서 욕심이 없었다면 거짓말이다. 단원고에 보낼 때 혜경은 내심 준민의 내신 등급이 오르길 기대했다. 결과는 좀 실망이었다. 겉으로 준민도 학교 성적에 전혀 신경을 쓰는 눈치가 아니었고, 혜경도 티를 내지는 않았다.

혜경은 가족들과 행복한 시간을 자주 만들었다. 특별히 영화 보기를 좋아했다. 준민의 아빠는 장르를 가리지 않고 영화를 즐기는 편이어서 개봉된 영화마다 보러 다녔다. 아빠의 영향인지 준민도 가족이나 친구들과 영화 보는 걸 무척이나 좋아했다. 혜경은 주말이면 준민, 수빈과 친구처럼 나란히 극장에 가고, 영화를 보고 나선 분위기 좋은 카페에 앉아 차를 즐겼다.

준민이 단원고 1학년이던 여름 어느 날도 그랬다. 영화를 보고 나서 카페에서 팥빙수를 시켜 놓고 이야기를 나누고 있었다. 그날 준민이 바리스타라는 직업에 관심이 있다고 했다. 경영자를 꿈꾸던 준민이였고, 이이 성격에도 경영자가 잘 맞을 것 같았기에 바리스타에 관심을 두었다는 건 좀 의외였다. 차분히 생각해 보니 나쁘지 않을 듯했다. 그 일이 경영으로 이어질 수도 있을 거라는 희망도 싹을 틔웠다. 혜경은 이왕 시작하는 거 제대로 배울 수 있게 해 주고 싶었다. 여러 군데 알아보다가 중앙역 맞은편에 있는 한국호텔전문학원에 등록을 해 주었다. 준민은 바리스타 공부가 무척 재미있다고 했다. 강사님도 준민이 열심히 배우고 있으며, 소질 있는 아이라고 했다.

오후 7시부터 9시까지 바리스타 공부를 하고 돌아오는 준민이 손에는 어김없이 텀블러가 들려 있었다. 자신이 내린 커피를 담아 와선 혜경에게 마셔 보라는 거였다. 처음엔 커피가 반갑고 좋았으나 날마다 늦은 밤에 커피를 마시는 일이 귀찮기도 했다. 그러나 아들이 내린 커피이니 마다할 수도 없는 일이다. 게다가 커피 소믈리에처럼 맛을 평가해 달라고 했다. 혜경의 평가를 바탕으로 준민은 리포트를 작성하기도 하고 이론 시험도 준비했다. 준민이 꿈에 엄마로서 얼마쯤 기여를 하고 있다 생각하면 혜경도 뿌듯했다.

바리스타의 매력에 푹 빠진 준민을 보면서 혜경은 자신의 아이가 공부에 저토록 푹 빠진 적이 있었던가 생각하며 놀라운 눈으로 지켜보았다. 준민은 대학 입시도 바리스타와 관련된 학과를 선택해서 치르겠다며 조금씩 꿈을 키워 가고 있었다. 1학년 때 바리스타 3급 자격증을 받아 놓았고, 수학여행을 다녀와서 5월 12일에 2급 시험을 볼 예정이었다. 평생 엄마의 커피를 책임질 바리스타로 살겠다던 준민이었다. 결혼 후에도 엄마 아빠랑 함께 살면서 꼭 지키겠다고 했었다. 사실 준민은 친구들에게 마마보이라 놀림을 받기도 했다. 그럴 때마다 준민은 마마보이가 맞다고 했다. 자신은 엄마밖에 모르는 행복한 마마보이라 했다.

혜경은 준민과 함께 단원고에 다니는 네 아이의 등교를 책임지고 있었다. 돈을 받고 한 것도 아니고 누가 시킨 것도 아니다. 한동네 아이들이고 이왕 학교 가는 길이니 당연히 해야 할 일이라 생각했다. 어쩌다 몸이 아파 등교를 시켜 줄 수 없는 날엔 택시를 불러 태워 보냈다. 준민도 엄마가 태워다 주는 걸 좋아했다. 혜경은 아이에게 조금이나마 잠을 더 재울 수 있었고, 밥 한술이라도 더 먹일 수 있었다. 수학여행을 떠나던 날에도 혜경은 아이들을 싣고 학교로 갔다. 버스에 올라선 "요 녀석들 선생님 힘들게 하지 말고 말 잘 들어라, 심하게 장난치지 말고 잘들 다녀오너라"며 손을 흔들었다.

준민이 수학여행에 대한 기대가 얼마나 남달랐는지 혜경은 너무 잘 알았다. 설렌 건 혜경도 마찬가지였다. 정장 옷 차려입고 제주도에서 멋진 사진을 많이 찍으라고 새 옷을 사서 넣어 주었고 선글라스도 사 주었다. 준민은 여행 가기 전에 얼굴에 잡티를 없앤다면서 피부과까지 다녀왔다. 화장품도 꼼꼼히 챙겨 갔다. 그뿐만이 아니었다. 외할머니가 준민에게 선물한 용무늬가 새겨진 닷 돈이나 되는 금반지를 끼고 가겠다는 거였다. 혜경은 귀한 거니 놓고 가라 말렸지만 아이는 폼 나는 추억을 만들고 싶었던 모양이다. 그날 준민이 비싼 시계까지 몰래 차고 나섰던 걸 혜경은 미처 몰랐다.

전원 구조라는 말을 믿고 기다렸다. 배가 물에 잠긴 뒤에도 희망의 끈을 놓지 않았다. 에어 포켓을 넣어 주겠다는 말에 기대를 걸었다. 아이들 모두 살아올 수 있을 거라 믿었다. 사흘째 되던 날 갑자기 혜경의 목이 조여 왔다. 숨을 쉴 수가 없었다. 혜경은 응급실로 실려 갔다. 산소 호흡기를 꽂고 얼마 후 호흡은 정상으로 돌아왔으나 불안한 예감이 들었다. 아들이 이승에서 묶였던 엄마와 인연의 끈을 놓고 하늘로 올라갔을지도 모른다는 생각이 들었다.

참사 후 8일째 되던 날, 진도체육관 상황판에 바다에서 올라온 아이의 유품이 적혔다. 용무늬 반지와 시계, 볼 것도 없이 준민이였다. 아이는 편히 자는 것 같았다. 너무 깨끗하고 멀쩡했다. 그러나 너무 차가웠다. 혜경은 아이의 볼에 뽀뽀를 했다. 체온이 돌아오라고 자신의 얼굴을 오래오래 부벼댔다. 목 놓아 불렀다. 그러나 엄마의 체온을 느끼고 눈을 떠야 할 준민이, 엄마의 목을 끌어안으며 '제 모든 걸 다 줄 만큼 사랑해요 엄마'라고 말해 줄 것 같은 준민은 한마디 말이 없었다.

준민의 휴대 전화가 복구되었다. 휴대 전화에 남겨진 사진과 문자 통화 내용은 〈JTBC 뉴스 : 다섯 번째 편지〉에 보도되었다. 선장이 제 임무를 버리고 탈출하던 그 시간에 준민은 혜경에게 스무 번 넘게 통화를 시도했었다. 어렵게 연결된 마지막 통화에서도 준민은 별일 없을 거라며 곧 나갈 거라고 엄마를 안심시켰다. 친구 진환 엄마에게 보낸 문자 메시지에도 친구 엄마를 안심시키는 마음이 담겨 있었다. 새로 사 준 옷을 입고 찍은 준민의 사진을 보며 혜경은 오열했다.

혜경은 아침마다 준민이와 동생을 뽀뽀로 깨웠다. 뽀뽀 한 번 할 때마다 준민은 아주 조금씩 눈을 떴다. 뽀뽀 의식을 10분 이상이나 받은 다음에야 준민은 눈을 반짝이며 일어났다. 혜경은 날마다 이렇게 아이를 깨웠고, 행복한 마마보이 준민은 기꺼이 엄마의 의식에 응했다. 오늘도 혜경의 아침 의식은 변함이 없다. 순서가 수빈이 먼저로 바뀌었을 뿐이다. 수빈이 일어나면 혜경은 여전히 준민의 방으로 간다. 책상 위에 세워 놓은 아이 사진을 보며 '준민아 잘 잤어?' 하고 묻는다.

해결된 건 아무것도 없는데, 어느덧 아이들이 떠난 지 1주기다. 고3이 된 윤호가 그동안 바빠서 연락을 자주 못 드려 죄송하다면서, 한 자 한 자 정성들여 쓴 긴 편지를 에스엔에스로 보내왔다. 평소에 편지 같은 거 쓰지 않을 아이들이 얼마나 오랜 시간 마음을 다하고 정성을 다하여 편지를 완성했을까 생각하니 눈물 나게 고맙다. 철부지 아이들이 짧은 시간에 어른이 되어 버렸다. 직접적이든 간접적이든 세월호 참사를 지켜본 아이들이 모두 의젓해졌다.

책임져야 할 이 나라의 어른들은 서로 책임이 없다는데, 그래서 누굴 원망해야 하는지 알 수도 없는데, 보상금만 받으면 된다는 뭇시선은 따갑고도 아픈데, 이 고통을 이겨내는 더 많은 사람들의 모습은 성숙하기만 하다. 아이들이 그렇고, 남의 일이 아닌 것처럼 노란 수건을 두르고 노란 리본을 달고 묵묵히 손잡아 주는 사람들이 그렇다. 그 눈물겨운 연대를 보면서 혜경 또한 소외감을 견뎌 내는 자신을 발견한다.

준민도 하늘 어딘가에서 우리 사는 세상을 보고 있으려나, 그리움이 사무치는 계절이다.

한 마리 자유로운 새가 되어 날아왔어요

안산 단원고 2학년 5반 **박홍래**

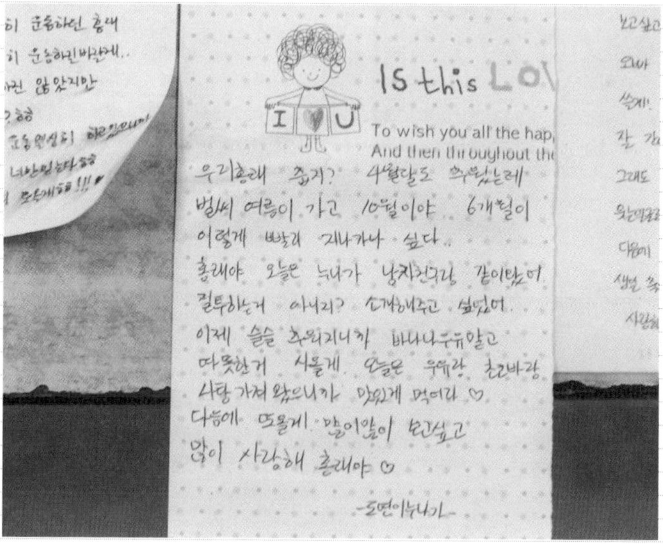

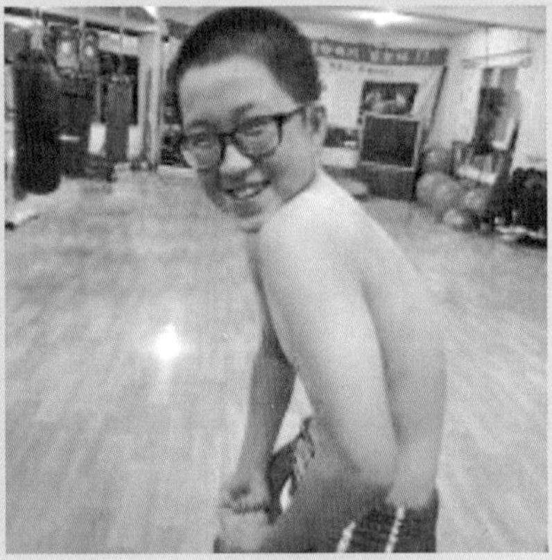

1. 운동을 좋아한 홍래가 격투기 체육관에서 멋진 포즈를 취했다.

2. 평소에도 여행을 자주 다니는 가족들의 일본 여행.

3. 항상 명랑하고 붙임성이 좋은 홍래가 재미있게 남성미를 자랑한다.

한 마리 자유로운 새가 되어 날아왔어요

세월호 사고 이후 홍래 가족은 이사를 했다. 사고가 일어나기 전에 세웠던 이사 계획이었다. 홍래는 미리 이사할 집을 한 번 구경한 적이 있다. 이사를 마치고 며칠이 지났을까. 저녁에 새 한 마리가 아파트 베란다 창틀에 날아와 앉았다. 이름을 알 수 없는 새였다. 가까이 다가가도 날아가지 않았다. 엄마가 거실을 여러 번 지나갔는데도 간간이 날개만 푸드덕거릴 뿐 떠나지 않았다. 새는 간간이 집안을 두리번두리번 살펴보았다. 오후 4시 무렵에 날아온 새는 다음 날 새벽 3시까지 그 자리에 있었다. 참으로 신기하고 놀라운 일이었다. 새가 주로 쳐다본 방향은 형이 있는 방이었다. 새가 이렇게 묻는 것 같았다.

"형, 잘 있어?"

"엄마, 잘 지내?"

"아빠는 회사 갔어?"

엄마는 홍래가 새가 되어 날아왔다고 생각했다. 새의 모습을 휴대폰 카메라로 찍었다. 지금도 간간이 휴대폰 사진 앨범을 들춰 보면서 새를 쓰다듬으면 홍래의 얼굴이 겹친다. 얼굴을 보듬을 때마다 지나온 추억과 아름다운 시절들이 새록새록 돋아났다. 한 마리 자유로운 새가 되어 날아온 박홍래. 생은 짧았지만 가족의 품에 남긴 기억들은 끝나지 않은 아름다운 이야기로 남아 있다.

여행은 우리 가족의 힘

홍래의 고향은 안산이다. 1997년 11월 23일 새벽 2시 30분, 병원 대기실에서 가슴을 졸이던 아버지는 아이의 울음을 듣자마자 아들임을 직감했다.

"홍래를 낳기 전에 꿈을 꾸었어요. 지금 생각하면 세월호 사고와 연관이 있나 이런 생각이 들더라고요. 제가 바다를 가고 있었어요. 바다를 보고 있는데 거기에 있는 물이 무척 맑았어요. 형형색색의 다양한 물고기도 많았죠. 어머니한테 꿈 얘기를 했더니 태몽이다, 그러시더라고요. 이제 와 생각하니 왜 하필이면 바다였는지……"

아버지는 두 아이의 태몽을 꾸었다. 홍래 형의 태몽에는 자전거 타고 가는 아버지의 모습이 등장했다. 자전거를 타고 가는데 시골 마을 전봇대에 큰 개 한 마리가 묶여 있었다. 무척 큰 개라서 사람들은 피했다. 전봇대에 묶여 있던 줄이 풀리면서 커다란 개가 아버지에게 달려왔다. 반면 홍래는 굉장히 넓고 넓은 바다에 오색찬란한 물고기들이 있었던 꿈을 꾼 것이다.

홍래는 초지초등학교에 입학한 이후 2학년 때 고잔초등학교로 전학을 갔다. 명랑쾌활의 대명사라고 할 만큼 사교성도 좋았다. 형제라는 게 한 몸에서 태어났어도 성향은 제각각 다른 법, 형은 내성적인 데 반해 홍래는 무척 활발했다. 엄마는 유년 시절의 홍래를 이렇게 기억한다.

"남자 친구들도 많았지만 여자 친구들도 많았어요. 간간이 선생님들과 상담을 하면 홍래가 분위기 메이커라고 자주 말하더라고요. 그렇다 보니 교우 관계가 좋았고 학교생활도 원만하게 했기 때문에 아이 학교생활과 관련해서 힘들었던 점은 별로 없었죠."

사교성이 좋다 보니 누구와도 잘 어울렸다. 또래 친구들뿐만 아니라 나이 지긋한 어른들까지도 스스럼없이 접근하고 말을 나누었다. 식당에 가면 일하는 아주머니와, 택시를 타면 운전기사와 친근하게 말을 섞었다.

홍래가 친구들과 어울리기를 좋아하는 가운데에서도 혼자 있으면 놀라운 집중력을 발휘하곤 했다. 레고를 할 때는 천둥 번개가 쳐도 모를 만큼 집중력을 보였다. 서너 시간이 걸리는 높은 수준의 레고 작업도 꼼짝하지 않고 할 정도였다. 초등학교 시절부터 손재주가 좋아서 작은 리모컨이 작동되지 않거나 카세트 라디오가 고장이 나기라도 하면 모두 분해를 해서 펼쳐 보는 경우도 많았다.

아이들이 자라면서 가족은 여행을 자주 다녔다. 사람들이 여행을 떠나는 이유는 다양하다. 새로운 볼거리를 찾거나, 의미 있는 추억을 만들기 위해 어디론가 떠난다. 여행하는 과정에서 어디서 무엇을 보았는지는 중요하다. 하지만 누구와 함께 보았는지도 대단히 중요하다. '누구와 함께'라는 말 앞에 가족이라는 이름이 붙어 있었다. 여행은 홍래네 가족을 단단하게 만드는 힘이었고 삶의 에너지로 삼기에 충분했다.

형제들이 초등학교 입학하기 전부터 산과 들로 여행을 떠났다. 강원도에 있는 오대산 진부는 홍래 가족의 단골 여행 코스다. 15년 넘게 1년에 한두 번 이상 그곳에 갔다. 진부령에 가면 민박집에서 잠을 잤다. 민박집 할머니는 홍래 가족을 객지에 나갔다 돌아온 아들 내외를 반기듯 살갑게 대해 주었다. 십수 년을 같은 민박집에서 묵었으니 참으로 오랜 인연이었다. 아버지는 세월호 사고 이후 한 번도 진부령 민박집을 가지 않았다. 홍래의 안부를 물어보는 할머니의 모습이 떠올랐기 때문이다. 홍래 가족은 누군가 받을 마음의 상처까지도 걱정한다. 지금도 할머니의 모습이 눈에 선하다는 아버지는 진부 민박집의 추억을 이렇게 들려주었다.

"해마다 가는 오대산 진부에는 할머니가 혼자 하는 민박집이 있어요. 한국 전쟁 때 남편을 여의고 혼자 사신 국가 유공자 가족이거든요. 그 할머니는 홍래가 가면 마치 자기 손주처럼 잘해 줬어요. 거기서 고기를 구워 먹거나 아이들하고 캐치볼 야구하면서 휴식을 취했죠. 여름에도 가고 늦가을이나 겨울 등산을 가기도 했는데 많게는 1년에 세 번까시도 갔던 기억이 있어요."

이렇게 여행을 자주 다닌 덕분에 형제들은 아버지의 직장이 있는 광주에도 자주 내려가곤 했다. 아버지의 직장 관계로 가족이 떨어져 지내기 시작한 것은 2012년, 홍래가 광주에 처음 내려온 것은 그해 봄이었다. 중학교 3학년 사춘기 감성이 예민한 시기에 홍래는 아버지가 자주 생각났다.

아버지가 일이 많아 안산 집으로 올라오지 못할 때는 홍래는 형과 함께 자주 광주행 시외버스에 몸을 실었다. 엄마는 미장원 일을 해야 하기 때문에 형제끼리 내려가는 경우가 많았다. 금요일 밤늦게 광주에 도착하면 주말에는 아버지를 앞세우고 인근 지역 여행을 다녔다. 화엄사, 채석강, 담양 등 주변에 있는 명소를 자주 다녔다. 아버지는 아는 만큼 보인다는 가르침을 알려 주고 싶었다. 낯선 곳에서 새로운 모습을 보며 성장하길 바라는 마음에서 여행을 자주 다닌 것이다.

2013년 11월, 홍래는 첫 해외여행을 했다. 마침 자신의 생일과 여행 일정이 맞았다고 홍래는 무척 좋아했다. 일본 오사카에서의 기억도 국내 여행 못지않게 좋았다. 여행을 통해 가족은 더욱 강한 서로의 울타리가 되었다.

끈끈하고 강인한 형제들

홍래는 한 살 차이 형과 자주 싸웠다. 형에게 대들기는 하지만 체격이 좋은 형에게 항상 밀릴 수밖에 없었다. 하지만 피는 물보다 진하다고 하지 않았던가. 하루가 멀다 하고 다투었지만 쉽게 화해를 하고 또 싸우기를 반복하면서 우애는 더욱 깊어졌다.

중학교에 올라간 형이 수련회에 갔을 때였다. 집을 떠난 지 이틀째 되는 날, 집에 홀로 남은 홍래가 구슬 같은 눈물을 흘렸다. 엄마는 무슨 일이 있는지 가슴이 덜컥 내려앉았다. 명랑하고 쾌활했던 아이가 혼자 울고 있으니 더욱 걱정이 됐던 것이다.

"홍래야, 어디 아프니?"

"……"

"학교에서 무슨 일 있었니?"

"형 수련회에서 언제 와? 형 보고 싶어."

매일같이 붙어 있을 때는 자주 싸웠지만 정작 하루 이틀 떨어져 지내는 과정에서 홍래는 형에 대한 진한 애정을 느꼈다. 아마도 형의 존재를 든든하게 느꼈던 시기였을 것이다. 형제는 운동을 좋아했다. 홍래는 격투기 대회에 나가려면 일주일 전부터 체중 조절을 해야 한다며 밥을 하루에 한 끼만 먹을 때도 있었다. 집에서 5킬로미터 이상 되는 거리의 체육관까지 걸어가는 경우도 많았다. 청소년기를 지나는 홍래는 강인함에 매력을 느끼고 이를 추구했다. 한창 인기를 끌었던 미국 종합 격투기 대회(UFC) 같은 경기도 흥미를 갖고 보았다.

운동을 좋아한 만큼 학교에서도 체육 과목을 제일 좋아했다. 체육 선생님들과 친하게 지냈고 격투기 대회에도 여러 차례 나갔다. 아버지와 형이 홍래의 시합을 참관하러 간 어느 날, 관중석에서 경기 모습을 지켜보던 아버지는 홍래가 승리를 하자 손을 들어 하트 모양을 만들어 보여 주었다. 강하고 단단하게 싸우던 홍래는 그 모습을 보고 하염없이 눈물을 흘렸다. 조금은 무뚝뚝하던 아버지가 속 깊은 포즈를 취하는 장면을 보면서 홍래는 깊은 사랑을 느꼈다. 운동을 하면서도 체육 교사를 꿈꾸었던 홍래가 강하면서 부드러운 면을 가진 것은 부모가 보여 준 깊은 마음 때문이었을 것이다.

홍래와 형은 도장에 열심히 다니기도 했지만 수영도 열심히 했다. 아버지가 강하게 키우기 위해 운동을 많이 시킨 부분도 있지만 형제들 역시 천성적으로 운동을 좋아했다. 함께 운동을 하기 때문에 같이 있는 시간도 많을 수밖에 없었다.

깊은 속을 나누는 가족들

홍래는 밖에서 일어나는 자잘한 얘기들도 엄마에게 모두 털어놓는다. 사고가 일어나기 전날까지도 그랬다. 사춘기를 겪으면서 부모와 담을 쌓아 가는 아이들이 많다고 하지만 홍래는 일관성 있게 엄마의 품에 모든 걸 쏟아 놓았다.

아버지의 직장 관계로 주말부부 생활을 하기 때문에 평소 안산 집에는 세 식구가 지냈다. 각자 자신의 방이 있지만 세 식구는 자주 함께 잠을 잤다. 엄마를 가운데 두고 양옆으로 든든한 아들이 좌청룡 우백호처럼 지키며 잠을 잔 것이다. 밤늦도록 재잘대며 웃음꽃을 피웠다. 엄마가 미용실 일 때문에 늦게 끝나는 날이면 세 식구는 함께 심야 극장에서 영화를 보거나 야구장에서 여유로운 한때를 보내기도 했다.

"홍래야, 엄마랑 마트에 갈래?"

"그래, 좋아."

"너는 엄마랑 시장 가는 거 괜찮니?"

"그럼, 아들하고 엄마하고 마트에 가는 게 어떤데?"

엄마는 미용실 일을 하면서 아이들이 중고등학생이 되면 부모와 함께 다니기를 꺼려 한다는 손님들의 이야기를 자주 들었다. 그렇기 때문에 걱정이 되기도 했지만 홍래는 전혀 아랑곳하지 않고 엄마와 많은 시간을 보냈다. 화목하고 잔정이 많은 가족의 모습은 할머니와의 생활에서도 그대로 나타났다.

"홍래가 할머니한테 굉장히 잘해요. 어렸을 때 할머니와 같이 살았거든요. 지금은 옆 동네에서 삼촌과 할머니가 따로 사시는데 수학여행 가기 전에 이런 일이 있었어요. 홍래가 할머니 댁에 가서 텔레비전 리모컨 글씨가 작으니까 종이에 채널 번호를 크게 적더라구요. 자기는 수학여행 가고, 형은 학교에 가고, 또 엄마도 일을 나가니까 텔레비전 잘 보시라고 자주 보는 번호를 메모지에 붙여 주고 갔어요."

본래 착한 심성이라 수학여행 가기 전에도 홍래는 할머니를 챙겼던 것이다. 이런 마음은 가족들이 나누는 가족 카톡방에서도 고스란히 드러난다. 아버지와 떨어져 지내기 때문에 가족들은 각자의 일상을 카톡방에 남기는 게 일상의 습관이 됐다. 밥은 먹었는지, 도장에는 잘 다녀왔는지, 학교에서 무슨 일이 있었는지, 가족 구성원이 각각의 일상을 공유하며 서로의 관계를 지켜 왔다. 지금도 가족들은 단체 카톡방에서 대화를 나눈다. 사라지지 않는 숫자 1을 보면서 가족들은 홍래의 빈자리를 생각하지만 홍래가 남기고 간 많은 추억들이 가족애를 더욱 끈끈하게 만들고 있는 것은 분명하다.

여학생들에게 인기가 짱이었죠

홍래는 초등학교 시절에도 여학생들과 잘 어울렸고 중고등학교 시절도 마찬가지였다. 홍래는 중학교 때 여학생과 잠시 과외 수업을 같이 받은 적이 있었다. 사춘기 시절이라 이성을 어려워했던 친구들과는 달리 즐겁게 수업을 함께했다. 홍래가 중학교 시절 간염으로 입원한 적이 있었다. 일주일가량 입원을 하고 있었던 당시 많은 친구들이 병문안을 다녀갔다. 하루는 병간호를 하던 엄마에게 집에 가서 쉬라고 말했다. 엄마가 잠시 나갔다 오니 여학생들 여럿이 홍래의 침대 곁에서 도란도란 이야기를 나누고 있었다. 친구들이 간 뒤 침대 아래에는 작은 메모지 하나가 눈에 들어왔다.

"메모지에 22일이라고 쓰여 있는데 이게 무슨 뜻이냐?"

"어…… 그게 말이야. 사귄 지 22일 됐다는 거야. 하하하."

"아까 옆에 있었던 친구가 사귀는 친구였니?"

"응, 예쁘지, 엄마?"

"우리 홍래가 여자 친구들한테 인기가 좋은 모양이네."

"그럼, 누구 아들인데. 하하하."

청소년 시절, 이성에 대한 호기심은 대개가 비슷하다. 매우 친하게 지내다가도 어느 날 이성 친구가 아닌 그냥 친한 친구로 바뀌는 경우도 다반사다.

수학여행을 가기 전날도 그랬다. 평소에는 아버지가 술 한잔 따라 준다고 해도 싫다고 하던 홍래가 그날은 아버지의 잔을 받았다. 그리고 홍래는 엄마와 함께 동네 마트에 갔다.

"너 평소에는 아빠가 따라 주던 술 안 마시더니 오늘은 웬일이니?"

"그냥 한잔 먹고 싶었어."

"무슨 고민 있니?"

"오늘 여자 친구한테 좋아한다고 말했는데 거절당했어."

"그런 일이 있었구나. 마음이 아프겠네."

"아니야, 세상에 여자가 얼마나 많은데. 그렇지, 엄마? 하하하."

"그럼, 만나고 헤어지면서 크는 거야."

마음을 쓸 때는 깊게 쓰다가도 호탕하게 웃고 넘어갈 줄도 알았다. 그렇게 홍래는 남자의 장점과 여자의 특징을 알아가며 교우 관계를 쌓아 갔다.

돌아올 수 없는 날들, 남아 있는 기억들

제주도 수학여행에 대한 기대는 친구들 모두 컸다. 수학여행 가기 일주일 전에 아버지는 티셔츠와 재킷을 사 주었다. 여행을 떠나기 전날, 홍래는 엄마에게 속옷을 사 달라고 했다. 친구들과 함께 속옷을 갈아입을 때 민망하다는 이유에서다. 홍래는 빨간색 속옷을 사 가지고 여행을 떠났다.

전날 밤, 가족들은 광주에 있던 아버지와 영상 통화를 했다. 늘 그렇듯이 일상적인 영상 통화였다. 어버지는 배 난간에 가 있지 말라고 당부를 했다. 혹시 밤중에 난간에 있다가 빠지면 모를 수 있다며 조심하라는 말을 여러 차례 했다.

사고 소식과 함께 가족들의 삶이 허망하게 쓰러져 갔다. 엄마는 수학여행 가기 전에 직업인 미용사 실력을 발휘해 홍래의 머리를 깎아 주고 파마를 해 주었다. 여행 가기 전 주말에 집에 온 아버지는 가족들과 밥상 앞에서 술잔을 기울였고 홍래는 처음이자 마지막으로 소주 한 잔을 받아 마셨다. 이런 기억을 뒤로하고 사고 발생 8일 후인 4월 23일, 홍래가 바다에서 돌아왔다. 131번째로 확인된 날이다.

학교 가는 시간을 빼고는 잠잘 때까지 항상 붙어 있었던 형은 울지 않았다. 끝내 참을 것 같았던 형은 홍래가 가는 길에 딱 두 번 눈물을 하염없이 흘렸다. 화장을 할 때, 그리고 함께 땀방울을 흘리던 도장에서 큰 울음을 울었다. 남자답게 살고자 몸과 마음을 다졌던 격투기 도장에서 형은 체육 교사가 되고 싶었던 동생의 꿈에 마르지 않은 눈물을 뿌려 주었다.

이제는 물 속에 빠지지 않아서 좋겠구나
이제는 자유롭게 날아다녀서 좋겠구나
이제는 험한 세상 비껴 하늘로 갔으니 좋겠구나
홍래야,
가끔은 훨훨 날아와 창문에 앉아 방안을 기웃거려 주면 더욱 좋겠구나

새가 되어 날아온 그날을 잊지 못한다는 홍래 엄마는 하늘을 날아다니는 새들을 보며 그리움을 달래고 있다. 아버지와 형은 뒤에서 묵묵히 엄마의 어깨를 받쳐 주고 있다. 하늘에서 이 모습을 지켜보고 있는 홍래는 항상 가족들의 안부를 물어보고 있을 것이다.

끼가 넘치는 명랑 소년, 서동진

안산 단원고 2학년 5반 **서동진**

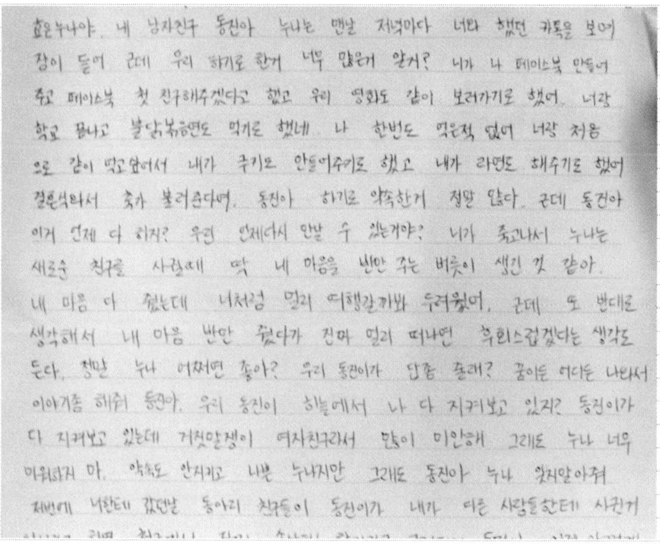

효은누나야. 내 남자친구 동진아 누나는 맨날 저녁마다 너랑 했던 카톡을 보며
잠이 들어 근데 우리 하기로 한거 너무 많은거 알지? 니가 나 페이스북 만들어
주고 페이스북 첫 친구해주겠다고 했고 우리 영화도 같이 보러가기로 했어. 너랑
학교 끝나고 불닭볶음면도 먹기로 했네. 나 한번도 먹은적 없어 너랑 처음
으로 같이 먹고싶어서 내가 쿠키도 만들어주기로 했고 내가 라면도 해주기로 했어
결혼식와서 축가 불러준다며. 동진아 하기로 약속한거 정말 많다. 근데 동진아
이거 언제 다 하지? 우린 언제다시 만날 수 있는거야? 니가 죽고나서 누나는
새로운 친구를 사귈때 딱 내 마음을 반만 주는 버릇이 생긴 것 같아.
내 마음 다 줬는데 너처럼 멀리 여행갈까봐 두려웠어. 근데 또 반대로
생각해서 내 마음 반만 줬다가 진짜 멀리 떠나면 후회스럽겠다는 생각도
든다. 정말 누나 어쩌면 좋아? 우리 동진이가 답좀 줄래? 꿈이든 어디든 나와서
이야기좀 해줘 동진아. 우리 동진이 하늘에서 나 다 지켜보고 있지? 동진이가
다 지켜보고 있는데 거짓말쟁이 여자친구라서 많이 미안해 그래도 누나 너무
미워하지 마. 약속도 안지키고 나쁜 누나지만 그래도 동진아 누나 잊지말아줘
저번에 너한테 갔던날 동아리 친구들이 동진이가 내가 다른 사람들한테 사귄거

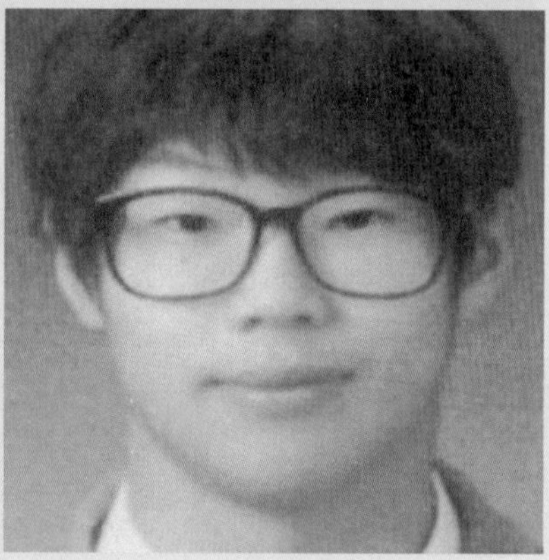

1. 중3 때 노래방에서 친구 주영이가 찍어 주었다.

2. 다섯 살 때 어린이집 재롱잔치.

3. 단원고 학생증.

끼가 넘치는 명랑 소년, 서동진

187센티미터 + α

멀리서 봐도 한눈에 띄었다. 단체 사진을 찍어도 알아볼 수 있다. 187센티미터의 큰 키에도 키높이 신발을 신던, 까무잡잡한 얼굴에 하얀 이가 드러나도록 웃던 녀석.

온몸에 덕지덕지 장난끼가 들러붙어, 그의 주위엔 늘 크고 작은 웃음이 흘러넘쳤다. 그를 마지막으로 기억하는 동영상에도, 그의 곁에는 왁자지껄 웃음꽃이 피어난다. 45도 넘게 기울어진 배 안에서 벽을 발판 삼아, 배를 들고 있는 듯한 모습을 보여 줬던 동진이.

동진이로 인해 아이들은 죽음을 목전에 둔 순간에도 두려움과 공포를 잊을 수 있었을 게다.

외아들 동진이. 동진이는 온 집안의 사랑을 독차지했다. 외가에서 첫 손주, 첫 조카였고, 친가에도 첫 손주, 첫 조카였다. 동진이 주변에는 결혼 안 한 이모들과 삼촌이 있었다. 서로 동진이를 안아 보겠다고 아우성치던 이모들이었다.

엄마도 없이 이모들과 여행을 가고는 했다. 이모들은 동진이를 두고 장난도 치고, 농담도 나눴다. 새까맣다고 통통하다고 놀려 대도 헤헤 웃는 동진이었다. 칭얼거리거나 울지도 않고 졸졸 이모들을 따라다녔다. 동진이는 이 일 저 일 참견도 많이 했다.

이모들끼리 싸우면 가운데 껴서 누가 잘났다 못났다 편도 들고, 이모들이 물건을 사면 이것저것 골라도 주었다. 이모들은 '아이고, 오지랖 좀 그만 부려' 하면서 동진이에게 가볍게 면박을 놓고는 했다.

삼촌은 기타를 아주 잘 쳤다. 삼촌이 기타를 치면 동진이는 까만 눈동자를 데굴데굴 굴리면서 고개를 까닥이며 흥을 돋웠다. 가끔은 기타 위에 고사리 같은 손가락을 올려놓고 기타 줄을 튕기곤 했다. 몰래 기타 줄을 풀어 놓기도 조여 놓기도 그러다 기타 줄을 끊어 놓기도 했다. 삼촌은 그런 동진이가 귀여워 살짝 꿀밤을 먹이고, 볼을 꼬집기도 했다. 가끔 목말을 태우고 비행기 놀이도 했다.

동진이는 여름이면 외갓집으로 놀러 갔다. 서쪽 바다를 끼고 있는 태안의 외갓집은 최고의 놀이터였다. 하루 종일 바닷가에서 모래성을 쌓고, 해수욕을 하고, 지치면 모래찜질을 했다. 외할아버지를 따라 물고기도 잡고, 외할머니를 따라 옥수수도 따고 감자도 캤다. 등껍질이 벗겨지고, 코끝이 벌겋게 익고, 짠 내가 몸에 배도록 수영을 했다. 수영 솜씨는 제법이었다. 따로 수영을 배우기도 했었다. 바다에서 하는 수영만큼은 누구보다도 자신 있었다. 외할머니와 외할아버지는 동진이가 갑판에만 있었어도, 동진이가 배 밖으로 나오기만 했어도 하시곤 아직도 눈물을 훔친다.

순정 만화 속의 캐릭터

동진이는 순정 만화나 로맨틱 드라마에 나오는 그런 아이 같다. 귀여운 얼굴, 호리호리한 몸매, 훌쩍 큰 키, 길고 긴 손가락 때문만은 아니다.

그가 했던 행동 하나하나, 그가 만들었던 작고 소소한 소동, 그런 일들은 늘 만화나 드라마에 자주 등장하는 것이다. 사건이나 사고만 봤을 때 꽤나 거칠고 남성스러울 것 같지만, 내면은 한없이 자상하며 부드럽고, 부끄럼 많은, 말하자면 만화에 가장 흔한 그런 성격이었다.

초등학교 3학년 때였다.

딩동, 학습지 선생님이 벨을 눌렀다.

쉿!

동진이는 가장 친한 친구, 주영이의 입을 막고, 책상 밑으로 숨었다. 선생님은 동진이의 이름을 서너 차례 더 불렀다. 인기척이 없자, 선생님은 발길을 돌렸다. 살금살금 동진이는 책상 밑에서 나왔다. 뒤꿈치를 들고 후다닥 집을 탈출했다.

"주영아, 이곳은 위험해. 선생님이 다시 올지도 모르잖아!"

동진이는 주영이의 손목을 잡아끌고는 놀이터로 향했다. 그러고는 해 질 때까지 실컷 놀았다. 물론 엄마에게 들킬까 걱정이 되어 가슴이 콩닥콩닥했지만, 주영이랑 놀다 보니 그새 그 사실도 잊어버렸다.

중학교 때 눈이 아주 많이 오던 날, 온 세상이 하얗게 밤을 채우던 날, 동진이는 친구들과 어슬렁어슬렁 눈맞이를 했다. 누가 먼저 눈싸움을 시작했을까? 여기저기 눈덩이가 날아다녔다. 던지고 주고받고 피하고. 동진이의 눈덩이가 남의 집 담벼락을 넘기고 유리창으로 향했다.

와장창!

무조건 내달렸다. 걸음아 나 살려라. 돌아볼 틈도 없었다. 길모퉁이를 돌아서야 친구들과 동진이는 가쁜 숨을 몰아쉴 수 있었다.

한번은 이런 일도 있었다. 중3 때 봄이었나? 누구의 장난이 더 심한가를 내기라도 하는 듯 하루에도 몇 건의 사건과 사고가 일어나는 교실에서, 남자아이들 중에 몇몇이 동진이를 자꾸 여자 화장실로 밀어 넣었다.

"아휴, 그만 좀 장난해!"

동진이가 아무리 말해도 아이들은 멈추지 않았다. 아이들과 실랑이를 하고, 밀고 당기다 그만, 동진이는 유리창를 깨고 말았다. 화가 나서 슬쩍 친다고 쳤는데, 유리창은 깨지고 주먹에서는 피가 흘렀다. 아이들은 놀라 어쩔 줄 몰랐다. 사실은 아이들보다 동진이가 훨씬 더 놀랐다. 그래도 겉으로는 안 아픈 척했다. 아무렇지도 않은 척했다. 그러고는 몇 개월 동안 깁스를 한 채 지내야 했다.

동진이는 사진 찍는 걸 좋아했다. 인물 사진이나 풍경을 찍는 대신 음식 사진을 찍었다. 중학교 때 썼던 핸드폰에는 음식 사진이 수두룩하다. 식당에 가서 맛있는 음식을 먹기 전에는 반드시 사진부터 찍었다. SNS에 올리는 것도 잊지 않았다.

동진이는 여자 친구를 위해 도시락을 싸기도 했다. 고슬고슬한 밥을 해 직접 김밥을 말기도 했다. 여자 친구의 팔짱을 선뜻 끼고, 조잘조잘 속닥거리며 꽃을 선물했다.

동진이가 여자 친구들에게 인기가 많았던 건 당연한 일이다. 이런 아이가 있다면 누가 미워하겠는가? 남자 친구들도 동진이를 좋아했다. 동진이는 큰 키에도 불구하고 농구를 잘하거나 달리기를 잘하는 건 아니었다. 또 힘이 센 것도 싸움을 잘하는 것도 아니었다. 친구들 앞에서 의리를 내세우거나 정의롭게 시비를 가리는 아이도 아니었다. 아이들은 그저 동진이와 함께 있으면 마냥 즐겁고 재미나고 시간 가는 줄 몰랐다. 그중에 주영이가 특히 그랬다.

단짝 친구

주영이라는 친구가 있다. 다섯 살 때부터 친하게 지냈는데, 같은 학교를 다닌 건 고작 초등학교 시절 3년뿐이었다. 동진이가 화정초등학교에서 와동초등학교로 전학을 가는 바람에 한동안 소식도 모르고 지냈다가 중학교 1학년 때, 우연히 길에서 다시 만났다. 키가 훌쩍 커 버리고 얼굴이 거뭇했지만 한눈에 서로를 알아봤다. 핸드폰 번호를 교환하고 다음 날부터 줄곧 만났다. 걸어서도 만날 수 있는 거리였는데 그간 못 만났다는 게 억울할 뿐이었다. 오랜만이었지만 어제 만났던 것처럼 너무도 편했다.

이후 방학 내내 붙어 지냈다. 태안의 외할아버지 댁에도 함께 가고, 이모네 집에 가 조카들을 돌보는 것도 함께했다. 고등학생이 되어서는 아르바이트도 함께했다. 중앙동에 있는 롯데리아에서 함께 일을 마치고 동진이가 살고 있는 와동까지 같이 걸었다. 아르바이트가 일찍 끝나는 날이면 노래방에 갔다. 동진이는 노래하는 것을 좋아했다. 노래방에서 한 시간 내내 혼자 노래를 부르기도 했다. 버스커버스커나 버즈의 노래처럼 밴드의 곡을 주로 불렀다.

아르바이트를 해서 번 돈으로 동진이는 실용 음악 학원을 다녔다. 기타도 배우고, 보컬 수업도 들었다. 근처 댄스 학원에서 비보잉도 배웠다. 동진이는 싱어송라이터가 되고 싶었다. 기타를 치면서 노래도 부르고, 작곡도 하고, 춤도 추는 그런 사람이 되고 싶었다.

음악에 관한 것들은 무엇이든 좋았다. 사물놀이 동아리에서는 북을 쳤다. 같은 중학교를 나온 선배 누나의 권유로 들어간 동아리에서 그는 자신의 재능을 맘껏 뽐냈다. 동진이의 예술적인 끼는 감추려고 해도 감춰지지 않았다. 숨기려고 해도 숨겨지지 않았다.

주영이는 동진이의 많은 것을 함께했다. 검은 뿔테 안경, 하얀 시계, 같은 브랜드의 운동화와 셔츠. 서로의 아이디와 비밀번호도 알고, 서로의 주민번호도 외웠다. 여자친구가 생기면 셋이서 함께 만나기도 했다.

주영이는 최근까지도 그곳에서 아르바이트를 했다. 아르바이트가 끝나고 혼자 그 길을 걸으면 동진이가 떠오른다. 주절주절 털어놓았던 숱한 이야기들, 밑도 끝도 없던 황당한 말들, 소소한 사건과 불만, 때론 기쁨의 말들. 그 모든 게 자꾸 떠오른다. 노래방만 보면 동진이가 생각난다. 함께 갔던 피시방, 함께 들렀던 분식집, 편의점. 어디를 가도 동진이가 있다.

4월 16일 주영이는 그 시간에 영어 듣기 평가를 했다. 핸드폰을 수거함에 냈다. 시험이 끝나자마자 숱하게 전화를 걸었다. 받지 않는 전화, 아무리 걸어도 동진이는 전화를 받지 않았다.

동진이와 한편이 되어 롤게임을 했던 생각이 난다. 장난꾸러기 동진이. 동진이가 게임에서 질 것 같으니까, 상대편에게 고자질을 했다. 적에게 주영이의 위치를 알려 주었다. 대화창이 떠들썩하게…… 결국 동진이만 살아남았다.

주영이는 동진이가 살아남을 거라고 믿었다. 배에서 도망쳐 나올 수 있을 거라고 믿었다. 게임처럼 무슨 수를 써서라도 살아남을 거라고 믿었다. 그렇게 되길 바라고 또 바랐다.

아빠 그리고 엄마

동진이의 아빠는 반도체 부품을 제조하고 가공하는 회사에서 대표직을 맡고 있다. 아빠는 회사 일을 돌보느라 집안일에 신경을 많이 못 썼다. 오로지 회사를 키울 생각만 했다. 일밖에는 몰랐다. 아빠는 동진이가 음악을 한다고 했을 때, 음악 학원을 가겠다고 학원비를 달라고 했을 때 한사코 반대했다. 어렸을 때의 기억 때문이었다.

동진이의 할아버지는 음악을 연주하는 분이었다. 음악을 하느라 지방 공연도 잦았고, 밤늦게까지 하는 공연이 많아 집에 못 오는 날도 비일비재했다. 벌이가 신통치 않아 살림도 넉넉지 못했다. 아빠는 동진이가 할아버지처럼 될까 봐 겁이 났다. 아빠는 자신이 겪었던 가난을 동진이에게 물려주고도 싶지 않아 부지런히 벌었다. 쉼 없이 일을 하고 어떻게든 자수성가를 하려고 했다.

엄마는 결혼을 하고 일주일 만에 교통사고가 났다. 오랜 기간 병원에 입원했고, 그 후유증으로 몸도 조금 불편해졌다. 사람들을 만나는 게 싫었고, 우울했다. 그때 이후로 혼자 우두커니 집에만 숨어 지내는 날이 많았다.

동진이는 그런 엄마에게는 세상을 향한 창문이 되어 주었다. 학교에서 있었던 일들이며, 알바에서 만난 사람들 이야기이며, 친구 이야기를 전해 주곤 했다. 가끔은 기타 연주도 들려주었다. 동진이는 공부에서 받은 스트레스를 음악으로 푼다고 말했다. 공부는 너무 답답하다고 했다. 음악을 하겠다고 엄마를 설득했다. 음악을 반대하는 아빠와 달리 엄마는 동진이 편이 되어 주었다. 엄마는 동진이가 자율적으로 크도록 지켜보고, 원하는 것을 하도록 도와줬다.

중학교 때 동진이는 엄마와 종종 다투기도 했다. 엄마와 다툰 날이면 아빠에게 울면서 전화를 했다. 집에 안 들어가겠다는 동진이를 살살 달랬던 건 아빠의 몫이었다. 아빠가 귀를 기울여 얘기를 들어 주면 동진이는 어느새 속을 다 털어놓았다.

아빠는 추석이나 설날이면 동진이를 데리고 할아버지 산소에 갔다. 아빠는 이제 명절이 되어도 산소에 갈 수가 없다. 밝은 달빛과 둘이 걸었던 지름길과 아빠, 아빠 하면서 뒤따라오던 동진이가 너무 그리워 도저히 갈 수가 없다. 산소 앞에 놓일 술이며 과일들을 양손에 들고 쫄래쫄래 따라오던 동진이. 용돈이 필요했는지 기분이 좋았는지 끝도 없이 조잘대며 애교 부렸던 동진이. 돌이켜 보면 같이 걸었던 것도 그때뿐이었던 것 같다. 아빠만큼 자란 동진이와 나란히 걸었던 것도 그때가 다였던 것 같다.

사고 소식을 듣자마자 아빠는 동진이에게 전화를 걸었다. 아빠는 무조건 올라오라고, 높은 쪽으로 올라오라고 이야기하고 싶었다. 그런데 계속 통화 중이었다. 나중에 알게 된 사실이지만 몇몇 아빠들은 동진이의 핸드폰으로 아들과 통화를 했다고 했다.

동진이 엄마는 9시 38분쯤 동진이와 통화를 했다. 엄마는 갑판으로 올라오라고, 배에서 나오라고 이야기를 했다. 하지만 동진이는 배가 너무 기울어 못 움직인다고 했다. 너무 걱정하지 말라고, 선생님 말씀 잘 듣겠노라고 말도 했다. 그러고는 이동하라는 소리와 함께 전화가 툭 끊어졌다. 엄마의 심장은 내려앉았다. 엄마는 불안해지기 시작했다. 엄마는 그길로 팽목항으로 향했다.

동진이와 아빠 그리고 엄마, 그들은 변변한 가족사진 한 장 남겨 두지 못했다. 먹는 것을 좋아하는 동진이와 그럴듯한 외식 한번 제대로 못 했다. 생각할수록 미안하고 미안하다는 아빠는 분향소조차 들어가지 못하고, 그 언저리에서만 동진이를 지켜보고 서 있다.

수학여행을 손꼽아 기다렸던 동진이, 수학여행비를 아빠가 안 줘도 내 돈으로 가겠다고 큰소리치던 순진한 동진이, 한없이 사랑스럽고 귀여운 동진이.

엄마는 동진이가 너무 보고 싶어 하루에도 몇 번씩 눈물을 훔친다. 밥을 먹어도, TV를 봐도, 잠을 자도, 아직도 동진이 생각뿐이다. 동진이가 없으니, 집이 텅 비어 버렸다. 동진이가 없으니 웃는 일도 잊어버렸다.

동진이가 없으니 먹고 싶은 것도, 하고 싶은 것도 없어져 버렸다. 엄마는 빈집에 혼자 있는 게 너무 힘들어, 오랫동안 팽목항에 머물러 있었다. 그곳에 있으면 동진이와 그나마 가까이 있는 것 같았다. 엄마는 시골집에 머물러 있다. 그곳에서 바다에게 산에게 나무에게 동진이의 이야기를 들려준다.

수학여행 가기 얼마 전 동진이는 아르바이트해서 번 돈으로 엄마에게 운동화를 사 줬다. 엄마가 왜 여자 친구만 챙기냐고 섭섭하다고 농담 삼아 말했는데, 동진이가 그 말을 마음에 뒀는지, 선뜻 운동화를 선물했다. 엄마를 생각하며 골랐을 운동화를 보면 눈물이 절로 흐른다.

엄마에게 둘도 없는 친구였던 동진이, 엄마가 외롭고 힘들 때 종알거리며 살갑게 굴던 귀여운 아들, 그러고 보면 이제 동진이에 대한 기억도 가물가물하다.

한 번만 동진이를 품에 안아 봤으면, 동진이를 만지고 쓰다듬어 봤으면……

딱 한 번 만이라도.

명랑 소년의 끼

동진이는 끼가 넘쳤다. 주체할 줄 모르는 끼를 어떻게 표현해야 할지, 이것저것 배우며 찾아가는 중이었다. 자기에게 맞는 것이 무엇인지 알아내고, 조금씩 중심을 잡아가고 있는 중이었다. 동진이는 단원고에 지원하기 전에 예술고도 지원해 보았고, 노래에 소질이 있나 싶어 음악 오디션 프로그램 지역 예선에 나가 보기도 했다. 춤에 소질이 있는지 학원도 다녀 보고, 연극에도 자질이 있나 알아보러 대학로까지 가곤 했다. 그 길이 옳은지 그른지 혹은 내 길인지 아닌지 늘 몸으로 겪고 발로 찾아다녔다. 가끔은 실패도 했지만 동진이는 좌절하지 않았다. 명랑 소년 특유의 명랑함으로 동진이는 자신을 일으켜 세우고, 상처 입은 마음을 일으켜 세웠다.

동진이는 그렇게 계속 성장해 가는 중이었다. 커 가는 중이었다. 187센티의 키임에도 날마다 조금씩 자라고 있었다.

지금 동진이는 무엇을 하고 있을까? 엄마 아빠가 없어도 동진이는 잘 있을 거다. 그의 밝음과 명랑함으로 그곳 사람들에게도 즐거움과 웃음을 나눠 주고 있을 거다.

주영이와 자전거 여행을 떠나기로 했던 약속도, 아빠랑 목욕도 가고 나란히 거리도 걸어보겠다던 마음도, 엄마와 쇼핑도 하고, 외식도 하려 했던 다짐도 까맣게 잊어버리고, 그곳에서 사귄 사람들과 잘 지내고 있을 거다. 주변 사람들에게 웃음꽃을 한 송이씩 나눠 주고 있을 거다. 이곳에서 그랬던 것처럼 아주 밝고 명랑하게 말이다.

엄마의 편지 : 안산은 아침이 아프다

안산 단원고 2학년 5반 **오준영**

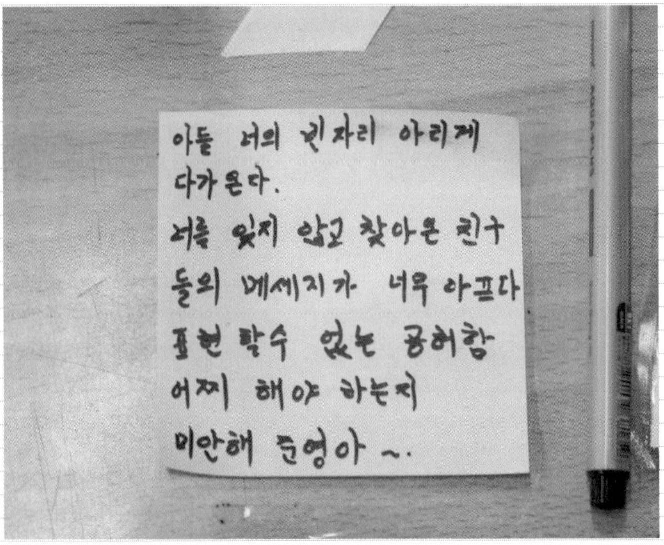

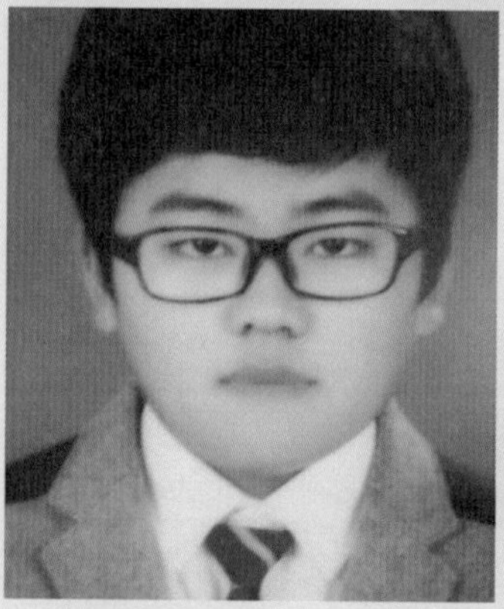

1. 중학교 3학년 때 온 가족이 광화문에서 찍은 사진.
2. 단원고 입학 기념.
3. 통일전망대에서 동생 민영이와 찍은 사진(준영 일곱 살, 민영 다섯 살).

엄마의 편지 : 안산은 아침이 아프다

밤늦은 시간, 잠깐 잠이 들었다가 깨었나 보다. 새벽길을 달리는 차 소리만 가끔 들려올 뿐, 사방은 고요하구나. 언제나처럼 아빠는 또 거실에서 잠이 들었다. 고등학생인 아들이 엄마 곁을 잠자리로 차지하는 바람에 아빠가 거실로 쫓겨났다고 하면 믿을 사람이 있을까? 그래, 준영이는 그런 아들이었어.

여전히 네 체취가 가득한 네 방으로 들어간다. 사방에 그대로 남아 있는 너의 물건들. 어디에 무엇이 있는지 엄마는 불을 켜지 않아도 환히 보이는 것 같다. 그러고 보면 엄마도 꽤 꼼꼼한 사람이야, 그치? 네가 쓰던 물건은 무엇이든 버리지 않고 모아 두었잖아. 오래전, 네가 태어났을 때 갓 난 네 몸을 처음으로 감쌌던 수건도, 배냇저고리도, 심지어 병원에서 매어 주었던 손목 띠까지도 고이 간직해 두었어.

네가 태어났을 때, 그러니까 1997년 4월 23일은 엄마 아빠에게 정녕 잊을 수 없는 날이다. 지금은 슬픔으로 기억되는 날짜가 되었지만 그때는 온 세상이 환한 빛으로 가득한 기쁨뿐인 날이었지. 아마 아빠가 더 감격을 했던 것 같아.

네가 태어났을 때 엄마는 엄마가 되기에 적당한 스물일곱 살이었지만 아빠는 꽤 늦은 나이였지. 서른일곱 살이나 되었으니까, 지금 생각하면 엄마가 아빠를 구제해 준 측면도 좀 있다고 해야겠지? 농담인 거 알지? 네 아빠, 참 착하고 성실하잖아. 그때도 그랬고, 그래서 이 사람과 평생 살고 싶다는 생각을 했던 것 같아. 그리고 네가 태어난 순간, 엄마는 아빠랑 결혼하기를 참 잘했다고 여러 번 속으로 되뇌었단다.

아빠는 갓 태어난 너를 보고 얼마나 감동을 했는지 눈물까지 주르르 흘릴 정도였단다. 너를 본 순간, '어? 내가 태어났네!' 그런 생각이 들었대. 너무나 자기를 닮은, 분신을 보는 것 같아서 몸이 떨리고 끝내 눈물까지 흘렸다니, 간호사들이 좀 이상하게 보았을 거야. 남들 다 낳는 자식인데, 하고 말이야. 금방 태어난 네가 아빠 얼굴을 빤히 쳐다보며 웃음까지 지었다고 하는데, 그건 아마 아빠의 착각이었겠지. 자기 얼굴에 퍼진 미소를 네 얼굴에 비추어 본 걸 거야.

그때 우리는 서울 미아동이라는 곳에서 단칸방을 얻어 살고 있었단다. 가난한 신혼살림이었지만 그 시절이 정말 행복했다는 생각이 든다. 따뜻한 물을 받아 엄마 아빠가 함께 네 몸을 씻기곤 했지. 아빠는 어린 너를 목욕시키는 걸 얼마나 좋아했는지…… 그 보드랍게 미끄러지던 살결과 웃던 모습은 우리가 생애 처음으로 만난 천사였구나.

네가 태어난 해는 우리나라에 IMF라는 경제 위기가 온 해였어. 그리고 우리 집도 그 한파를 벗어나지 못했단다. 아빠는 직장을 잃었고 우리는 어렵고 불안한 나날을 보내야 했지. 하지만 언제나 가장 큰 용기를 준 건 우리 아기, 준영이였어.

아빠는 새로 직장을 잡아 안산으로 왔지. 시화공단에 있는 회사에서 아빠는 야간 일도 마다하지 않고 열심히 일을 했고 그사이에 네 동생도 태어났다. 네가 끔찍이 아끼고, 어른처럼 장래 걱정을 하던 네 동생. 그래, 잠깐 민영이 소식을 전해야겠다.

민영이는 올해 원하던 고등학교에 들어갔고 학교에 잘 다니고 있단다. 바로 네가 열심히 공부해서 꼭 들어가라고 했던 그 학교에 합격했어. 민영이도 쉽지 않았을 거야. 준영아, 너도 많이 축하해 주렴.

넌 동생을 참 많이 아껴 주었지. 아주 어릴 때부터 그랬어. 언제였지? 초등학교에 들어가기 전이니까, 아마 일곱 살쯤 되었을 때인가 보다. 그때는 엄마도 조금씩 일을 하러 다닐 때였는데, 집에 오면 민영이가 오빠가 과자를 사 줬다고도 하고 아이스크림을 사 줬다고 하더라고. 이상했지.

나중에 알고 보니 네가 엄마 서랍에서 만 원짜리 한 장을 가져갔더구나. 아직 어린 나이였지만 몰래 돈을 가지고 간 건 나쁜 짓이니까, 엄마는 단단히 혼을 내 주려고 했지. 그런데 정말 이상하기도 해라, 넌 그 돈으로 날마다 조금씩 민영이가 좋아하는 과자를 샀을 뿐, 한 번도 네가 군것질을 하지 않았던 거야. 동생이 맛있게 먹는 걸 보는 게 너무 좋아서, 다만 그게 좋아서 그랬던 거였어. 준영이는 그런 오빠였고, 그래서 민영이가 세상에서 제일 좋아하는 오빠였지.

초등학교에 다닐 때 엄마가 제일 걱정했던 게 뭔지 아니? 지금은 사진 속에만 남아 있는 모습이지만, 네가 너무 말라 보이는 거였어. 조금 살이 쪘으면 하는 바람으로 네게 한약까지 지어 먹였던 거 생각나지? 그 덕분인지 너는 무럭무럭 자라고 체격도 건장해져서 중학교 때 아빠 키를 따라먹었지. 힘도 정말 세지고 말이야. 엄마 아빠가 열심히 일해서 경제적으로도 안정이 되어 가고 마침내 우리 집을 장만하기도 했지. 네게 따로 방을 내줄 수 있는 널찍한 집을 가지게 되었다는 게, 그래 이런 게 살아가는 행복이구나, 그런 느낌이었어.

그리고 너는 야구를 좋아하는 소년이었어. 그냥 좋아하는 게 아니라 야구 선수가 되려고 했지. 홈플레이트에서 공을 던지면 멀리 외야까지 날아갈 정도로 팔 힘도 셌고 체격도 야구 선수로 적당하다고 했지. 그래서 안산에서 유명한 '강소야' 야구단에 들어갔던 거지. 아마 '강한 소년들의 야구'라는 뜻이었지?

네 덕분에 엄마는 미국에 배리 본즈라는 유명한 홈런 타자가 있다는 것도 알았고, 네가 제일 좋아한 그 선수 등번호가 25번이라는 것도 알게 되었어. 투수를 하다가 내야수를 보다가, 때로는 외야수가 되어 연습을 하거나 경기를 하는 모습을 보면, 우리 아들 정말 멋진데, 이런 감탄이 저절로 나오곤 했지.

가슴 아픈 기억도 하나 떠오르는구나. 한 번도 무언가를 사 달라고 조르는 법이 없던 네가 꼭 한 번 야구화를 사 달라고 했지. 그때도 넉넉한 형편이 아니어서 십만 원이 넘는 야구화는 부담이었어. 그렇지만 그것만은 꼭 사 주고 싶어서 엄마가 너와 함께 매장에 가서 마음에 드는 것을 골랐어.

그리고 아빠에게는 친구 것을 빌린 걸로 하자고 말을 맞추었지. 아, 왜 그랬는지 정

말 후회가 된다. 솔직하게 아빠에게 말해도 되었을 텐데, 왜 그때는 엄마가 그렇게 옹졸하게 생각했는지 모르겠다. 아빠에게 거짓말을 해야 하는 네 마음을 헤아리지 못하고. 아니, 아빠와 함께 야구화를 사러 갔다면 얼마나 좋아했을까.

하지만 너는 결국 야구 선수에 대한 꿈을 접고 말았지. 그 무렵 어느 선수가 야구를 하다가 목숨을 잃었다는 뉴스는 엄마 가슴을 덜컥, 하게 만들었단다. 그리고 너도 작은 부상이지만 다친 적이 있었고. 야구부가 있는 실업계 고등학교로 진학하려는 너에게 엄마는 설득을 했어.

다치는 것도 두려웠지만 바늘구멍 들어가기보다 어려운 전문 운동선수의 길보다 좀 더 안정적인 직업을 가졌으면 하는 게 솔직한 엄마의 바람이었지. 그리고 너는 그런 엄마의 말에 따라 주었다. 그렇게 해서 인문계 고등학교로 가게 되었는데, 그렇게 가게 된 게 아, 단원고였구나.

창문이 밝아오는구나. 새벽이 지나 아침이 오려나 보다. 이제 네 방에서 나가 쌀을 씻고 밥을 안쳐야 하는데, 너의 체취를 떠날 수가 없다. 엄마가 장난처럼 너에게 큰딸이라고 말을 하곤 했는데, 그건 진짜 엄마의 느낌 그대로였어. 지금도 부엌에는 네가 만들어 준 냄비 장갑이 있다. 세상에 어느 아들이 직접 바느질을 해서 엄마에게 냄비 장갑을 만들어 줄까? 아직 중학교에도 들어가기 전에 어느 날이었지.

엄마가 음식을 하다가 조금 손을 데고 난 다음 날, 집에 돌아온 엄마에게 너는 엄지 손가락이 들어가게 만든 벙어리장갑 모양의 두툼한 장갑을 내밀었어. 천을 여러 겹 덧대서 비뚤비뚤한 바느질 솜씨로 만든 그 장갑. 그때는 감동보다, 이 녀석이 어떻게 이런 걸 만들었대? 하는 신기함이 더 컸는데, 한쪽이 불에 그을린 그 장갑을 엄마는 지금도 쓰고 있단다. 언젠가 닳고 해지더라도 엄마 평생 가지고 갈 장갑이구나.

정말 살갑고 애교 많았던 나의 아들아. 생각지도 못한 일로 엄마 아빠를 놀라게 했던 너. 초등학교 5학년 때 크리스마스 무렵이었지? 아, 맞다. 너는 어릴 때부터 설이나 추석 같은 명절보다 성탄절이 좋다고 했지. 그 이유도 엄마였어. 명절이면 엄마가 음식 장만이며 설거지에 시달려서 싫다고, 어린 나이에도 어떻게 그렇게 엄마 생각을 했는지 돌이켜 보면, 엄마가 네게서 받은 사랑이 너무도 컸구나.

그해 크리스마스는 네가 우리 가족 모두에게 영원한 별명을 붙여 준 날이었지. 곰인형 네 개에 네가 나란히 붙인 우리 가족의 별명, 아빠는 우리 집을 지키는 사람이라고 '지킴 빠곰', 엄마는 집안을 충전한다고 '충전 마곰', 동생 민영이는 우리 집 희망이라고 '희망 아곰', 그리고 너는, 그래 우리 가족의 꿈이라며 '꿈돌 곰돌'이라고 했지.

네 머릿속에서 나온 그 별명에는 네가 가족을 얼마나 사랑했는지 그대로 들어 있구나. 그때 엄마 아빠가 얼마나 감동했는지, 우리가 얼마나 기쁘게 그 별명을 받아들였는지 알고 있겠지?

더 어렸을 때, 그러니까 안산에 이사 온 지 얼마 안 되었을 때도 엄마를 깜짝 놀라게 했었지. 문득 네가 안산은 아침이 아프다는 말을 했어. 대체 무슨 말이지? 어리둥절하다가 네 말뜻을 듣고 가슴이 뭉클하고 말았어.

야간 일을 끝내고 새벽에 들어오는 아빠 때문이었던 거야. 허리나 다리가 아프다는 아빠를 주물러 주며 어린 너는 그런 생각이 스쳐 갔던 모양이야. 안산은 아침이 아프다고, 그건 일하는 아빠에 대한 네 나름의 가슴 아픔이었던 거였어. 참, 정 많은 녀석…… 아빠와 목욕탕 가는 걸 제일 신나 했던 너, 너 못지않게 신났던 건 아빠였지.

고사리 같은 손이 등을 밀어 주면 얼마나 좋은지, 등을 밀어 주는 손에 해가 갈수록 힘을 느낄 때 너를 끔찍이 사랑하는 네 아빠가 얼마나 기쁘고 대견했겠니? 이제, 아빠는 목욕탕에 가지 못한단다.

걱정마저도 이상한 걱정을 하게 했던 아들아. 중학교 때 학교에서는 학생들이 잘한 일이 있으면 상점을, 잘못한 일이 있으면 벌점을 주었지. 그런데 그걸 꼭 학부모들에게 문자로 보내 주었어. 아마 학교에서 있던 일을 부모에게도 알려야 한다고 해서 그랬겠지.

그런데 엄마를 걱정하게 했던 것은 벌점이 아니라 상점이었어. 벌점이 온 적은 한 번도 없었는데, 네가 여러 차례 받은 상점은 친구들 싸움을 말렸다는, 그래서 칭찬을 한다는 3점짜리 상점이었어.

처음에는 그런가 보다 했는데 엄마가 생각한 것보다 아이들이 훨씬 심각하게 싸움을 한다는 걸 알고 겁이 덜컥 나더라. 한번은 흉기를 들고 있는 아이의 손목을 잡아서 말렸다고도 했지. 얼마나 놀랐는지, 다시는 그러지 말라고 하자 네가 그랬지. "엄마, 친구가 맞고 있는데 어떻게 가만히 있어?" 아빠는 잘했다고 했지만 엄마는 정말 걱정이 되었다. 그래서 학교에서 상점이라고 문자가 올 때마다 오히려 걱정이 되었지.

아무리 생각해도 그것 말고는 걱정을 해 본 적이 없구나. 학교 갔다 오면 교복 빨고 청소하고 세탁기 돌려 놓던 아들, 수시로 엄마 휴대폰에 이모티콘 날리며 '화이팅!'을 외쳐 주던 아들, 툭하면 엄마한테 애인이라며 뽀뽀를 해 주던 아들, 엄마도 때로는 아빠에게 하지 못하는 이야기까지 네게 털어놓기도 했지.

술 마시고 들어온 아빠에게 엄마가 잔소리를 하면 어른스럽게 씩, 웃으며 아빠가 밖에서 술 한잔 할 수도 있지 뭘 그러냐며 엄마에게 눈짓을 하던 너, 왜 그렇게 엄마에게 잘해 주었니? 조금은 걱정도 시키고 야단맞을 짓을 해도 괜찮았는데.

다른 애들은 사춘기가 와서 부모님이랑 말도 잘 안 하고 속도 썩인다는데, 군대 가기 전까지 엄마 옆에서 자겠다는 네가 엄마는 조금 걱정되기도 했어. 늦게 고등학교 2, 3학년이 되어서 진짜 사춘기가 오면 어쩌나, 하고 말이야. 그때 네가 했던 대답이 지금도 엄마를 웃게 한다.

"그래? 그럼 사춘기가 어디쯤 오고 있는지 내가 전화해 볼까?"

야간 자율 학습 끝나고 역시 늦게 끝나는 엄마랑 같은 버스를 타려고 학교에서 800미터나 되는 정류장까지 힘차게 뛰어오던 너, 입김을 뿜으며 엄마에게 다가오던 네가 얼마나 든든했는지……

치킨을 제일 좋아하던 준영아, 중학교 때부터 부쩍 몸이 크고 먹성이 좋아지면서 앉은 자리에서 치킨 한 마리는 거뜬히 해치우곤 했지. 1인 1닭이라나, 그래, 정말 한창 먹을 때였지. 그러면서 언젠가부터 슬그머니 메뉴를 바꾸었어. 비싼 체인점 치킨 대신 6천 원짜리 장터 통닭으로 말이야. 맏이답고 씩씩하게, 그래야 한 번 더 먹을 수 있잖아, 하고 웃으며 말했지만 엄마 마음 한편은 싸아, 아파 왔단다.

네 마음을 다 안다고 생각했는데, 꼭 그렇지도 않았나 보다. 나중에 네 방에서 발견한 노란 쪽지 한 장에는 이런 글이 쓰여 있었어. 2학년이 되면서 쓴 거였지. '올해는 꼭 2등급 초반으로 올리자.' 네 스스로 목표를 정해 놓고 다짐을 두는 내용이었어.

그런데 엄마 아빠는 네가 공부에 대해 스트레스를 받고 있는 줄은 잘 몰랐어. 앞으로 갈 대학을 결정하고 장래에 하고 싶은 일도 정해 놓은 너였지만 공부 때문에 꽤나 심각한 고민을 하는 건 나중에야 알았구나. 학원 한번 다니지 않았으면서도 알아서 제 일을 하는 너였기에 그리 심각한 줄은 몰랐어, 미안해. 세무 공무원이 되어서 부정한 일을 바로잡는 일을 하겠다던 네 꿈을 진정 응원했는데……

네 생각을 하다가 날이 훤히 밝았구나. 손가락에 낀 반지를 보며 어쩔 수 없이 그 말할 수 없이 괴로운 그날을 떠올리게 되는구나. 왜 그랬을까. 수학여행을 다녀오고 난 후 4월 23일 네 생일에 맞추어서 가족 반지를 해서 끼자고 했어. 네가 군대에 갈 때 하자는 엄마 말에도, 여간해서 우기지 않는 네가 그렇게 하자고 거듭 말했어. 결국 나중에, 네 뜻대로 가족반지를 했는데, 세 개만 손가락에 끼워졌구나. 빈 반지 하나를 볼 때마다 엄마 숨이 턱, 막힌다.

그날 4월 15일, 가방을 메고 현관을 나서다가 돌아서서 엄마를 꼭 안아 주었지. 평소처럼 장난스럽게 하트를 날리며 엉덩이를 씰룩하는 게 아니라, 너보다 훨씬 작아진 엄마 어깨를 감싸고 꼬옥, 안아 주었어. 아, 그마저도 어떤 의미였을까? 엄마는 이제 모든 기억 속에서 너의 의미를 찾게 되었다.

그리고 그날, 사고 소식을 듣고 달려간 팽목항에서 지옥 같은 일주일이 지난 후 정확히 너의 열일곱 번째 생일날인 4월 23일에 너는 차가운 바닷속에서 올라와 주었다. 시간마저도 네가 태어났던 그 시간에…… 한 번은 엄마 배 안의 태를 끊고, 또 한 번은 그 저주받을 배를 뚫고, 내게로 돌아온 아들아. 미안하다, 미안하다.

지금도 꿈결 속에 다녀가는 아들아, 네 방에 걸린 새 청바지 보았지? 수학여행을 떠날 때 새로 샀던 청바지를 입어 보지도 못한 오빠가 안타까워서 네 동생 민영이가 사

온 거란다. 네게 쓴 생일 축하 메시지를 전해 주마.

To. 내 오빠.
늦었지만 생일 축하하고, 입고 싶었던 바지야.
거기서 잘 입고 좀 길면 그냥 접어 입어. ㅋㅋㅋ
그리고 진짜 생일 축하하고 나중에 또 돈 모아서 많이 많이 사 줄게.

민영이도 엄마 아빠처럼 네가 곁에 있다고 믿는단다. 가족은 늘 함께 있는 거라고 네가 말한 것처럼 우리 세 가족 모두 영원히 너와 함께 있어. 내 아들이어서 너무나도 고마운 준영아, 잠시 안녕, 또 편지할게.

영원한 아가, 이석준 이야기

안산 단원고 2학년 5반 **이석준**

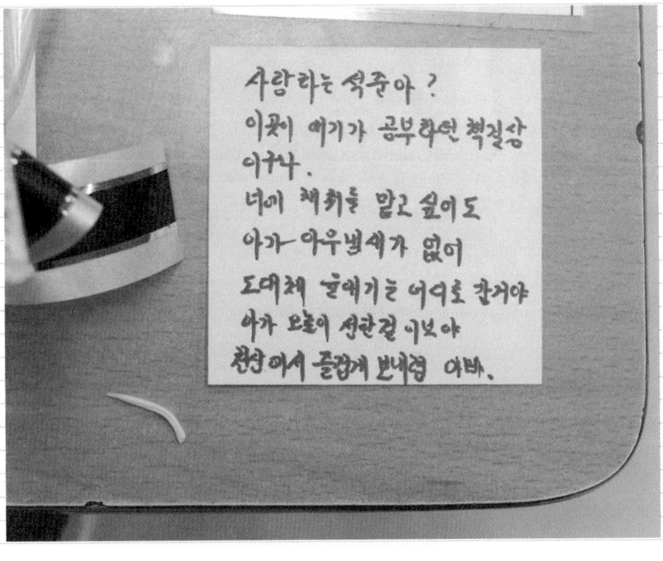

1. 단란했던 네 가족, 바닷가에서.
2. 석준이와 석훈이 형제. 함께 해동검도를 배웠다.
3. 고등학교 1학년 때 수련회에서.

영원한 아가, 이석준 이야기

머리맡에서 벨이 울리기 시작했다. 깊은 잠에 빠졌던 석준은 눈도 뜨지 않은 채 손을 더듬어 핸드폰을 잡았다. 전화기 속에서 차량들이 질주하는 소리가 들린다. 아빠다. 오늘도 새벽 4시에 출근해 고속도로를 달리며 전화를 해 온 것이다.

"아가? 우리 아가 일어났네! 다행이다."

너무 다정하고 부드러워서 다시 잠이 올 것만 같은 음성이다. 평생 대형 트럭을 운전하고 살아온 아빠는 어느 누구에게도 지지 않는 강한 사람이었다. 그러나 두 아들, 특히 큰아들 석준에게는 한없이 약했다.

"아가, 일찍 일어나기 힘들지? 아빠도 다 이해한다. 아가, 그래도 일어나서 학교 갈 준비해야지? 식탁에 빵 있으니 먹고 3만 원도 놔뒀으니 학교에 내라, 알겠지 아가?"

"네."

졸음이 덜 깨어 입이 잘 떨어지지 않는 아들에게 아빠는 전화를 끊고 싶어 하지 않았다.

"사랑한다, 우리 아가. 차 조심하고, 학교 가서 재미있게 놀다 와."

"네."

열심히 공부하라는 이야기는 없었다. 늘 그랬다. 아빠는 항상 학교 가거든 친구들과 잘 지내고 재미있게 놀다 오라고만 했다. 남동생 석훈이를 챙겨 주라는 말도 하지 않았다. 알아서 했기 때문이었다.

침대에서 빠져나온 석준은 동생을 깨우고 거실로 나갔다. 아빠 말대로 식탁에는 빵과 우유, 그리고 만 원짜리 세 장이 놓여 있었다. 엄마도 아빠도 없는 적막한 아침이었다. 석준은 빵을 한 입 베어 물며 아빠에게 핸드폰 문자를 두드렸다.

'아빠, 운전 조심하세요. 졸음운전 절대 안 돼요. 사랑해요, 아빠. 운전 중에는 답하지 마세요.'

여수로 가는 길은 멀고도 멀었다. 여수산단의 화학공장에서 탱크로리에 염산을 가득 채워 전국의 정수장이나 화공약품 공장에 납품하는 일이었다. 20년째 익숙한 장거리 운전이지만 잠든 두 아이를 남겨 둔 채 떠나는 새벽길은 언제나 마음 한편을 베어내고 온 것처럼 허전했다.

전주를 비켜 지나 순천으로 가는 새로 뚫린 고속도로를 달리고 있을 때 문자 알람이 울렸다. 석준이었다. 아빠는 아들을, 아들은 아빠를 돌보는 사이였다. '아가, 사랑한다'고 답문하고 싶었지만 운전 중에 문자하지 말라는 말대로 혼자 씩 웃고 말았다.

남원을 알리는 표지판이 보이기 시작했다. 이병수 씨의 고향이다. 눈에 익은 들과 산에 봄꽃들이 수채화 물감처럼 번지고 있었다. 농부들이 바쁜 시간이다. 논은 아직 풀밭이지만 밭들은 거의 다 갈아 놓았다.

4대 독자로 태어난 아버지는 농사일을 힘들어 했다. 자기 땅이라곤 천 평도 안 되어 평생 남의 땅을 빌려 농사를 지었는데 소작료를 빼면 남는 게 없었다. 꽁보리밥이나마 자식을 굶기지는 않았으나 고생에 지친 아버지는 아내와 자식들에 울화를 풀었다. 술을 마신 날도 때리고 안 마신 날도 때렸다. 어린 병수 씨가 아무리 열심히 나무를 해 오고 들일을 해도 무슨 트집을 잡아서라도 야단치고 때렸다.

"아가, 이리 온나. 우리 착한 병수 누가 이랬누?"

서럽게 울던 그를 달래 준 이는 큰이모였다. 학비 때문에 중학교 2학년을 못 마치고 맨손으로 상경할 때까지, 이모는 병수 씨만 보면 '아가'라 부르며 위로해 주었다.

때문에 병수 씨는 무슨 일이 있어도 자기는 아이들을 때리지 않고 키우리라 결심했고, 실제로 그렇게 살아왔다. 두 아들을 부를 땐 큰이모가 그랬듯이 항상 '아가'라 했고, 어쩌다가 야단칠 일이 생겨도 조용하게 달래고 설득했다.

"아가, 네가 스스로 잘못했다고 반성하는 마음이 들 때까지 손들고 있어라. 알았지, 아가?"

아이들도 아빠의 마음을 잘 헤아렸다. 형제간에 싸움이라곤 없었고 거친 친구들과도 어울리지 않았다. 동네에서 좀 논다는 친구들은 체격 좋고 겁을 모르는 석준이를 서로 자기 패로 끌어들이려 했지만 석준이는 일체 응하지 않았다.

고등학교에 진학할 때도 그랬다. 축구, 야구를 좋아하는 석준이는 운동부가 있는 학교에 가고 싶어 했으나 동네 친구들이 그쪽으로 많이 가자 일부러 단원고를 택했다. 단원고는 단원예술고라 불릴 만큼 다양한 동아리 활동이 보장되는, 별나게 착한 모범생이 많은 학교로 유명한 곳이었다.

남원을 지난 트럭은 지리산을 관통하는 터널 지대로 접어들었다. 아내와 아이들의 추억이 아련한 곳이었다.

둘 다 맨손으로, 신혼여행도 못가고 시작한 결혼 생활이었다. 대형 화물차는 운전석 뒤에 쉴 수 있는 작은 공간이 만들어져 있었다. 아내 유명순 씨와 병수 씨는 식비까지 아끼기 위해 도시락을 싸고 이불을 챙겨 1박이고 2박이고 여행 삼아 전국을 누비고 다녔다.

석준이를 낳고도 그랬다. 엄마 배 속에 있을 때부터 차에서 산 덕분인지 석준이는 멀미를 하지 않았다. 오히려 트럭 타기를 무척 좋아했다. 때로는 2~3일씩 길 위에서 흔들리는데도 재미있어 했다. 화물차가 멋지다고, 운전대를 잡고 운전하는 시늉을 하며 놀았다. 석준이가 초등학교에 들어간 후에는 장거리 여행이 힘들어졌으나 방학만 되면 캠핑이라도 가듯 네 식구가 신나게 돌아다녔다.

젊은 시절 바이크 동호회원이던 병수 씨는 풍광 좋고 물 좋은 곳을 많이 알았다. 고속도로를 달리다가도 괜찮은 곳이 생각나면 국도로 빠져나와 한적한 시골길을 찾았다. 명승고적도 구경하고, 트럭을 냇가에 세워 놓고 아이들과 물장난도 하고 도시락도 먹었다. 서해부터 동해까지 좋다는 곳은 다 가 보았다.

행복했던 시절이었다. 부부애도, 형제애도 좋았다. 특히 석준이의 동생 사랑은 아빠의 그것만큼이나 각별했다. 석준은 1997년 5월 24일 서울의 강동성심병원에서 태어났고, 석훈이는 2000년 1월생이라 세 살 터울이었는데 어른들이 아기에게만 신경을 써도 시샘도 않고 마치 어른처럼 자기도 안아 주고 뽀뽀해 주며 예뻐했다.

성장해서도 그랬다. 사진을 잘 찍는 병수 씨는 고급 캠코더와 카메라로 식구들을 기록했는데 형제가 다정하게 찍은 게 거의 전부이다시피 했다. 석준은 아빠가 자기에게 하듯이, 화가 나는 일이 있어도, 동생이 퉁명스럽게 굴어도 언성을 높이지 않고 조용히 달랬고 어쩌다 말다툼이 나도 단 한 대 때린 적이 없었다.

단란했던 시절은 그러나 이혼으로 끝났다. 석준이 중학교 2학년 때였다. 석준은 차분하고 이성적인 아이로 커 있었다. 밖으로 나다니기 좋아하는 외향적인 아내와 보수적이고 가정적인 남편이라는 성격 차이를 좁힐 수 없게 되었을 때, 석준이는 엄마 아빠는 따로 사는 게 차라리 낫겠다고 담담하게 인정했다. 마음으로는 큰 상처를 입었겠지만 방황하기보다 오히려 아빠를 위로하고 힘이 되어 주었다.

아이들은 아빠와 살기를 원했고, 아빠 곁에 남아 주었다. 한동안 이혼의 상처를 못 이긴 병수 씨는 일을 마치고 온 저녁이면 빈집에 있기 싫어 슈퍼 앞 파라솔 아래 앉아 술을 마시곤 했다. 그때마다 꼭 석준이가 먼저 하교해 왔다. 당당히 걸어오는 석준이를 보는 순간 슬픔은 사라져 버렸다. 아들과 아버지가 서로를 위로하던 시기였다.

경제적으로도 여유가 있었다. 새벽 출근 아니면 며칠씩 돌아오지 못하는 병수 씨는 석준에게 신용카드를 맡겨서 뭐든지 마음껏 사 먹도록 했다. 덩치가 큰 두 아이는 먹성도 좋았다. 어떤 달은 식비가 160만 원이나 나올 때도 있었다. 그래도 좋았다. 식비가 많이 나올수록 병수 씨의 기쁨은 커졌다. 석준이는 소갈비살처럼 비싼 것을 먹고 싶으면 전화를 걸어 허락을 받으려 했는데 그때마다 행복에 겨워 마음껏 시켜 먹으라고, 물어보지 말고 맘대로 쓰라고 했다.

병수 씨의 꿈은 결코 크지도 않았고 비현실적이지도 않았다. 아이들이 커서 결혼할 때까지, 이대로만 무사히 살 수 있게 해 달라는 작은 소망이 전부였다.

세탁기는 씽씽 돌아가고, 가스레인지 위에서는 김치찌개가 보글거리며 맛있는 냄새를 뿜어내고 있었다. 한바탕 진공청소기를 돌린 부엌 바닥과 거실 바닥도 라면 조각 하나 없이 깔끔했다. 핸드폰을 켜서 시간을 확인한 석준은 단축번호를 눌렀다.

"아빠 언제 오세요? 김치찌개 끓여 놨어요."

"에구 우리 착한 아가가 찌개를 끓였어? 아빠 곧 가마."

병수 씨는 이혼 후 인터넷으로 찌개 조리법 같은 것을 배워 아이들 밥을 차려 주었다. 그런데 어느 날 저녁에 와 보니 석준이가 밥과 찌개를 해 놓고 있었다. 얼마나 가슴이 뭉클한지 몰랐다. 아무래도 남자들끼리 반찬을 만드는 게 힘들어 나중에는 주로 사 먹게 되었지만 그래도 가끔은 석준이가 밥과 찌개를 해 놓곤 했다. 석준은 이번에는 동생에게 전화를 했다.

"석훈아, 언제 오냐? 검도는 끝났어?"

"응. 얼른 갈게."

석준 형제는 어려서부터 해동검도 학원에 다녔다. 운동 신경이 좋은 동생 석훈은 초등학교 때 벌써 3단까지 따고도 계속 다니고 있었다. 석준도 해동검도에서 주는 '양만춘 장군상'까지 받았는데 중학교 1학년 때 2단까지 따고는 그만두었다. 취미와 꿈이 바뀌었기 때문이었다.

석준은 어려서부터 만화를 좋아했다. 한글도 만화를 보면서 스스로 깨우쳤고 일본어는 일본 만화를 보면서 터득했다. 경찰관이 되고 싶었던 장래 희망이 관광 가이드로 바뀐 것도 만화를 통해 일본어를 독학한 뒤였다. 일본어뿐 아니라 국사, 사회 같은 암기 과목을 잘했기 때문에 외국어를 여러 개 배워 세계를 누비는 관광 가이드가 되는 게 꿈이었다.

스스로 만화도 잘 그렸다. 초등학교 때부터 만화 주인공들의 모습을 똑같이 그려 내 친구들의 부러움을 샀다. 만화 그리기에 빠진 나머지 인터넷 게임은 거의 하지 않았다. 아들의 그림 솜씨에 경탄한 엄마는 석준이가 장차 애니메이션 계통으로 나가기를 권했을 정도였다.

얼마 지나지 않아 석훈과 아빠가 차례로 귀가해 모처럼 세 부자가 식탁에 마주 앉았을 때였다. 석준이 조심스럽게 말을 꺼냈다.

“아빠, 저 자전거 좀 사면 안 돼요?”

“자전거?”

병수 씨는 깜짝 놀라 고개를 들었다. 그는 서울올림픽이 있던 1988년 오토바이 사고로 척추를 심하게 다쳐 지금까지도 고통받고 있었고 근래에도 두 차례 대수술을 받았다. 다른 건 다 해 줄 수 있지만 아이가 자전거나 오토바이를 탄다는 생각만으로도 겁이 났다.

“아가, 자전거는 왜? 아빠가 오토바이 타다가 다쳐서 고생하는 거 잘 알잖니, 아가? 다른 건 몰라도 자전거는 안 된다. 자전거 배우고 나면 오토바이 타고 싶을 것 아니니?”

석준은 퍽 실망스러운 표정이 되었다. 한참 듣고 있더니 꽤 퉁명스럽게 알았다고 하는 것이었다. 보통 가정에서는 아이들의 반항적인 어투가 흔한지 몰라도, 병수 씨네 집에서는 생전 없던 일이었다. 병수 씨는 자못 놀랐으나 이내 부드럽게 달랬다.

“아가, 말투가 그게 뭐니? 아빠가 언제 할머니에게 그렇게 말하던?”

석준은 스스로도 놀란 듯 금방 누그러졌다.

“아빠, 죄송해요. 자전거가 하도 사고 싶어서 저도 모르게 신경질이 났어요. 죄송해요.”

사과를 하던 석준은 자리에서 일어나 새 티셔츠 두 장을 가져왔다.

“아빠, 입어 보세요. 제가 알바 해서 번 돈으로 샀어요.”

얼마 전부터 친구 엄마가 하는 가게에서 아르바이트를 하더니 사온 것이었다. 용돈을 모아 아빠에게 스마트폰을 할 수 있는 장갑을 사서 감사의 편지와 함께 건넨 적도 있었다.

“형이 저한테 용돈도 줬어요.”

석훈이 말하며 어서 입어 보라고 성화를 했다. 막상 입어 보니 한 벌은 너무 컸다. 바꿔 올 수 있냐는 부탁에 석준은 흔쾌히 동생을 데리고 집을 나섰다. 그리고 밤길을 걸으며 말했다.

“석훈아, 우리 아빠 너무 불쌍하지? 매일 새벽에 일 나가시는 모습을 보면 너무 마음이 아파.”

막내인 석훈은 아빠나 형을 강한 사람들이라고만 생각했는데 형이 그런 말을 하니 마음이 따뜻해지면서도 왠지 슬픔이 밀려오는 기분이었다.

열흘이 지난 2014년 4월 10일, 목요일이었다. 여느 날처럼 새벽같이 일어나 고속도로를 달리고 있는데 전화가 울렸다. 석준이었다.

“아빠, 자전거 좀 사 주시면 안 돼요?”

얼마나 힘들게 꺼낸 말인가 알면서도 병수 씨는 한숨을 토했다.

“아가, 또 왜 그러니? 지난번에 아빠랑 합의했잖니?”

“죄송해요 아빠, 자전거가 너무 사고 싶어서 중고로 사기로 하고 계약금까지 보냈어요. 오늘밤에 수원으로 받으러 가야 해요.”

생전 좋은 옷, 좋은 신발 한 번 사 달라고 해 본 적 없는 석준의 간절한 부탁에 바로 거절하기가 힘들었다.

“아가, 어떤 자전거를 사려고 그래? 내 카톡으로 사진 보내 봐라.”

카카오톡으로 날아온 사진은 중국제 자이언트 경륜 자전거였다. 빨간색이 예쁜 38만 원짜리 중고였는데 돈이 문제가 아니었다.

“아가, 이 위험한 것을 타고 어떻게 가방을 메고 학교에 다니겠다는 거냐? 아빠가 일하면서 생각해 볼 테니 이따가 얘기하자.”

일을 마치고 집에 먼저 들어가 기다리고 있으려니 석준이 학교에서 돌아왔다. 석준은 자리에 앉기도 전에 오른쪽 주머니에 손을 넣고 꼼지락거리더니 오만 원짜리 한 장에 나머지는 만 원짜리로 11만 원을 꺼내 건네 왔다.

"아빠 이 돈 먼저 드릴 테니 자전거 꼭 사 주세요. 모자란 돈은 제가 알바 해서 갚을게요."

"아가, 그렇게 자전거가 타고 싶니?"

"네, 아빠. 꼭 부탁드려요."

결국 밤중에 수원까지 가서 자전거를 사 오게 되었다. 그런데 자전거를 팔 대학생이 나오기를 기다릴 때였다. 병수 씨가 여전히 걱정이 되어 다시 한번 생각해 보라고 말하니 석준은 또 한 번 신경질적으로 반응하는 것이었다. 병수 씨는 아이의 낯선 태도에 놀랐으나 이번에도 언성을 높이지 않았다.

"아가, 아빠가 안 사 주겠다는 게 아니라 걱정을 하는 것뿐인데 왜 화를 내고 그러니?"

스스로도 놀랐는지, 석준은 또 금방 사과를 했다.

"죄송해요, 아빠. 사 주신다고 약속하고 자꾸 걱정을 하시니까 제가 잠깐 짜증이 났어요. 다시는 그러지 않을게요."

병수 씨에게는 잊히지 않는 일화였다. 마치 석준이가 두 번 효도를 하기 위해 일부러 두 번 불효를 한 것 같은 기분이었다.

수원까지 가서 사 온 자전거를 그러나 석준은 단 하루도 학교까지 타 보지 못했다. 곧 수학여행을 가게 되었기 때문이었다.

"아가, 제주도 가서 쓸 용돈은 있니?"

출발을 하루 앞둔 4월 14일 밤, 병수 씨가 물으니 석준은 손을 저었다.

"아빠, 용돈은 안 주셔도 돼요. 돈 필요 없어요."

사실 이때 석준의 지갑에는 천 원짜리 한 장밖에 들어 있지 않았다. 자전거를 사 준 아빠에게 미안해서 그러는 것이었다. 병수 씨는 그런 줄은 모르고 용돈으로는 상당히 많은 20만 원을 주고 배에서 편하게 입으라고 추리닝도 한 벌 사 주었다. 감색 추리닝이 마음에 든 석준은 동생과 둘이 앞 베란다로, 뒷 베란다로 뛰어다니며 장난을 쳤다.

“아가, 갑판에서 뛰어놀다가 물에 빠지면 누가 떨어진 줄도 모르니 절대로 갑판에서 놀지 말아라.”

“아빠, 아무 걱정 마세요. 돌아와서 자전거 실컷 탈 거예요.”

“그래, 아빠는 우리 아들을 믿는다. 내일은 수학여행도 가야 하니 일찍들 자거라.”

“네, 아빠! 안녕히 주무세요.”

두 아들은 꼬마 때처럼 일제히 대답하고 방으로 들어갔다. 병수 씨는 편안한 마음으로 잠자리에 누워 잠을 청했다. 이 작은 행복이 영원하리라 믿으며, 그 누구도 자신의 작은 꿈을 방해하지 않으리라 생각하며 잠이 들었다.

곁에만 있어도 절로 웃음이 나는 아이

안산 단원고 2학년 5반 **이진환**

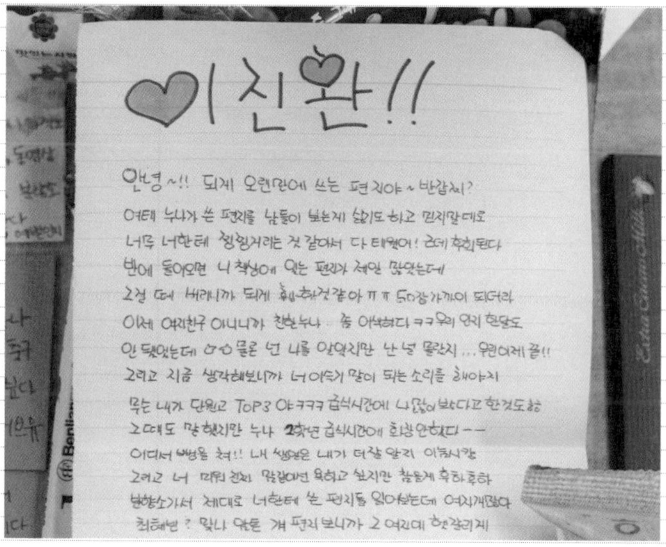
이진환!!

안녕~!! 되게 오랜만에 쓰는 편지야~ 반갑지?
여태 누나가 쓴 편지를 남들이 보는게 싫기도 하고 민지말대로
너무 너한테 징징거리는 것 같아서 다 태웠어! 근데 후회된다
반에 돌아오면 니 책상에 있는 편지가 제일 많았는데
그걸 다 버리니까 되게 휑한것같아 ㅠㅠ 50장 가까이 되더라
이제 여자친구 아니니까 친한누나. 좀 어색하다 ㅋㅋ 우리 연락 한달도
안 됐었는데 ㅇㅇ 물론 넌 나를 알았지만 난 널 몰랐지... 우린 이제 끝!!
그리고 지금 생각해보니까 너 이득이 많이 되는 소리를 해야지
뭐는 내가 단원고 TOP3 야 ㅋㅋㅋ 급식시간에 나 많이 봤다고 한것도 하
그때도 말했지만 누나 2학년 급식시간에 한번 안했다 --
어디서 뻥을 쳐!! 내 생일은 내가 더 잘 알지 이놈시깡
그리고 너 미워 진짜 말같아선 욕하고 싶지만 참을게 후하후하
분향소가서 제대로 너한테 쓴 편지들 읽어봤는데 여자가 많다
최혜빈? 맞나 암튼 걔 편지 보니까 그 여자애 헷갈리게

1. 세월호 사고가 발생하기 열흘 전, 여의도에 놀러가 엄마와 함께 다정한 모습을 취하고 있다.
2. 체육만큼은 항상 만점을 받은 진환이는 체육 선생님이 되고 싶었다.
3. 집에서 김치볶음밥을 하며 노래를 부르는 진환이. 평소에도 노래를 즐겨 불렀다.

곁에만 있어도 절로 웃음이 나는 아이

미소를 주는 아이, 진환이

널 만나면 말 없이 있어도 또 하나의 나처럼 편안했던 거야.
널 만나면 순수한 네 모습에 철없는 아이처럼 잊었던 거야.
내겐 너무 소중한 너, 내겐 너무 행복한 너.
-윤도현밴드 〈사랑 투〉 중에서

샤워기 물 흐르는 소리와 함께 진환이의 시원한 노랫소리가 들린다. 엄마와 여동생이 그의 노랫소리를 들으며 키득키득 웃는다. 슬픈 노래도 진환이가 부르면 밝은 노래가 된다. 혼자 분위기에 취해 감정을 잡으며, 쩌렁쩌렁 큰 소리로 노래하기 때문이다. 노래 한 곡으로 집 안에는 늘 웃음꽃이 가득했다. 진환이는 늘 주위 사람을 웃게 하는 아이였다. 특유의 밝고 온화한 에너지를 가진 아이였다. 곁에 있는 사람들은 늘 웃고, 미소 지으며, 행복해했다.

꼬마 신사 진환이를 소개합니다

1997년 1월 29일 오전 10시. 경기도 안산시 선부동의 산부인과에서 사내아이의 쩌렁쩌렁한 울음소리가 울려 퍼졌다. 아이의 부모님은 이 아이를 진환이라 이름 지었다. '나라를 빛내라'는 뜻이었다.

진환이는 이름처럼 자라면서 세상을 밝게 비추었다. 사람들의 얼굴에 웃음빛을 만들어 준 것이다. 어른들이 있는 자리에서 혹여 서먹함이 감돌면, 꼭 애교를 부리며 분위기를 띄웠다. 때문에 집안 어른은 물론이고 동네 어른들도 진환이를 예뻐했다. 오죽하면 주위 어른들이 어린 진환이를 '능구렁이'라고 부를 정도였다. 어쩌면 그렇게 어른들 보기에 예쁜 행동만 골라할 수 있냐는 얘기다.

진환이의 부들부들하고 밝은 성격은 친구들에게도 마찬가지였다. 보통 남자아이들이 우악스럽게 놀거나 여자 친구들을 괴롭히는 데 반해 진환이는 한 번도 그런 일이 없었다. 조근조근 자신의 주장을 펼치며, 친구들의 이야기를 들어 주고 챙겨 주는 '꼬마 신사'였다. 그래서 주변에 늘 친구가 많았다. 특히 세심한 성격 때문에 여자 친구들에게도 인기가 많았다. 진환이는 어느 곳이든 누구와든 어떤 상황에서든 사람들 속에서 '조화'를 이루는 아이였다.

달처럼 둥글고 태양처럼 빛난 소년의 꿈

진환이는 유독 축구를 좋아했다. 초등학교 때부터 축구부에 들어가 선수로 활약했다. 이후로도 고등학교 때까지 크고 작은 축구 대회에 출전해 발군의 실력을 뽐냈다. 축구 외에도 운동이라면 뭐든 좋아하고 잘했던 진환이. 테니스는 물론이고 외발자전거까지. 특별히 누가 가르쳐 주지 않았는데도 척척 해냈다. 타고난 만능 운동선수였던 것이다.

물론 그 중에서도 진환이가 가장 좋아하고 잘했던 운동은 축구였다. 박지성 선수 같은 멀티 플레이어가 되고 싶었던 것이다. 마침 진환이에게는 서울에서 축구부 활동을 하는 사촌 형이 있었다. 사촌 형처럼 축구부가 있는 학교에 다니며, 축구 선수로 성장하길 바란 것이다. 당시 안산에는 전문 축구부가 있는 상급 학교가 없었다. 축구를 하려면 서울로 이사를 해야만 했다. 하지만 진환이네 집은 마음대로 이사할 만큼 여유롭지 못했다. 이런 경제적 여건이 진환이를 좌절케 했다. 서울로 올라가 축구부가 있는 학교에서 선수로 뛰며, 마음껏 그라운드를 누비고 싶었던 진환이. 하지만 첫 번째 꿈은 아쉽게도 마음속에 담아 두어야만 했다.

훌륭한 멘토와 멘티, 또 다른 '꿈'을 만들다

진환이는 안산시 선부중학교에 다녔다. 중학교에 진학했어도 여전히 체육에 대한 열망과 소질은 여전했다. 때문에 체육 점수는 늘 만점이었다. 그런 그를 한눈에 알아본 선생님이 있었다. 타고난 운동 신경에 예의 바른 성격까지 갖춘 모습을 한 진환이를 체육 선생님께서 눈여겨보고 있었던 것이다. 체육 선생님은 진환이를 남다르게 아껴 주었고, 진환이 또한 선생님을 멘토로 생각했다.

훌륭한 멘티와 멘토의 깊고도 인격적인 만남! 이 만남은 소년의 가슴에 또 다른 꿈의 태양을 빛나게 했다. 바로 체육 선생님이 되겠다는 꿈이었다. 비록 축구 선수는 될 수 없지만 진환이에게는 또 다른 꿈이 생겼다. 자신을 아껴 주는 선생님을 본받아, 따뜻한 마음을 가진 체육 선생님이 되겠다는 것이었다. 선생님 또한 그 꿈을 지지하고 응원해 주었다. 선생님은 진환이의 엄마와 진학 상담을 하며, 그가 체육 선생님을 목표로 공부하면 좋겠다고 조언해 주었다. 시시각각 변화하는 다른 아이들과 달리 진환이가 축구와 운동에 대한 확신과 소질이 있다는 것! 특히 사람을 좋아하고 남을 잘 챙겨 주는 성격이 체육 선생님에 적합하다는 것이다.

진환이는 선생님이 되겠다는 부푼 꿈을 안고 단원고에 입학했다. 당시 그의 집은 안산시 와동의 끝쪽이었다. 학교와는 15~20분 거리였다. 진환이는 종종 같은 반 친구 건우와 함께 자전거를 타고 등교했다. 페달을 밟고 개천을 따라 쌩쌩 달리며, 선선한 바람을 맞는 기분을 좋아했던 것이다. 거리를 가로지르며 힘차게 돌아가는 자전거 바퀴처럼, 그의 꿈도 힘차게 앞으로 달려갔다.

첫 번째 아르바이트, 부모님께 드린 첫 번째 이자 마지막 용돈

"엄마, 나 아르바이트해 보고 싶어."

"아르바이트?"

"떡볶이 가게니까 건전하잖아. 경험 삼아 해 보고 싶어."

"안 돼, 넌 아직 어려. 세상이 그리 만만하지 않아."

"삼촌은 말이야. 남자라면 한 번쯤 그런 경험은 해 봐야 된다고 생각해. 찬성이다!"

이미 말릴 수 없는 고백이었다. 고등학교에 들어가고 첫 번째 맞은 겨울 방학, 진환이는 아르바이트를 결심했다. 첫 번째 사회 생활은 바로 떡볶이 가게였다. 주방에서 설거지와 청소를 하는 일이었다. 조리를 하다 손을 덴 적도 있었다. 때로는 배달을 손수 가기도 했다. 아르바이트는 방학이 끝나고도 이어졌다. 고된 아르바이트이었음에도 진환이는 불평불만 한 번 없었다. 특유의 성실함과 온화함으로 열여섯 살의 첫 사회생활을 훌륭하게 해내고 있었다. 아르바이트로 받은 한 달 월급은 60만 원 남짓. 수학여행 가기 전 달까지 아르바이트를 해 진환이가 모은 돈은 100만 원이 조금 넘었다. 첫 월급을 받아 만든 통장을 엄마에게 내밀었다.

"여기, 내 첫 월급! 엄마 줄 테니까 엄마가 사고 싶은 것 마음대로 사요!"

엄마는 아들이 태어나서 처음 번 돈을 차마 쓸 수 없었다. 대신 현금 카드를 만들어 주었다. 아들이 직접 번 돈을 스스로 계획하고 쓰라는 의도였다. 진환이는 그 돈으로 아빠와 동생에게 선물을 사 주었다. 50여 만 원이 넘는 돈의 수학여행비도 직접 냈다.

'좋은 친구'로 '오래' 기억될 만큼 배려심 많고 착한 아이

"야! 너, 이진환이지? 나 기억나니? 네 어릴 적 친구."

고등학교 1학년이 되었을 때였다. 진환이의 페이스북으로 한 여학생이 말을 건네

왔다. 진환이는 기억이 잘 나지 않았다. 어린이집 앨범과 유치원 시절 앨범을 한참 들여다 보고는 그제야 기억이 난 듯 웃음 지었다. 어릴 적 진환이를 기억하고 좋아했던 친구가 페이스북으로 찾아와 인사를 건넨 것이다. 친구라는 존재는 진환이에게 어린 시절의 추억으로 안내하는 앨범이었다. 유치원부터 초등학교를 지나 고등학교까지 다른 학교로 흩어지며 친구들의 얼굴을 잊어버리기도 했다. 하지만 친구들이 항상 먼저 기억하고 다시 찾아 연락을 하곤 했다. 진환이의 진실함과 따뜻함을 마음속에 간직해 두었던 것이다.

사춘기 시절엔 아이들이 거칠고 반항적인 성격으로 변하는 경우가 종종 있다. 하지만 진환이는 변함없이 배려심이 많고 온화한 성격을 유지했다. 운동을 좋아하는 남자 아이치고, 마음이 깊고 감성이 풍부했다. 특히 매너가 좋고 친구들을 잘 챙겨 주는 성격 때문에 여자 친구들에게 인기가 많았다. 아이들 사이에서는 좋아하는 친구에게 마음을 고백하기 위해 필통에 명찰을 넣기도 하는데, 진환이의 필통에는 여학생들의 명찰이 자주 담겨 있곤 했다.

그의 따뜻한 마음씨는 친구들 사이에서도 감동을 주곤 했다. 한번은 하굣길에 친구가 진환이에게 차비를 빌려 달라고 말했다. 진환이는 흔쾌히 주머니에서 차비를 꺼내 주었다. 정작 자신은 차비가 없어 집에 걸어가면서도 말이다. 또 친구들과 함께 있다가 늦게 되면, 모든 친구를 다 데려다주고 혼자 자전거를 타고 집에 돌아오기도 했다. 반에서도 힘들어하는 친구들, 따돌림 당하는 친구들을 절대 지나치지 못하고 꼭 챙겨 주었다. 다른 사람의 마음을 알아주고 보듬어 줄 줄 아는 따뜻한 소년. 사람들이 기분 좋아야 비로소 자신이 행복해지는 진환이. 이름처럼 세상을 빛나게 하라는, 하늘의 선물이었을지도 모른다.

친구 같고 아빠 같은, '오빠' 진환

모두가 평안히 잠든 어느 날 밤. 엄마가 야근을 하는 날이었다. 진환이와 여동생이 잠에 들기 위해 제 방으로 들어가 불을 끄고 누었다. 그런데 갑자기 여동생이 자고 있는 방문이 쿵 하고 열렸다. 여동생은 놀라 눈이 동그래졌다.

"어머, 깜짝이야! 오빠!"

진환이는 불을 켜더니 노래를 시작했다.

"천녀언이 가도-- 난 너를 잊을 수 없어. 사랑했기 때애--무운--에---"

진환이가 좋아하던 박완규의 〈천년의 사랑〉이다. 깜짝 놀란 여동생이 오빠를 노려보았다.

"오빠! 진짜 놀랐잖아! 뭐야?"

"왜? 재밌잖아. 너하고 놀아 주는 거지! 잘 자라."

진환이는 생글생글 웃으며 문을 닫고 제 방으로 들어갔다. 여동생은 놀란 가슴을 쓸어내리며 웃었다. 진환이는 여동생에게 이런 장난을 자주 쳤다. 여동생이 엄마 아빠 없이 혼자 있어서 혹여 무서워할까 봐, 일부러 장난을 치며 분위기를 즐겁게 만든 것이다. 세 살 차이 오누이는 각별했다. 여동생에게 때론 친구 같았고, 때론 아빠 같았던 진환이. 여동생이 장난스럽게 오빠를 툭툭 치고 때려도 마음을 상하게 해도, 여동생을 이해하고 안아 주는 따뜻한 오빠였다.

부모님의 뒷모습을 가슴으로 안아 주었던 아들

진환이는 사춘기 때 엄마와 더욱 가깝게 지냈다. 엄마와 앉아 두런두런 종종 사춘기와 2차 성징에 대해서도 얘기하곤 했다. 귀가 시간 결정이나 친구들과 혹은 여자 친구와 무엇을 하고 노는지도 함께 이야기하고 합의해 나갔다. 물론 의견 충돌이 없었던 건 아니었다. 하지만 둘은 소통하며 서로를 이해해 나갔다. 엄마가 "사랑해 아들~!" 하며 뽀뽀를 하면, 진환이는 쑥스러워했지만 내심 좋아하곤 했다. 친구 같은 아들과 엄마 사이, 진환이는 종종 "우리 엄마 쿨해서 더 좋다!"고 말할 정도였다.

진환이는 아빠와 운동을 많이 했다. 휴일 아침이면 선부중학교 운동장에서 아빠와 동네 어른들과 함께 축구를 하곤 했다. 운동을 하며 부자는 말 없는 사랑을 서로에게 던져 주었다. 진환이는 이혼 때문에 혼자가 된 아빠를 안쓰러워했다. 때론 엄마에게 "엄마 옆엔 우리가 있지만, 아빤 혼자이지 않냐"고 말하며 아빠의 마음을 쓰다듬어 주기도 했다.

어렸을 때처럼, 친구들에게 그랬던 것처럼, 부모님에게도 그랬다. 누가 힘들어하는지, 무엇 때문에 아파하는지, 항상 헤아리고 위로해 주는 일이 천성인 진환이. 가슴으로 아버지의 뒷모습을 안아 준 것이다.

벚꽃 그리고 수학여행

진환이는 옷이나 물건을 사 달라고 투정 한 번 부리지 않았다. 뭐든 부족하면 부족한 대로 쓰고, 필요한 물건이 있으면 빌려 쓰곤 했다. 수학여행도 마찬가지였다. 수학여행 갈 채비를 하며 산 것은 티셔츠 한 장. 꾸밀 줄 알면서도, 결코 허투루 돈을 쓰는 일이 없었다. 진환이는 친구들에게 바지와 캐리어를 빌려서 수학여행을 떠났다. 야간 출근 때문에 정신이 없을 엄마를 생각해 알뜰하게 빌리고 챙겼던 것이다.

진환의 엄마는 야근 때문에 진환이가 배를 타는 모습을 보지 못했다. 4월 16일 아침 8시 52분. 엄마가 야근을 마치고 돌아오는 길이었다. 갑자기 전화가 한 통 걸려 왔다. 회사 동료였다. 지금 수학여행 간 세월호라는 배가 뒤집혔다고, 빨리 뉴스를 보라고. 진환의 엄마는 급하게 진환이에게 전화를 걸었다. "상대방이 전화를 받을 수 없어……" 애꿎은 안내 음성만 이어졌다. 카카오톡 메시지를 보냈지만 답이 없었다.

속이 타들어 갈 듯한 엄마는 참았던 눈물을 쏟아냈다. 마침 전화 한 통이 걸려 왔다. 그토록 기다리던 진환이의 목소리였다. 친구의 전화를 빌려서 전화를 한 것이다.

"구명조끼 입고 있어. 선생님이 대기하라고 해서 대기하는 중이야. 엄마! 다른 친구들도 통화해야 된대……"

진환이는 급하게 전화를 끊었다. 엄마는 진환이에게 걸려 온 전화번호로 계속 통화를 시도했지만 연결이 되지 않았다. 걱정된 엄마는 문자를 보냈다. '너희들 다 조심해야 한다. 구조가 되면 어디 있는지 문자로 꼭 알려 주고……' 답장이 왔다. 진환이의 친구였다. '예, 어머니 그렇게 할게요.' 하지만 구조 소식은 오지 않았다. 휴대 전화의 주인이었던 친구도 함께 희생을 당했기 때문이다.

진환이는 7일 만에 뭍으로 올라왔다. 당시 학부모들 사이에서는 해경이 아이들을 찾았어도, 일부러 안 올려 보낸다는 소문이 돌았다. 때문에 학부모들은 배가 들어오는 곳에서 아예 지키고 서 있었다. 진환이 엄마는 동료 학부모에게 치아 교정을 한 아이가 있으면 무조건 연락을 해 달라고 말해 두었다. 그날이었다. 엄마는 이상한 기운을 느꼈다. 당시 팽목항에는 천막으로 임시 화장실을 만들어 놓았었다. 평소에는 검은 새벽에도 무덤덤하게 가던 진환의 엄마, 그날 밤은 이상하게도 오싹한 기운이 온몸을 감쌌다. 그날 새벽, 갑자기 진환이 아빠에게 연락이 왔다. 진환이와 차림새가 비슷한 아이가 올라왔다는 것이다. 엄마의 느낌은 정확했다. 진환이는 2014년 4월 24일 저녁에 그리운 안산으로 돌아와, 지금은 하늘공원에서 쉬고 있다.

곁에 있기만 해도 행복을 주는 아이, 이진환

진환이의 인기는 하늘공원에서도 여전하다. 친구들이 종종 하늘공원에 놀러 와 자신의 명찰이나 증명사진을 붙여 주고 가는데, 진환이 앞엔 친구들은 물론 3학년 누나들의 사진과 명찰이 가득했다. 진환이에게 받은 웃음과 행복을 고이 간직한 친구들이, 그의 곁에 놓아둔 것이다.

진환이는 사고 나기 일주일 전, 여동생과 엄마의 손을 잡고 여의도에 벚꽃놀이를 다녀왔다. 아빠로서, 오빠로서, 아들로서 두 여성을 에스코트하며 말이다. 여의도에 흐드러진 벚꽃 길을 걸으며, 사진도 찍고, 세 식구는 행복한 순간을 마음에 담았다. 기분이 한껏 좋아진 진환이는 거리의 캐리커처 화가에게 자신을 그려 달라고 했다. 그날 진환이는 유독 행복해 보였다. 그날의 행복을 담은 진환이의 미소가 캐리커처에 담겨 있다.

바람처럼 빠르고 햇살처럼 따스한

안산 단원고 2학년 5반 **이창현**

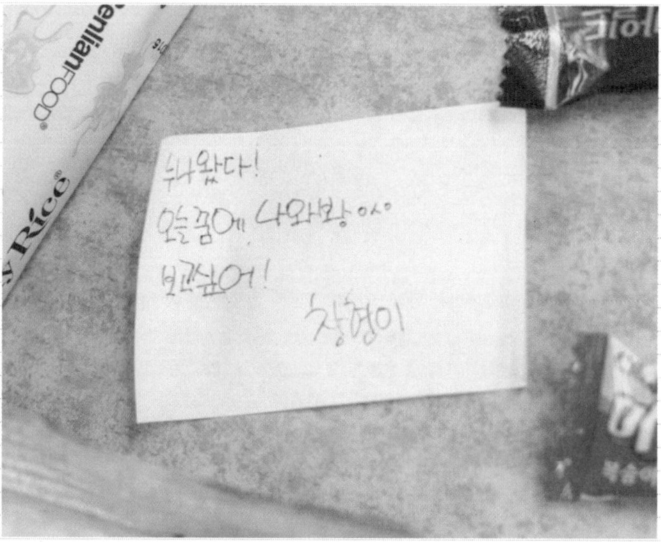

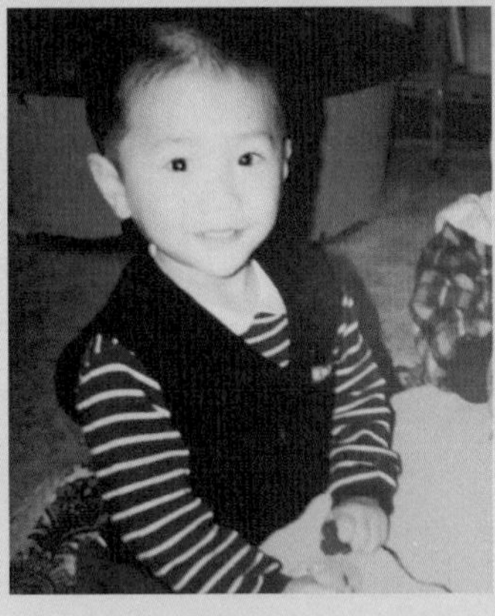

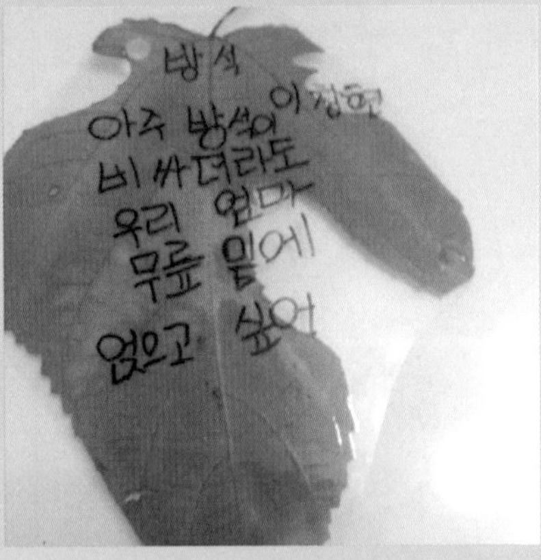

1. 고등학교 1학년 겨울 방학. 모처럼 순천으로 떠난 가족 여행.

2. 아기 창현이는 고운 얼굴처럼 참 순한 아이였다.
젖도 수월히 뗐고, 밥투정도 없었다. 엄마는 창현이를 키우면서 크게 힘들었던 기억이 없다.

3. 초등학교 5학년 때 엄마에게 써 준 시.
매일 새벽 기도를 하는 엄마의 무릎이 애처롭게 보였던 창현이의 고운 마음이 담겼다.

바람처럼 빠르고 햇살처럼 따스한

"아이가 바뀐 것 같아요!"

아빠는 신생아실에서 갓난아이를 안고 가는 한 남자를 황급히 불러 세웠다. 스쳐지나가는 남자의 품에 안긴 아이의 보송한 얼굴을 보고 아빠는 무엇인가 잘못되었음을 직감했다. 자신을 쏙 빼닮은 큼지막한 코. 다른 사람은 몰라도 아빠는 알 수가 있었다.

"그 아이는 우리 아이입니다."

1997년 9월 20일, 가을의 초입에 경기도 시흥시에서 태어난 아이는 태어나자마 가족과 생이별을 할 뻔한 위기를 그렇게 넘겼다. 찰나의 순간에 아들을 지켜 내었던 아빠는 어린 아들에게 창현이라는 이름을 지어 주었다. 그리고 매일 저녁 퇴근 후 자기 배 위에서 재울 만큼 사랑으로 돌보았다. 창현이는 아빠 배를 침대 삼아 자다가 가끔 용변을 보기도 했지만 그런 것쯤은 아무런 문제도 되지 않았다. 아빠의 심장 소리를 들으며 잠이 든 아들은 커 가면서 점점 아빠를 닮아 갔다.

엄마와 아빠, 두 살 터울의 누나 시온 그리고 막내 창현. 네 식구는 1999년 10월 안산으로 이사를 했다. 창현이가 조금 자라면서 엄마는 책과 성경 읽기를 많이 강조했지만 창현이는 큰 흥미를 느끼지 못했다. 창현이가 다녔던 와동초등학교 운동장은 아이들이 노는 소리로 언제나 시끄러웠는데 창현이는 늘 그 무리에 섞여 있었다. 축구와 롤러블레이드 같은 운동에 빠져 무릎은 딱지가 떨어질 날이 없었다. 학교 옆 공원을 누비면서 달팽이며 올챙이며 방아깨비를 잡아 와 자랑을 늘어놓는 것도 창현이의 일과 중 하나였다.

"엄마! 나 물속에서 오래 참기 시합했는데 내가 제일 잘했다! 오늘은 수영장 끝까지 헤엄쳐서 갔어!"

세 살 때 야외 수족관에 빠진 경험 때문에 그렇게도 물을 무서워하더니 창현이는 4학년 여름 방학부터는 수영에도 제법 흥미를 붙였다. 아마도 운동을 좋아하는 아이답게 승부 근성을 발휘해 친구들을 따라잡으려 노력하다 보니 그렇게 된 게 아닐까, 엄마는 그런 생각이 들었다. 창현이의 활동적인 성향은 아빠에게 물려받은 것이었다. 둘은 곧잘 함께 어울려 운동을 하곤 했는데, 초등학교 때 창현이에게 처음 스키를 가르쳐 준 사람도 아빠였다. 무주에 있는 한 스키장에 누나까지 합세해 가족 모두 야간 스키를 타러 갔을 때였다.

'얘가 어린데 잘 탈 수 있을까?'

아빠는 반신반의하며 정지하는 법과 활강하는 기술을 가르쳐 주었다. 아빠의 예상과는 달리 창현이는 스키 타는 법을 금방 몸에 익혔다.

"아니, 저, 저 녀석이!"

본격적으로 활강을 시작한 창현이를 바라보던 아빠의 얼굴이 사색이 되었다. S자로 천천히 내려와야 하는 활강 코스를 창현이는 일직선으로 내리꽂다시피 내려오고 있었다. 그렇게 거침없이 바람을 가르는 아이였다, 창현이는.

사춘기의 시작

"엄마, 나 이제 육상 안 해요."

중학교 2학년 수학여행을 다녀온 어느 날이었다. 초등학교 6학년 때부터 800미터 달리기 선수로 훈련해 온 창현이는 돌연 육상을 그만두겠다는 선언을 했다. 매일 이른 아침과 방과 후 두 차례씩 이어진 힘든 훈련에도 군말 없이 잘 따라왔기에 엄마는 이느닷없어 보이는 포기 선언에 적잖이 놀랐다.

"그래, 알았어. 하기 싫으면 하지 마."

'처음 시작할 때도 그랬듯이 그만두는 걸 결정하는 것도 창현이의 몫이니까.'

엄마는 그렇게 생각하고 순순히 받아들였다. 이 선언이 아들과의 사춘기 전쟁의 서막을 알리는 신호가 될 것이라고는 상상조차 하지 못한 채로.

"그럼 공부하고 싶니? 학원 다닐래?"

"아니요. 싫어요."

"알았어."

마주 앉은 두 사람의 대화는 그걸로 끝이었다. 엄마는 별다른 간섭 없이 창현이가 방과 후 시간을 자유로이 보내도록 내버려 두었다. 교육에 대한 남다른 철학이 있어서는 아니었다. 그저 엄마는 스스로가 원하지 않는 사회적 성취를 창현이에게 강요하고 싶지 않았다. 아빠의 생각도 마찬가지였다. 엄마와 아빠는 교회를 열심히 다니며 말씀에 따르는 삶을 살고자 했고, 창현이가 바른 사람으로 자라는 것이 공부를 잘하는 것보다 훨씬 중요하다고 믿었다.

육상을 그만둔 창현이는 친구와 어울리는 시간이 많아졌다. 그리고 3학년이 된 어느 날이었다. 창현이의 방을 치우던 엄마의 눈에 반갑지 않은 물건이 들어왔다. 라이터였다. 중3이 되면서 아주 가끔씩 창현이의 책상 주변과 옷 주머니 속에서 라이터가 발견되곤 했다.

'얘가 담배를 피우나? 설마…… 아닐 거야. 아빠도 전혀 피우지 않는데.'

괜한 의심을 하는 거라며, 엄마는 고개를 가로저었다. 착실히는 아니지만 매주 교회에 나가는 아이였다. 비록 용돈을 받는 수단이긴 했지만 설교 노트도 빠지지 않고 적었다.

'그래도…… 설마.'

"너 담배 피우냐?"

엄마는 에두르지 않고 물었다.

"아니요."

망설임 없는 대답이 돌아왔다. 엄마는 창현이의 말을 믿기로 했다.

우우웅, 우우우웅. 주일 낮 목사님의 말씀에 집중하고 있던 엄마의 핸드폰이 요란하게 진동했다. 엄마는 황급히 전화를 끈 후 수신된 전화번호로 '예배 중'이라는 문자를 보냈다.

'뭐라고? 경찰서?'

곧바로 온 답신을 본 엄마의 두 눈이 휘둥그래졌다. 창현이가 친구와 말다툼을 하다가 몸싸움까지 벌여 경찰서를 가게 된 것이다. 마른 편이었지만 175센티미터의 키에 운동을 해 다부진 몸의 창현이는 그만 친구의 코뼈를 부러뜨리고 말았다. 피해자도 아니고 가해자가 된 아들의 일로 경찰서를 찾게 된 사실이 엄마와 아빠는 도저히 믿기지 않았다.

'저쪽에서 고소라도 하면 큰 문젠데. 화가 나서 합의를 안 해 준다고 하면 어떡하지? 우리 창현이가 소년원에 가는 꼴을 보는 거야?'

다친 아이가 있는 병원으로 향하는 내내 엄마의 머릿속에서는 상상할 수 있는 최악의 상황들이 앞다투듯 튀어나왔다. 엄마는 깊은 한숨을 들이키며 눈을 질끈 감아 버렸다.

"애들끼리 싸우다가 그렇게 된 건데요. 어떻게 창현이만 잘못했겠습니까. 우리 아이도 잘못해서 이렇게 된 거니 너무 염려하지 마세요."

다행히 다친 아이의 부모님은 너그러운 분들이셨다. 치료비를 물어 주는 선에서 일은 마무리가 되었다. 그러나 2년 후 있을 재수술까지 적지 않은 돈이 들어갈 처지였다. 창현이도 미안한 마음이 들었던지 부모님께 사과의 편지를 보내왔다. 그런 창현이를 크게 야단치지는 못한 채 엄마는 속을 까맣게 태웠다.

고등학생이 되어서도 창현이는 매일같이 친구들과 놀러 다니기 바빴다. 엄마 아빠의 눈에는 그런 창현이가 불안해 보였고 잔소리는 나날이 늘어만 갔다. 교회 활동에 열심이고 학교생활도 착실한 아이들을 보면 엄마 아빠는 창현이와 비교하는 마음을 억누르기 힘들었다. 창현이가 담배를 피운다는 사실이 학교에 발각되고 나서는 갈등의 골이 더욱 깊어졌다.

'중2 수학여행 때 노는 친구들을 만나서 그렇게 된 거야.'

엄마 아빠는 이 모든 사태가 창현이가 어울리지 말아야 할 친구를 만나기 때문이라고 생각했다.

친구, 무엇보다 소중한

중2 수학여행을 전후로 창현이의 삶이 많이 달라진 것은 사실이었다. 같은 학교를 다니는 친구뿐만 아니라 집 근처 피시방에서 게임하면서 친해진 다른 학교 친구들도 많아졌던 때이다. 그때 창현이가 한창 빠져 있던 게임은 '리그 오브 레전드'(League of Legends)라는 온라인 배틀 게임이었다. 이용자들 사이에서는 롤(LOL)이라고 줄여서 부르는 이 게임을 창현이는 꽤 잘했다. 프로게이머가 되어서 전체 이용자 중 200등 안에 들어야 주어지는 '챌린저' 레벨을 찍고 말겠다고 친구들에게 농담처럼 말하기도 했다.

창현이와 친구들은 서로 일부러 약속하지 않아도 학교가 끝나면 하나둘씩 피시방에 모여들었다. 게임을 하지 않을 때에도 함께 어울려 많은 시간을 보냈는데, 몸을 움직이기 좋아했던 창현이는 실내 공간보다는 바깥에서 놀기를 즐겼다. 놀이의 내용은 특별할 게 없었다. 자전거로 화랑유원지와 천변을 누비거나, 놀이터에 모여 노래를 듣고 깡통 차기를 하거나. 아니면 서로 장난스레 때리고 도망가고 붙잡기를 하며 낄낄거렸다. 특별한 한순간을 꼬집어 묘사하기 힘들, 시간이 흐른 뒤에 어떠한 공기로만 추억되는 종류의 나날이었다. 어울려 담배를 피우는 일도 그저 함께 나누는 놀이의 일부일 뿐이었다. 반항이나 금기에 대한 도전은 이 소년들에게 너무 거창하고 먼 이야기였다. 학년이 바뀌고, 중학교에서 고등학교로 올라갔어도 소년들의 일상은 크게 변하지 않았다. 창현이와 친구들은 무언가를 '했기' 때문이 아니라 그냥 같이 '있기' 때문에 행복했다.

그런 창현이의 절친 중 하나인 승혁이는 힘든 일이 있을 때면 늘 창현이를 찾았다. 집을 뛰쳐나와 잘 곳이 간절해졌던 그날도 승혁이의 발은 미리 약속이라도 해 둔 듯 창현이의 집으로 향했다.

'내가 어려울 때 창현이는 항상 함께해 줄 거야.'

말로 하진 않았지만 승혁이에게는 늘 그런 믿음이 있었다. 단 한 번도 창현이가 그 믿음을 배반한 적이 없었기 때문이다. 그날도 창현이는 전화 한 통에 당장 달려 나왔다. 둘은 단골로 찾는 열녀문사거리 고깃집에서 언제나처럼 창현이가 좋아하는 매운 양념의 갈매기살을 시키고 마주 앉았다. 불판 주위로 마가린 향이 감도는 계란찜이 부어졌다. 고소함 속에 매콤한 맛을 품은 이 계란찜을 창현이는 참 좋아했다.

속상한 일이 있을 때 창현이와 이야기를 하고 나면 승혁이는 왠지 모르게 마음이 편안해졌다. 창현이는 무슨 이야기든 그저 묵묵히 다 들어 주었다. 마음을 상하게 한 사람이 있으면 같이 욕해 주고, 억울하고 속상하다 말하면 '그렇구나' 공감하며 위로해 주었다. 창현이는 어려운 상황에 있는 친구라면 누구 하나라도 그냥 지나치지 않았고, 친구들은 모두 창현이가 '의리 있는 아이'라는 데 동의했다.

"츤데레야, 츤데레."

인터넷 유행어처럼 창현이가 말로는 툴툴거리면서도 사실은 진심으로 챙겨 주고 있다는 걸 알아채는 건 어렵지 않았다. 창현이는 정말 정이 많은 친구였다. 집이 먼 친구가 있으면 데려다주었고, 자기 이야기는 늘 뒤로하고 항상 친구들의 이야기에 먼저 귀를 기울였다. 학교에 나오지 않는 친구가 있으면 집으로 몇 번이고 찾아가서라도 다시 나오도록 만들었다. 어떤 도움을 받았는지 하나하나를 기억하기 어려울 만큼, 창현이는 그렇게 공기처럼 친구들을 감싸 안았다.

친구들 사이에 다툼이 일어날 때면 적극적으로 중재에도 나섰다. 먼저 재밌는 말과 행동으로 화가 나 있는 친구들을 웃게 만들었다. 피식 웃음이 터지고 나면 방금 전까지 씩씩거리던 친구들도 왠지 싸움을 더 이어 가기 머쓱해졌다. 그러고 나면 창현이는 누구의 편도 들지 않고 객관적인 입장에서 상황을 이해할 수 있도록 도와주었다.

친구들이 창현이의 중재를 군말 없이 받아들일 수 있었던 건 창현이가 친구들을 공평하게 대한다는 걸 알았기 때문이다. 집을 나왔건, 공부를 잘하지 못하건, 학교를 그만두건, 부모님이 누구건…… 창현이는 어른들이 흔히 말하는 '좋은 사람'의 조건으로 친구 관계를 재지 않았다. 창현이에겐 모두가 똑같은 '친구'였고, 친구끼리는 함께 어울려 다투지 않고 재미있게 잘 지내는 일만이 중요했다. 그런 면만 놓고 보자면 창현이는 예수님의 말씀을 충실히 따르는 삶을 살았다.

이렇게 친구들이 무엇보다 소중한 창현이었지만 부모님과 약속한 시간에는 어김없이 집으로 들어갔다. 그리고 종종 교회에 함께 가자고 친구들을 초청했다. 창현이의 두 발은 믿음의 가정 안에 단단히 뿌리내리고 있었던 것이다.

한 뼘 더 자라다

엄마는 마루에 홀로 앉아 조금 전 창현이와 나눴던 대화를 다시 떠올렸다.

"엄마는 왜 나한테만 뭐라고 그래. 옷도 누나 것만 사 주고."

"그거야 누나가 필요하다고 하니까 사 준 거지. 너도 필요한 거 있으면 얘기를 해."

"나도 말했어. 저번에 같이 얘기했는데 누나만 사 준 거잖아."

엄마는 입이 턱 막혔다. 그리고 보니 그런 것 같기도 했다. 필요한 게 있으면 얻을 때까지 이야기하는 누나와 달리 창현이는 어쩌다 지나가는 말로 한마디 툭 던지니 엄마도 그냥 잊어버렸던 모양이다.

"너는 왜 엄마 마음을 몰라주니."

"엄마도 몰라주잖아. 밤에 자고 있는데 세탁기 돌리는 사람이 어디 있어?"

그러고 보니 밤늦게 일하고 와서 빨래를 돌린 적이 몇 번 있다. 세탁기는 창현이 방에 딸린 베란다에 있었다. 허를 찔려 멍하니 있었다. 할 말이 없었다.

'너도 참고 있었던 게 많았구나……'

엄마는 오래전부터 창현이를 위해 노트 한 권에 기도문을 차곡차곡 채워 왔다. 창현이가 부모의 품을 떠나 어려움을 겪을 때 엄마가 쓴 기도문을 읽으며 힘을 내길 바랐기 때문이다. 그만큼 창현이에게 좋은 엄마가 되고 싶었다. 하지만 좋은 엄마는 그저 열심인 마음만으로 되는 것은 아니라는 걸, 엄마는 어렴풋이 깨닫기 시작했다. 창현이의 사춘기는 가족 모두에게 변화의 씨앗을 움트게 했고, 갈등의 시기는 작은 노력을 쌓아 가며 조금씩 성장으로 수렴해 갔다. 그렇게 창현이가 고등학교 1학년 겨울 방학을 맞았다.

"창현아, 외할아버지 생신인데 이번만큼은 너 혼자 가야겠다."

"네. 그럴게요."

넉넉지 않은 살림이다 보니 네 식구 모두 전주까지 다녀올 여유가 되지 않았다. 아빠는 늘 친구가 먼저인 창현이가 당연히 가지 않겠다고 할 줄 알았다. 엄마 아빠도 없이 외가 식구들을 챙기러 가겠다니, 기특한 마음이 들었다. 그러고 보니 12월에는 몇 년 동안이나 벼르고 벼르던 가족사진도 찍을 수 있었다. 예전부터 가족사진을 찍자고 엄마가 그렇게 노래를 불렀건만 친구들 만나기 바쁜 창현이 때문에 좀처럼 약속 잡기가 어려웠다. 그런데 이번만큼은 웬일인지 창현이가 흔쾌히 사진을 찍겠다고 나섰다. 가족사진을 찍은 뒤에는 미뤄 두었던 가족 여행도 다녀왔다. 순천만의 금빛 갈대밭 사이를 거닐며 모처럼 마음에 드는 기념사진도 남겼다.

창현이는 겨울 방학을 거치면서 앞날에 대한 고민이 조금 깊어진 것 같았다. 아빠는 미래에 대해 창현이에게 늘 이렇게 말했다.

"네 인생은 아빠가 살아 주는 게 아니고 네가 살아가는 거잖아. 결정은 네가 하고, 아빠는 할 수 있는 한 뒷바라지해 줄게."

2학년이 되어 만난 담임 선생님이 꽤나 마음에 들었는지 창현이는 선생님이 되고 싶다는 뜻을 비치기도 했다. 그렇지만 확실한 꿈이 생긴 것은 아니었다.

"길러 주셔서 고마워요. 걱정 끼치지 않는 멋진 아들이 될게요."

창현이는 엄마 아빠에게 편지를 쓸 때마다 늘 이런 말을 잊지 않았다. 기대에 부응하는 삶을 살고 싶다는 막연한 느낌은 있었지만 사업가가 될까, 체육 선생님이 될까,

딱히 이거다 싶은 무엇이 손에 쥐어지지 않았다. 미래를 결정하기에 열여덟은 창현이에게 너무 이른 나이였다.

늘, 너를 위해

공기에 봄 내음이 짙어진 어느 날, 밤늦게까지 함께 일하는 엄마와 아빠는 여느 때처럼 새벽이 무르익은 뒤에야 집으로 돌아왔다. 엄마와 아빠는 피곤한 몸을 이끌고 살포시 창현이의 방문을 열었다. 창현이는 곤히 잠들어 있었다. 아빠는 창현이의 머리에 조심스레 손을 올렸다. 촉촉한 이마가 느껴졌다. 땀이 많아 하루에 세 번씩도 샤워를 하는 창현이다. 쌔근쌔근 울리는 숨소리에 왠지 모를 애틋함이 느껴졌다.

아빠는 자신의 배 위에서 잠들던 아기 창현이의 모습을 떠올렸다. 그렇게 자라서인지 고등학생이 되어서도 창현이는 아빠와 같이 자는 걸 좋아했다. 스스럼없이 부둥켜안고 살을 비비고 서로 다리를 올렸다. 다정하고, 다정한 아이. 우리 창현이.

아빠는 나지막이 창현이를 위한 기도를 읊조렸다.

"좋으신 하나님 감사합니다.
오늘도 우리 창현이를 지켜 주시고
이렇게 편안한 안식처를 주셔서 너무 감사합니다.
창현이가 사망의 음침한 골짜기를 지날지라도
두렵지 않도록 늘 곁에서
눈동자처럼 지켜 주실 것을 믿습니다."
사랑한다, 창현아.
엄마와 아빠는 창현이의 꿈 너머로 조용한 인사를 건넸다.

나는 이홍승

안산 단원고 2학년 5반 **이홍승**

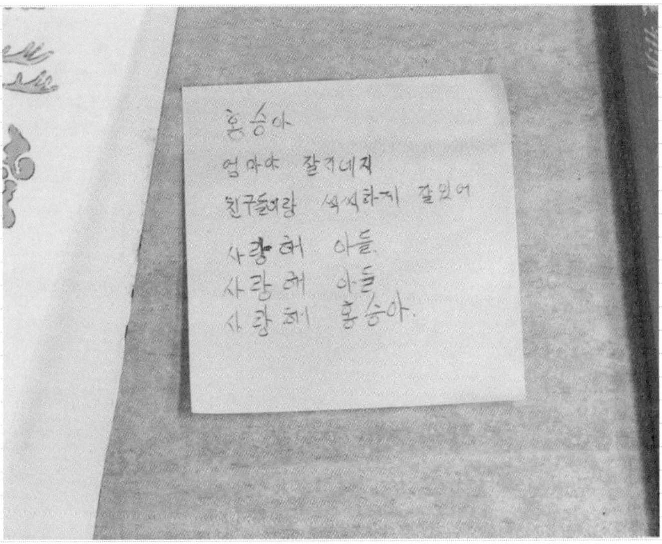

1. '아빠, 동생과 함께 엄마는 내가 지킨다', 홍승이가 썼다.

2. 장래 희망은 미용사. 엄마의 머리 손질을 도맡았다.

3. 노래 부르기를 즐겼고, 매사에 긍정적인 아이였다.

나는 이홍승

무슈 끄로샤뜨? 마셀 그라또우? 크로키놀 법은 또 뭐더라? 온통 낯선 이름과 용어들이다. 미용사가 머리만 멋지게 하면 되는 거지, 왜 이런 것들까지 알아야 하는 걸까. 책을 들여다보는데 몇 페이지 나가지 못하고 늘 그 자리다. 자격증을 받으려면 필기시험에 통과해야 하고 그러려면 기출 문제 정도는 훑어보고 시험에 나올 만한 것들은 외워 둬야 하는데……

사람들로 발 디딜 틈 없는 중앙동에 들어서자 그나마 외우고 있던 것까지 잊어버렸다. 크고 작은 간판들이 일제히 불을 밝혔다. 대형 상가들 사이사이로 젊은이들이 우르르 몰려다니고 상가들에서 흘러나오는 신나는 음악에 몸이 들썩거린다. 쇼윈도에 걸린 옷들을 훑으면서 아카데미로 종종걸음 쳤다. 빨리 가지 않으면 지각하고 마는데, 그만 흰 셔츠가 딱 눈에 들어왔다. 가슴에 큰 꽃이 프린트된, 조금은 과감해 보이는 옷이다. 얼마 전에 구입한 스냅백과 매치하면 꽤 근사해 보일 것이다.

중학교 3학년 무렵부터 옷은 직접 사 입었다. 속이 상한 일이 있어 무작정 거리를 쏘다녔다. 우연히 한 상점에 걸린 옷을 보게 되었는데 그 순간 거짓말처럼 걱정거리가 없어졌다. 용돈을 모아 그 옷을 사 입었다. 아마 그때부터일 것이다. 힘든 일이 있을 때마다 옷을 사는 일로 스트레스를 풀게 된 것이.

미용 쪽으로 진로를 선택하고 싶다고 엄마에게 말했을 때 엄마가 반대하지 않은 건 바로 그 때문일지도 모르겠다. 엄마는 진작부터 내가 어떤 아이인지, 무엇에 관심을 가지고 있는지 알고 있었을 것이다. 그림 그리기를 좋아하고 독특한 디자인의 옷을 고르고 친구들의 생일 케이크를 직접 만들어 선물할 때부터 내가 뭘 하면 잘할 수 있을까 고민하고 있었을 것이다.

쇼윈도에 걸린 옷을 구경하다가 그만 아카데미에 늦고 말았다. 허겁지겁 아카데미가 있는 골목으로 뛰어가는데 누군가 뒤에서 나를 불러 세웠다.

"야, 콩순!"

낮익은 목소리, 재영이가 틀림없다. 지금 이 시간에 여기 있다니, 재영이도 지각이다.

콩순이, 친구들은 날 콩순이라고 부른다. 여자애들이 가지고 노는 그 인형, 바로 그 콩순이다. 친구들은 아기처럼 징징댄다고 내게 콩순이라는 별명을 붙여 줬다. 홍승? 콩순? 얼핏 들으면 내 이름인 홍승이와도 비슷하다. 그 인형의 눈도 내 눈처럼 자그맣다.

인형인 콩순이는 작은 제 눈이 마음에 드는지 모르겠지만, 난 내 작은 눈이 줄곧 싫었다. 작은 데다 위로 조금 찢어진 듯한 눈매 때문에 가끔은 얼토당토않은 오해를 받은 적도 있었다. 아무 생각 없이 길을 가고 있다가 학교 선배에게 호출을 당한 적도 있었다. 잔뜩 긴장해서 다가갔는데 난데없이 "왜 째려봐"라고 말했다. 아니라고 정말 아니라고 말하면서도 억울해서 미칠 지경이었다.

그때 떠오른 묘책이 바로 안경이었다. 안경을 쓰면 작은 눈을 가릴 수 있을 거였다. 일단 시력이 나빠져야 했다. 눈을 누르고 비벼 대고 사시처럼 엉뚱한 곳을 바라보기도 하고 갖은 방법을 다 써 보았지만 별 효과가 없었다. 일단 온라인으로 도수 없는 안경부터 주문했다. 질 낮은 플라스틱 안경알 때문에 시야가 부옇게 흐려졌다.

다른 엄마들 같으면 멋은 대학이나 간 뒤에 부리고 열심히 공부나 파라고 타박부터 했을 텐데, 안경 쓴 내 얼굴을 요리조리 들여다보던 엄마가 한마디했다. "홍승아, 안경알 빼고 써." 그런 방법이 있었다. 안경알을 빼버리니 답답했던 게 사라졌다. 그 뒤로 안경알 없는 안경을 쓰고 있다. 정말 조금, 아주 조금은 내 단점이 가려진 것 같다.

가뜩이나 지각했는데 재영이와 장난을 치느라 조금 더 늦게야 수업에 들어갈 수 있었다. 한창 실습 중인 교실 안은 조용했다. 사가사각 가위질 소리만 울렸다. 필기시험에는 한 번 떨어졌지만 업스타일인 댕기머리에서는 합격했다. 간이 쪼그라들 만큼 긴장했는데 엄마의 머리로 충분히 연습을 한 때문인지 정해진 시간 안에 거뜬히 과제를 마쳤다.

마네킹의 가발에 가위질을 하면서 교실을 훑어보았다. 이렇게 많은 수강생들 중에 과연 몇 명이나 자격증을 취득할 수 있을까? 그중 몇 명이나 현장에 나가 일을 하게 될까? 아니 이 중 몇 명이나 십수 년 뒤에 어엿한 미용사로 활동하고 있을까? 언제 그랬냐는 듯 재영이도 진지하게 커트 연습 중이었다. 나는 가위질을 하면서 누나를 찾았다. 교실 맨 앞자리에 있었다. 누나는 고3으로 나보다 한 살 위였다. 아니 나는 일곱 살에 학교에 들어갔으니 어쩌면 두 살 위일지도 모르겠다. 아카데미에 들어와 처음 보았는데 늘 단정하고 예뻤다. 실습도 대충대충 하는 법이 없었다. 그렇다고 친구들이 놀리는 것처럼 누나 때문에 아카데미에 오는 것은 아니다.

MBC 아카데미의 미용반을 수강한 지 벌써 9개월이 가까워 온다. 아직까지 한 번도 내 입에서 그만두고 싶다는 말이 나오지 않았는데, 그게 스스로도 대견하다. 이런 내가 나도 신기한데 엄마는 오죽할까 싶다. 어릴 적부터 이 학원 저 학원 다니지 않은 데가 없었는데 길어야 두세 달이었다. 학원을 옮길 때마다 친구들 핑계를 댔다. 철수와 찬우, 엄마가 내 친구들 이름을 꿰고 있는 것도 그 때문이다. 그럴 때면 엄마는 어이없다는 듯 "넌 맨날 친구 따라 강남 가냐?"라고 말하며 웃었다.

내가 자꾸 학원을 옮겨 다니는 게 너무 어려서부터 유치원에 다녔기 때문일지도 모른다고 엄마는 늘 미안해했다. 한국 문화는 물론이고 정보에 어두웠던 엄마는 혹시 그런 자신 때문에 내가 다른 아이들보다 뒤떨어질까 봐 두려웠다. 그렇다면 조금이라도 일찍 또래 아이들과 어울리게 하는 게 좋겠다고 생각했던 것이다.

미용을 배워 보자는 말을 꺼낸 것도 재영이었다. 함께 어울릴 때면 아무 걱정도 없는 것처럼 웃어댔지만 사실 속은 안 그랬던 거다. 어느새 우리는 고2가 되었다. 아무 생각 없이 흘려보낸 중학교 생활이 그렇게 후회될 수가 없다. 그런데도 우리는 만나면 컴퓨터 게임이나 여자 이야기로 시간을 죽였다. 혹시 두려워서 아무렇지도 않은 척했던 것은 아니었을까.

"콩순, 이대로 있다간 인생 망칠 거 같다."

그 말을 할 때 재영이는 재영이처럼 보이지 않았다. 덜컥 나도 겁이 났다. 다시 중학교 때로 돌아갈 수 있다면, 그러면 열심히 공부할 수 있을까.

내 동생 홍권이는 아직 중2다. 단원중학교에 다니고 있어서 가끔 학교 교정에서 마주치기도 한다. 한번은 애들과 몰래 숨어 담배를 피우고 있었는데, 멀리 있던 홍권이가 나를 향해 소리를 질렀다. "혀엉! 튀어!" 지도부 선생님이 오고 있는 걸 발견하고는 내게 알려 준 것이었다. 동생에게 형으로서 모범이 되지는 못할망정 그런 일이나 하게 하고, 이제라도 정말 바뀌긴 바뀌어야 한다.

미용 자격증반이 세분화된 것도 아카데미에 발을 들여놓으면서 알게 되었다. 메이크업과 머리, 둘을 놓고 한참 고민했다. 축제나 발표회 때면 아이들 분장은 도맡아 해왔으니까 메이크업이 좋지 않을까, 생각하고 있었는데 엄마가 충고했다. 안산에는 웨딩홀도 많지 않은 데다, 이미 실력 있는 사람들이 자리를 차지하고 있어서 뚫고 들어가지 쉽지 않을 거라는 거였다. 엄마는 내 마음을 꿰뚫어 본 게 틀림없었다. 첫걸음을 떼지도 않았는데 나는 벌써부터 머릿속에 유명 연예인의 메이크업을 담당하고 있는 메이크업 아티스트인 내 모습을 그리고 있었던 거다.

이 결정을 하면서 가장 미안했던 건 역시 엄마였다. 진작에 이쪽으로 진로를 결정해 특성화고를 선택했더라면 이렇듯 비싼 수업료를 따로 내지 않아도 되었을 것이다.

집에서 가깝기도 했지만 나는 단원고등학교에 가고 싶었다. 내가 다니던 단원중학교와 맞붙어 있어서 그곳의 분위기도 대충 알았다. 중3 담임 선생님은 내 성적으로는 좀 어려울 수 있다고 걱정했는데 운이 좋게도 내가 고등학교에 지원하던 그해, 다른 해와는 달리 지원자 수가 조금 모자랐다. 정말 운이 좋게도 단원고에 합격했다.

그러고 보면 나는 정말 운이 좋은 아이였다. 두 살 때, 살고 있던 집의 창 아래로 떨어졌다. 엄마가 잠깐 한눈을 판 사이에 창가에 놓인 침대의 등받이를 밟고 창턱으로 기어오른 모양이었다. 그때의 기억은 하나도 없다. 엄마나 할머니에게 하도 들어서인지 두 살배기인 내가 용을 쓰면서 창틀로 기어올라가는 그림이 눈앞에 선명하게 그려진다. 혼비백산한 엄마는 맨발로 뛰쳐나왔다. 아무것도 보이지 않았다고 했다. “홍승아, 홍승아……” 엄마는 미친 듯 내 이름을 불러 대며 나를 찾았다. 그러니 화단에서 발딱 일어난 내가 엄마를 향해 “엄마!” 하고 달려왔을 때 엄마는 얼마나 기쁘고 놀랐을까.

3층에서 떨어졌는데 등에 살짝 금이 갔을 뿐이었다. 충격이 더해지면 위험할 수 있다는 의사의 말에 석 달 동안 나를 돌봐 주었던 외할아버지는 나를 품 안에서 내려놓지 않았다고 했다. 그 덕분에 석 달 뒤에는 아무런 일도 없었던 것처럼 완쾌되었다. 그때 기억은 없는데 아직까지도 그 일을 기억하는 사람들은 나를 볼 때마다 말하곤 한다. “쟤는 뭐가 되도 될 애야, 그런 큰 사고에서도 살아났으니 앞으로는 아무 일도 없을 거야.”

재영이와 함께 미용 기술을 배워 보겠다고 했을 때, 나는 엄마가 “너 또 친구 따라 강남 가냐?”라고 말할까 봐 조금 조마조마했다. 그런데 엄마는 든든한 내 지원군으로 나서 주었다. “홍승아, 네가 선택한 일이니까 엄마가 끝까지 밀어줄게.”

내 곁에는 늘 엄마가 있었다. 아버지는 출장이 잦았고 한번 출장을 가면 두어 달 만에야 집으로 돌아왔다. 집에는 엄마와 나, 홍권이 이렇게 셋뿐인 날이 많았다.

우리가 사는 빌라에서 얼마 떨어지지 않은 빌라에 같은 중학교에 다니는 한 아이가 살았다. 학교에서는 물론이고 동네에서도 종종 마주쳤다. 나와 동갑인 아이인데도 왠지 나는 그 애가 무시웠다. 어느 순간 정신을 차리고 보니 나는 그 애가 시키는 일을 하고 있었다. “넌 여기서 누가 오나 망을 봐. 알았어?” 아무 생각도 떠오르지 않았다. 슬쩍 들여다보니 문방구 안으로 들어간 그 애가 뭔가를 훔쳐 제 주머니에 넣고 있었다. 진짜 이런 일은 하기 싫었다. 그런데도 그 애가 두려웠다. 싫다고 몇 번 말했는데 그때마다 그 애는 가위부터 내 배에 들이댔다.

밖에 나가지 않고 집에 틀어박혀 있으면 그 애를 만나지 않아도 된다고 생각했다. 하지만 어떻게 알았는지 그 애가 집으로 찾아왔다. 엄마가 직장에 다니고 있어 그 시간 집에 홍권이와 나뿐이라는 것을 알고 있는 듯했다. "야, 나 외출 금지야, 못 나가." 그렇게 둘러댔지만 거짓말이라는 거 다 안다는 듯 그 애는 문을 더 크게 두들겨 댔다.

어쩔 수 없이 엄마에게 이야기했다. "엄마, 집에 있어 주면 안 돼?" 엄마는 그때도 지금도 같은 전자 회사의 수삽 팀에서 일했다. 엄마는 조금도 망설이지 않았다. 회사에 전화를 걸어 당분간 출근하지 못한다고 말하고는 다음 날부터 회사에 나가지 않았다.

수업이 끝나면 그 애는 교문을 지키고 서서 나와 내 친구들을 기다렸다. 우물쭈물하고 있는데 교문 밖에 와 있는 엄마가 보였다. 엄마는 체육 대회라도 온 것처럼 추리닝 차림이었다. 긴 머리를 질끈 하나로 묶고 두 손은 추리닝 상의 주머니에 꾹 찔러 넣었다. 엄마를 보자 순식간에 마음이 놓였다. 엄마가 큰 소리로 나를 불렀다. "홍승아!"

그 다음 날도 그 다음 날도 내 곁에는 엄마가 있었다. 그 애가 혹시 집 근처를 배회하며 우리를 기다리고 있는 건 아닌지, 엄마가 살펴 주면 아이들과 잠깐잠깐 피시방에 놀러 가기도 했다. 하루는 보다 못한 엄마가 우리들을 불러 놓고 말했다.

"니네들 뭉치면 그 애 하나 못 이기냐? 같이 합치면 절대로 못 덤벼, 걔가 오라면 안 가, 라고 말해. 너 혼자 놀아, 이렇게 말해! 너희가 먼저 으름장을 놔!"

그렇게 말할 때의 엄마는 정말 대륙에서 온 사람 같았다. 내가 학원을 옮겨 다닐 때마다 엄마는 "친구 따라 강남 가냐"라는 말을 하곤 했는데 사실 엄마야말로 '강남'에서 왔다. 옛날 사람들이 강남이라고 말할 때의 강남은 넓게 중국을 일컫는 말이었으니까.

엄마는 1995년 10월, 결혼 초청으로 한국에 건너왔다. 태어나고 자란 연길에서는 어린이집에서 아이들을 돌보았다. 외할아버지의 건강이 나쁘지 않았다면 한국에 올 생각을 하지 않았을지도 모른다. 엄마는 가난이 싫었다. 가난 때문에 매번 하고 싶은 일을 하지 못했다. 무엇보다 한국에서는 할아버지의 병을 금방 고칠 수 있었다. 친척의 소개로 만난 만큼 아버지는 믿을 만한 사람이었다. 아버지와 결혼한 엄마는 1998년에 나를, 2000년에 홍권이를 낳았다.

엄마는 그 일로 직장을 3개월이나 쉬었다. 우리 주위를 빙빙 돌던 그 애는 다른 학교로 전학을 갔고 그제야 우리는 그 애에게서 완전히 벗어났다. 세상 그 무엇도 겁날 게 없다는 듯 굴던 그 애였지만 우리 엄마만큼은 무서웠던 것일까. 우리 엄마의 손이 얼마나 매운지 그 애도 알고 있었던 것일까. 엄마가 한 번 등짝을 후려칠 때면 홍권이와 나는 한동안 일어서지 못했다.

그런 엄마였지만 엄마도 그 애를 만날 때면 긴장했다는 걸 안 건 한참 뒤였다. 혹시나 무슨 일이 생길지 몰라 엄마는 늘 추리닝 주머니 속에 작은 돌을 넣어 다녔다고 했다. 내 새끼에게 무슨 일이 생기면 바로 그 돌을 꺼내 던질 작정이었다고 했다. 두려울 때마다 주머니 속의 돌을 꼭 쥐었을 엄마, 엄마를 내가 지켜야겠다고 생각한 건 그 때였을 것이다.

바닥에 떨어진 머리카락을 쓸어 담고 자리를 정리하고 나오니 아홉 시가 훌쩍 넘었다. 활기가 넘치는 밤거리를 재영이와 나란히 서서 걸었다. 마음 같아서는 지금이라도 저 거리로 뛰어들어가 놀고 싶지만 참아야 한다. 언젠가 휴대폰 배터리가 다 되어 엄마와 한참 연락이 되지 않은 적이 있었다. 친구들과 초지동으로 건너가 노래방에서 실컷 놀았는데, 그 시간 내 걱정을 한 엄마는 차를 몰고 초지동 일대를 다 헤매고 돌아다녔다고 했다.

제과 제빵 수업을 마치고 나온 찬호와 만났다. 자연스럽게 발길이 고산초등학교 쪽으로 향했다. 요리를 배우는 찬우가 팔을 흔들면서 뛰어왔다. 찬우의 계란말이는 정말 끝내준다. 지금은 전학 간 철수와 찬우, 나 이렇게 셋이 중학교 때부터 절친이었다. 중3 생일날 우리는 무려 15인분의 고기를 먹어 치워서 고깃집 사장님을 놀라게 했다. 그 때는 정말 아무 걱정 없었다. 그런 시절이 다시 올까?

영한이와 혁재, 민재까지 모이면서 어느새 일곱 명이 되었다. 이 일곱은 한마디로 '새탈' 팀이다. 뭔가 거창하게 들리겠지만 사실 '새벽 탈출'의 줄임말이다. 가끔 우리들은 새벽에 몰래 집을 빠져나온다. 집을 나와 모이는 곳은 근처 산에 있는 정자나 놀이터이고 하는 일이란 농담 따먹기이다. 심각한 이야기는 하지 않는데 어쩌면 현실이 너무 각박해서 일부러 그러는지도 모른다. 나는 가끔 우리가 탈출하려는 것은 현실일지도 모른다는 생각을 한다.

우리 중 누구도 "우리 지금 제대로 가고 있는 걸까?"라는 말은 하지 않는다. 하지만 찬호의 말버릇처럼 우린 적어도 '양아치'는 아니다. 우리는 절대 우리가 정한 선을 넘지 않는다.

고산초등학교 운동장의 놀이터에 흩어져 앉았다. 정글짐 위에 앉아 올려다보니 불빛이 가닿지 않은 하늘이 검푸르다. 꼭 엄마의 머리카락 같다. 엄마의 머리카락은 검고 숱이 많다.

"홍승아, 너무 짧게는 자르지 마라."

"홍승아, 좀 봐 줘. 응?"

아직 무자격자인 내게 엄마는 거리낌 없이 엄마의 머리를 맡겼다. 조금씩조금씩 연습하면서 잘랐는데 어느새 단발머리가 되고 말았다. 더 짧게 잘랐다가는 엄마의 목언저리에 있는 하얀 반점이 보일지도 모른다. 백반증이 있는 엄마는 한여름에도 긴팔 옷을 즐겨 입는다.

고개를 뒤로 젖히고 하늘을 올려다보았다. 아버지를 만나지 못한 지 한 달이 넘었다. 아버지는 지금 이국땅에 가 있다. 아버지는 오랫동안 용접 일을 해 왔다. 사방으로 튀는 불꽃도 위험천만이지만 작업할 때 나는 굉음 때문에 차츰차츰 청력이 떨어졌다. 아버지는 점점 우리가 하는 말을 한 번에 알아듣지 못한다. 그러다 보니 아버지와의 대화도 조금씩 줄었다. 별말 하지 않지만 나는 아버지가 날 걱정하고 있다는 것을 알고 있다.

"차라리 잘됐어. 잘된 일이야……" 내가 좋아하는 노래, 나비의 '잘된 일이야'를 흥얼거려 본다. 노래를 부르는 것도 좋다. 그러다 문득 단어 하나가 떠올랐다. 마셀 그라또우? 아, 이 사람이 누구였더라? 잘 떠오르지 않는다. 필기시험에 붙으려면 이 정도는 알아야 하는데…… 시험에 붙어 엄마를 기쁘게 해 주어야 하는데…… 엄마는 퇴근

했을까. 망설이다가 엄마에게 문자를 보냈다. '엄마, 성공한 모습 꼭 보여 줄게.'

하나둘 일어서서 집으로 향했다. 내일 이 시간에 이렇게 우리 일곱은 다시 만날 것이다. 나도 집으로 간다. 내 이름은 이홍승, 열여덟 살, 무슨 일을 하게 될지 아직은 모른다. 지금 좋아하는 일은 미용 일이다. 싫증을 내지 않은 일 중 하나이기도 하다. 빌라 현관 밖까지 짭조롬한 간장 냄새가 새어 나오고 있었다. 엄마다. 잔업을 마치고 돌아온 엄마가 밑반찬을 만들고 있는 게 틀림없었다. 나는 두세 계단씩 뛰어올라가면서 소리쳤다.

"엄마! 나 배고파!"

와스타디움 '편지 중계' 다시 쫌 안 되겠니?

안산 단원고 2학년 5반 **인태범**

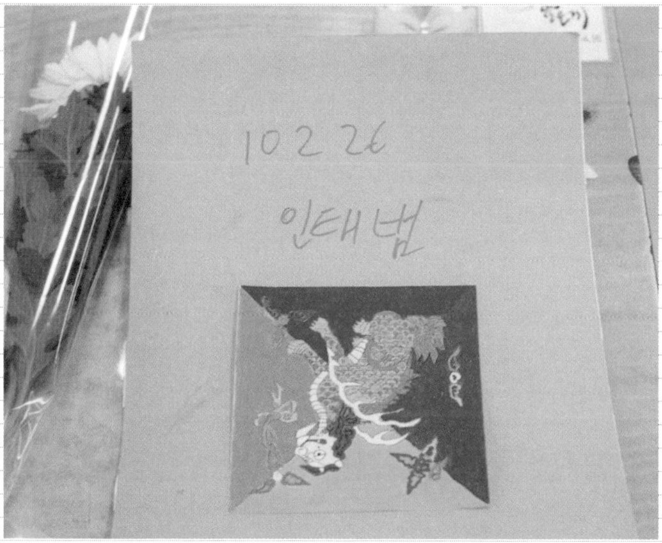

1. 태범이 어릴 적 유치원 재롱잔치에서 발표 장면.
2. 아빠와 아들, 태범 어릴 적 사진.
3. 태범이 그린 여러 만화캐릭터 중 하나. 재현이 형에게 준 위문편지에 담긴 그림.

와스타디움 '편지 중계' 다시 쫌 안 되겠니?

두 누나 등쌀에 좀 힘들었을까?

나와 내 동생 소은 그리고 그 아래에 남동생 태범이가 있다. '있었다?'고 말하려니 안타까워서 어렵다.

함께 자랄 때 끊임없이 조잘대며 자기 얘기를 하던 막내, 그래도 자손 많은 집안에서 잘난 장손이라고, 우리 집의 외아들이라고 할머니와 아빠, 엄마의 사랑을 독차지하던 애다. 딸 둘 다음에 태어난 아들이니, 그럴 만했다고 여긴다.

얘가 고등학교에 들어가더니 좀 과묵해졌다. 사춘기였을까?

말이 좀 줄었다. 세 살 터울 소은에게 가끔 대들기도 하고, 엄마에게 보이던 애교도 눈에 띄게 줄어들었다. 학교나 친구들 얘기를 중학교 때처럼 하지 않았다.

그래도 막내 나름의 개그 본능이 아예 없어진 것은 아니었다.

나나 동생이 짜증 내고 달려들면 갑자기 아나운서 목소리로 바꾸고 한마디 한다.

"네, 인뚱님, 감정 조절을 포기하고 계십니다. 게이지 상승 중. 이러시면 아니 아니 아니 되옵니다."

애교 덩어리

자기가 '우리 집안의 남자'라고 여겼는지, 누나들의 귀찮은 청을 외면하지 않았다.

내가 아르바이트를 하고 밤늦게 집에 들어가게 되면 난 집에 전화를 하곤 했다. 태범에게 "버스 정류장까지 나와 달라"는 청을 하기 위해서였다.

태범인 매번 받는 청이지만 거절하지 않았다. 가끔 엄마 목소리를 흉내 내며 "태범이 지금 잔다"고 받기도 한다.

내가 모르는 척 "그래? 할 수 없지 뭐" 하고 전화를 끊으려 하면, 허겁지겁 말을 바꾼다.

"나야, 태범이. 지금 일어났어. 기다리고 있어."

그렇게 우리는 버스 정류장과 집 사이를 나란히 걷곤 했다.

가끔 화랑유원지에 함께 운동을 다녔다. 아마, 태범이 오고 가는 길을 동행하며, 내 운동을 살피러 같이 간 것인지도 모르겠다.

태범인 내 핸드폰, 줄넘기 등을 도맡아 가지고 다녔다. 그럴 때마다 자주 내 곁에서 응원인지, 개그인지 모를 얘기를 거듭했다.

"예, 인기선 선수, 1분 남았습니다. 뒤처지고 있습니다. 힘을 내세요. 저질 체력을 드러냅니다. 헉헉대고 있어요. 골인 지점이 눈앞인데, 해낼 수 있을까요? 다이어트 실패의 영향입니다. 안타깝습니다."

이런 식이다. 그래도 이런 추임새가 있어 우리는 함께 웃을 수 있었다.

고등학교에 가기 전까지 태범이가 엄마에게 가끔씩 하던 얘기는 '동생 하나 만들어 달라'는 것이었다. 누나만 둘이어서 말이 통하지 않는다고 여겼을까? "여동생도 괜찮으니 동생 하나만……" 했다. 태범의 뜻은 받아들여지지 않았다. 세 남매도 적은 자녀는 아니지 않던가?

형, 동생이 없어서였을까? 태범은 작은집, 이모네 집 사촌들과 나름 각별하게 사귀었다. 다섯 자매의 막내인 엄마의 가족, 이모네 오빠들에게는 말 잘 듣는 동생이었다. 군에 간 오빠들에게는 잊지 않고 자주 편지를 썼다. 너무 오랫동안 편지를 보내지 못

하면 자기가 조바심을 냈다. "편지, 기다릴 텐데……" 군에서 제대하고 온 사촌 오빠들이 하나같이 "군 복무 중 가장 많은 편지를 태범이한테서 받았다"고 한다.

입대 전 함께했던 가족 행사에서 있었던 소소한 추억거리, 게임 이야기, 축구 얘기 등으로 짜인 편지는 형들을 위로하려는 그의 여리고 옹골찬 마음을 느끼게 한다. 이런 편지에 빠지지 않는 약속도 있었다.

"후일 내가 군에 가서 제대한 형들 잘 지낼 수 있도록 지켜 줄게."

4남 4녀의 큰아들인 아빠의 식구들, 작은아버지나 고모네 형제들에게는 동생들 잘 챙기는 형이었다. 집안 행사로 모이면, 동생들을 몰고 다니며 게임이나 장난을 이끌었다. 무뚝뚝한 엄마 아빠를 생각하면, 어디서 그런 친화력이 생겨났는지 모르지만, 동생들 좋아하는 건 타고난 기질로 보였다.

열흘간 쓴 10,000자 편지

태범이는 그림 그리기에 각별한 재주가 있었다.

어릴 때부터 혼자서 스케치하는 걸 좋아했고, 중학교에 들어가서는 손위 누나 소은이 인물화를 그려 주기도 했다. 사촌 형들에게 보낸 편지에도 만화 캐릭터 등의 스케치를 자주 그렸다. 혼자 익힌 재주였고, 후일 실용 미술 분야를 배워 보겠다는 의욕도 충만했다.

가벼운 신소리로 나나 동생과 사이를 풀어내곤 했다.

"누나! 밖에서 친구한테 채였지? 내가 다 이해할게. 그렇게 아프면서 크는 거야. 운동하러 가자."

이런 식이었다. 이렇게 특유의 친화력으로 우리 집 다섯 식구를 묶는 접착제 같았던 아이였다.

잊지 못할 것은 내가 대학에 입학해서 기숙사에 들어가기 위해 집을 떠나던 때, 태범이가 중학교 2학년을 끝내 가던 때 내게 10,000자 편지를 건네준 것이다.

내가 먼저 한마디 했다.

“넌 누나가 집 떠난다니까 좋지?”

“왜 이래요, 기선 씨. 남 진심도 몰라주고……”

이런 대화 끝에 내가 엉뚱한 청을 했다.

“그럼 편지 써 봐. 진심을 담아서. 10,000자는 써야 돼.”

깊이 생각한 말이 아니었다. 그런데 태범이는 나름 심각하게 들었던가 보다.

‘한다, 만다’ 얘기도 없이 지나갔는데, 그로부터 10여 일 뒤, 태범은 내게 A4 용지 한 장에 깨알 같은 글씨로 빼곡하게 쓴 편지 한 장을 건네주었다.

“학교 가서 봐. 내 생각난다고 울지 말고……”

물론, 이 편지를 전하면서도 약간의 장난이 없지 않았다.

종이 한 장을 먼저 건네는 것이었다. ‘잘 다녀와. 건강하고!’ 이런 한두 문장이 적힌 것이었다.

“뭐야 이게” 했더니, 피식 웃었다.

“누나가 내게 주는 사랑이 꼭 그만큼이야. 그런데, 난 달라. 자, 여기!”

그러며 건네준 종이가 10,000자 편지였다.

기선이 누나 안녕~ 누나가 10,000자를 쓰라고 해서 막막하네. 이제 드디어 편지를 쓰고 있어. 누나 몰래. 지금 누나는 열심히 알바를 하고 있겠지? 난 편지를 쓰는데 ㅋㅋ 누나 곧 대학교 가서 떨리지? 그래도 가서 친구 많이 모으고 외롭게 지내지 마. 누나라면 가자마자 인기 스타가 되겠지? 인기선이니까 ㅋㅋ

그리고 가서 나 없다고 슬퍼하지 마. 난 언제나 우리 집으로 오면 볼 수 있을 거야.

그것도 맨~~날. 아, 맞다. 내가 싸우면 말을 안 하는데, 그럴 때는 말을 걸어 줘야 해. 왜냐하면 내가 조금 소심해서 싸우면 말을 하지 않아.

하지만 한번 말을 걸어 주면 내가 계속 말해 줘 . 그니깐 다음에 싸우게 된다면 눈 한번 감고 나에게 말을 걸어 준다면 좋을 것 같아……

아, 맞다. 나 어제 진짜로 억울하다. 그 갈색 볼펜 나 진짜 조금만 썼는데 그래. 내가 범인 된 것 같잖아. 그거 진짜로 내가 그런 거 아니다. 원래 그런 거야.

그리고 누나 대학 간다고 해서 난 정말 슬플 줄 알았어. 근데, 생각해 보니, 그게 왜 슬퍼? 못 보는 것도 아닌데. 또 볼 텐데. 안 본다면 슬프겠지만 우린 가족이야. 그니깐 볼 수 있다고. 이걸 보구 섭섭해하지 마. 난 사실 조금 자리 채우기 용이니깐. ㅋㅋ

야호, 오늘은 이 정도만 쓸게. 맞다. 난 누나 핸드폰 사게 밀어줬다. 내일도 밀어줄게. 대학교 가기 전 핸드폰 사서 보내도록 할게. ㅋㅋ

오늘 이바돔? 거기에서 밥 잘 먹었어. 그리고 나 올 때 떡볶이 사서 먹었당. 굉장히 맛있어. 쩝쩝. 이제 내일 쓸게. 내일 보자. 아, 졸리다. 오늘은 2011년 2월 16일, 기분 : 좋음.

이게 첫날 쓴 편지였다.

이런 사연이 26일까지 열흘간 이어졌다.

기선 누나 안녕~ 내가 오늘 다시 왔어. ㅋㅋ

오늘 핸드폰 사서 기쁘지? 누나. 그리고 콘프라이크인가? 그것과 우유를 사 왔어. ㅋㅋ 미션 성공? 하하 난 정말 완벽 그 자체인 듯 ㅋㅋ

맞당. 누나 가고 문자로 아빠가 누나 핸드폰 산 걸 알았대! 그래서 오면서 긴장하고 왔는뎅, 내가 좋은 입담으로 아빠를 컨트롤 했지. ㅋㅋ 훗. …… 지금 아빠는 씻는 중인데 핸드폰 산 거 괜찮아진 거 같아. 휴 다행이다. 아, 근데 내가 잘 쓴다고 쓴 건데 쫌 더럽다. ㅠㅠ 이쁘게 쓰고 싶었는데. ㅋㅋㅋ 지금 웃긴 거 봤어. 엄마가 참기름 통을 못 열었는데 인소똥이 열었어. 허걱, 지금 인소은한테 걸렸당. 편지 쓰는 걸 걸려 버렸네. 누나 나 오늘 크아 겨우 91 됐어. 90에서 렙업 하기 개 힘듬. 근데 바로 오늘 했음. 훗~

아고, 이 편지지가 삐툴삐툴 거리고 더러워 보인다. 내가 생각한 편지지는 깔끔하고 예쁜 편지지로 생각하고 썼는데 그게 안 되네. 어? 글씨 잘못 썼당. 안 되네. ㅋㅋ 이상해 편지지. 오늘은 이만 쓸게. 내일 보자. 2011년 2월 17일, 기분 : 좋음.

그리고 이 글, 편지인지, 일기인지 모를 글은 텔레비전에 방영된 프로그램 설명, 자신의 컴퓨터 게임 실력 레벨 업 상황 중계, 가족들 사소한 흉보는 얘기 등으로 이어진다.

…… 누난 지금쯤 역시 알바에서 열심히 서빙 중이겠지? 난 편지를 쓰는 중. 아 팔 아파. 오 드뎌 곧 반을 써 가는데 너무 지쳐. 지금 인뚱이 컴퓨터를 하고 있어. 사진을 찍나? 뭐지? 누나는 지금 내가 편지를 쓰는 건 꿈에도 모르겠지? 후훗. 근데 편지가 일기 같아져. 누나, 할 말이 없다. …… 오른팔이 너무 아픔. 몇 자 됐을까? 잠만 세 볼게. 오 1,635자다. 오! 까지 1,635 글씨야! 이제 간다~ 2011년 2월 18일, 기분 : 좋음.

"하이 인기누. …… 아 짜증 난다, 화요일. 2학년 반으로 가야 된대. ㅋㅋ 고잔초가 너무 많아. ㅠㅠ 1학년 계속하고 싶다. 이경란 샘 말이 맞는 듯. 1일은 늦게 가지만 1년은 일찍 간다. ㅠㅠ 1년 전도 어색해서 짜증 났는데 친하게 지내니까 벌써 끝나고 2학년. 이경란 샘이 선생 중 가장 잘 가르쳐 주셨던 듯? 이벤트도 많이 하고 좋았는데…… 하지만 난 아직도 선생이랑 어색함. ㅋㅋ 그래도 어쩌겠어. 빨리 적응해야겠지? 나 크아 94 왔음. 벌써. ㅋㅋ 누나 오늘은 이쯤 할게. 오늘은 9시에 씀. 그럼 바이바이 굿바이.
2011년 2월 19일, 기분 : SO SO

기선이 누나에게
안녕하십니까. 여기는 와~ 스타디움입니다. 현재 아빠는 시골 갈 준비를 하는데 또 다시 5만 원을 빌려 가네요. 줬다 빼앗아 가네요. 어어? 아빠가 나한테 시골 가자고 하네요. 엄마한테 말하다가 똥볼이 튄 것 같습니다. 지금 현재 아빠는 밥 먹고 시골을 갈 준비를, 엄마는 컴퓨터를, 나는 편지를 쓰고 하고 먹는 중입니다. 아까 고구마를 먹었는데 맛은 산삼인지 고구마인지 구별이 안 가네요. 맛은 산삼에 가까운 것 같습니다. 그러고 보니 오늘이 벌써 9일째군요. 여기는 와~ 스타디움. 60초 후에 광고 보시고 뵙겠습니다.
60초 후~ 안녕하세요~ 네 인기선 선수, 파이팅 하시구요. 며칠 사이에 부쩍 늙어 버린 건

가요? 랩 타임이 훨씬 안 좋은 모습을 보이고 있습니다. 하지만 인기선 선수는 막판 스퍼트가 좋은 선수이니까 충분히 해볼 만합니다. …… 어? 인 해설이 전력 질주! 막판 스퍼트를, 인기선 선수를 제치고 가고 있습니다. 늙었나요? 인 해설 기록은 15분 55초이고, 인기선 선수는 그 뒤 17분으로 오네요. 인 해설님 금~메달을 차지하네요. 인기선 선수 나이를 못 속이네요. 아쉽네요.
두 번째 종목입니다. 줄넘기죠. 이번 종목은 아버님이 춥다고 못 나오신다고 하시고 인뚱 선수는 원래 안 나오고 엄마 선수는 밥해야 한다는 변명을 하면서 나오지 못해서 인기선 선수 혼자인데요, 1개 이상이면 금메달이죠. 말하는 순간 30개 돌파! 거기서 넘어지며 인기선 선수 금메달 하나, 축하드립니다. …… 나는 오늘 여기까지. 바이바이. 뿅~~
2011년 2월 25일 금요일. 말까지 D-3

그리고 마지막 날.

아, 쓸 시간이 없네. …… 내일은 쓸 곳이 없다. 오늘이 마지막인데, 찢고 싶지 않아. 진짜 편지 힘들게 썼는데, 만약 혼자 간다면 배신자야, 배신자. 난 누나 생각하면서 편지를 썼는데, 진짜 배신하면 어이없는 거다. ……
이 편지 10일 동안 하루도 안 빠지고 썼다. 쓰고 나니까 뿌듯해. 이러니까 편지를 쓰는 거 같아. 진짜 좋고 뿌듯해. 오늘 마지막까지 다 썼다. 누나가 말한 10,000자는 안될 듯.
끝~~ 2011년 2월 26일

이런 애교에 흐뭇하지 않을 누나가 어디 있을까.

태범이가 고등학교 2학년 수학여행을 떠나기 전 주말, 나와 엄마, 그리고 태범은 태범이 여행 옷을 장만하러 시장에 갔다. 태범이는 꼼꼼하게 살피고 골라 두 벌의 옷을 장만했다. 아마 처음으로 한꺼번에 옷을 두 벌 샀을 것이다. 제가 모아 놓은 용돈으로 사는 것이었다. 제 옷을 다 고르더니 갑자기 엄마에게 한마디 한다.

"엄마, 내가 옷 사 줄게. 하나만 골라 보셔."

나중에 돈 벌면 사 달라는 엄마의 사양에도 태범은 극구 골라 보라고 성화였다.

어머니도 막내가 극성스럽게 재촉하니 못 이기는 척 티셔츠 하나를 골랐다.

옷값을 한꺼번에 지불하고 돌아 나오는 태범은 아빠 같았다. 나름 든든하고 자랑스러운 '소년 아빠'.

****

후일담

태범이 사고로 온 가족의 희망이 무너지던 날, 가족의 중심에는 평생 가족을 지켜낸, 일로 잔뼈가 굵으신 아빠가 계셨다. 위대한 이름 인병선 님. 우리 가족은 아빠를 중심으로 슬픔을 견뎠다. 하나밖에 없는 아들을 잃은 아빠는 두 딸을 위로했다.

"너희라도 꿋꿋해야 한다."

그런 아빠가 지금 우리 곁에 없다. 태범이 곁에 있다.

아빠는 잔병치레가 없었다. 항상 일했고, 건강했다.

그런 아빠가 사고가 난 뒤, 이상한 증상을 보였다. 식사를 많이 못 하시는 것이었다.

걱정이 된 아빠와 엄마는 장례를 치른 두 주 뒤 건강 검진을 받았다. "아무 이상이 없다"는 진단이었다. 태범이 일 때문으로 여겼다. 하시던 일도 중단하고, 이러저런 추모 행사로 마음속 상실을 추스르던 때였다. 그래도 아빠의 상태가 나아지지 않았다.

한 달여 만에 다시 병원에 갔다. 청천벽력 같은 진단이었다. 간암 말기! 믿기지 않았다. 한 달 전 아무 이상이 없다던 진단과 전혀 다른 진단이었다. 아빠는 믿기지 않아 서울 큰 병원으로 가 다시 진단을 청했다. 이번에는 담도암 말기란다.

그때로부터 아빠의 병색은 하루가 다르게 깊어져 갔다. 나중에는 3층 집을 오르내리는 걸 힘들어하셨고, 병원과 아빠의 고향 당진을 오르내렸다. 태범이 빈자리가 선연

한데 남은 가족의 중심이었던 아빠가 흔들렸다. 기가 막힌 일이었다.

그리고 네다섯 달, 그 슬픈 날이 있던 그해 2014년 가을, 아빠는 우리 곁을 떠나셨다. 태범이를 안치하고 온 후에 "우리 가족에게 왜 이런 슬픔이 있어야 하냐?"를 묻고, "태범이가 왜 그 참혹한 상황을 맞아야 하는지를 밝히겠다"던 아버지는 아무것도 확인하지 못한 채 우리 곁을 떠났다.

남은 세 식구에게 슬픔은 가눌 길이 없다. 태범이 가고, 또 아빠가 갔으니.

대신 태범이는 아빠를 얻은 것인가? 우리 두 누나에게 엄마가 있으니, 태범이에게 아빠가 있어야 했던 것일까.

보고싶다. 내 동생.

"아빠, 잘 돌보아 주세요, 우리 막내."

엄마, 큰 소리로 노래를 불러요

안산 단원고 2학년 5반 **정이삭**

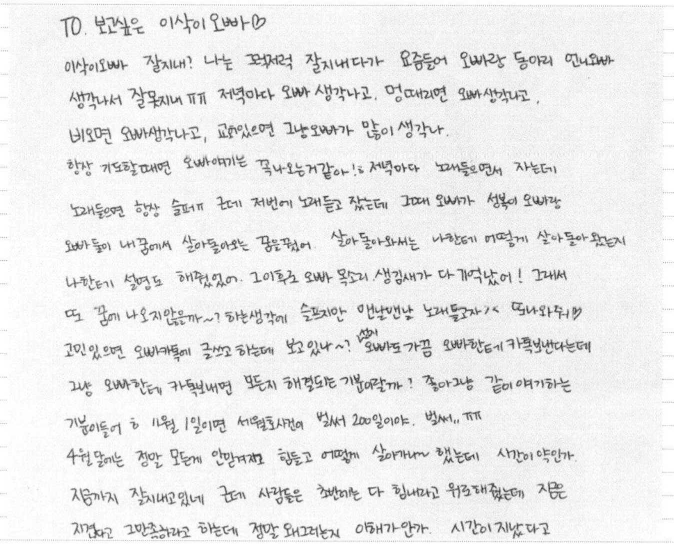
TO. 보고싶은 이삭이오빠♡

이삭이오빠 잘지내? 나는 그럭저럭 잘지내다가 요즘들어 오빠랑 동아리 언니오빠
생각나서 잘못지내 ㅠㅠ 저녁마다 오빠 생각나고, 멍때리면 오빠생각나고,
비오면 오빠생각나고, 교회있으면 그냥오빠가 많이 생각나.
항상 기도할때면 오빠얘기는 꼭나오는거같아!ㅎ 저녁마다 노래들으면서 자는데
노래들으면 항상 슬퍼ㅠ 근데 저번에 노래듣고 잤는데 그때 오빠가 성복이 오빠랑
오빠들이 내꿈에서 살아돌아오는 꿈을꿨어. 살아돌아와서는 나한테 어떻게 살아돌아왔는지
나한테 설명도 해줬었어. 그이후로 오빠 목소리.생김새가 다 기억났어! 그래서
또 꿈에 나오지않을까~? 하는생각에 슬프지만 맨날맨날 노래들고자ㅅ< 또나와줘♡
고민있으면 오빠카톡에 글쓰고 하는데 보고있나~? 성빈이 오빠도 가끔 오빠한테 카톡보낸다는데
그냥 오빠한테 카톡보내면 모든지 해결되는 기분이랄까? 좋아그냥 같이 얘기하는
기분이들어 ㅎ 11월 1일이면 세월호사건이 벌써 200일이야. 벌써,, ㅠㅠ
4월달에는 정말 모든게 안믿겨지고 힘들고 어떻게 살아가나~ 했는데 시간이 약인가.
지금까지 잘지내고있네 근데 사람들은 초반에는 다 힘내라고 위로해줬는데 지금은
지겹다고 그만좀하라고 하는데 정말 왜그러는지 이해가안가. 시간이 지났다고

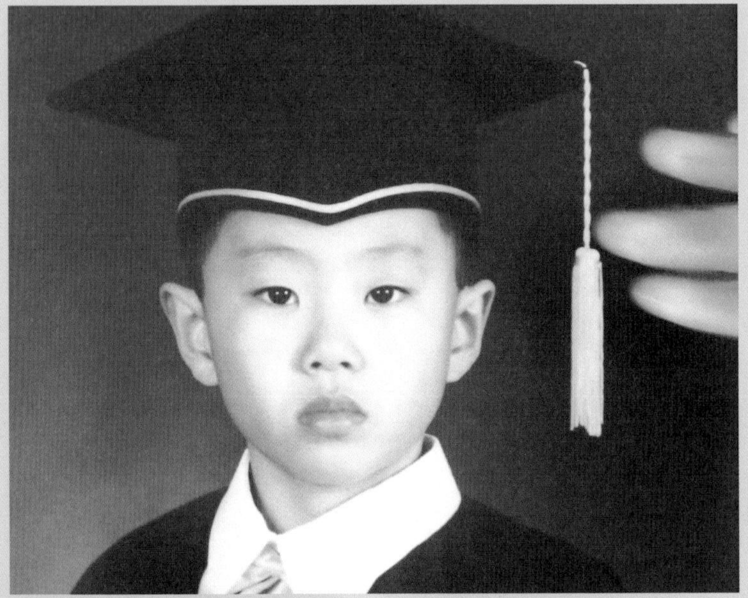

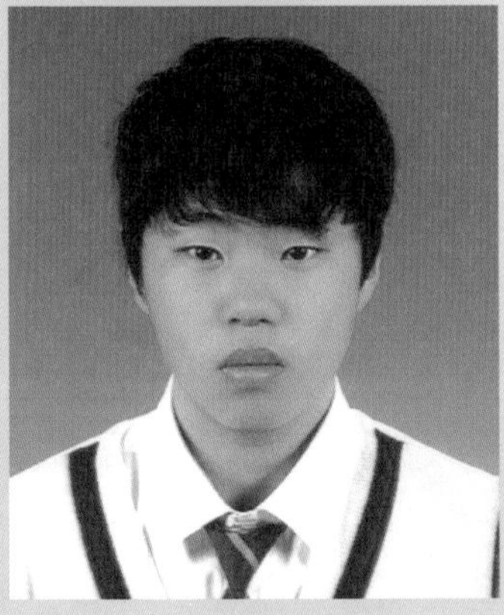

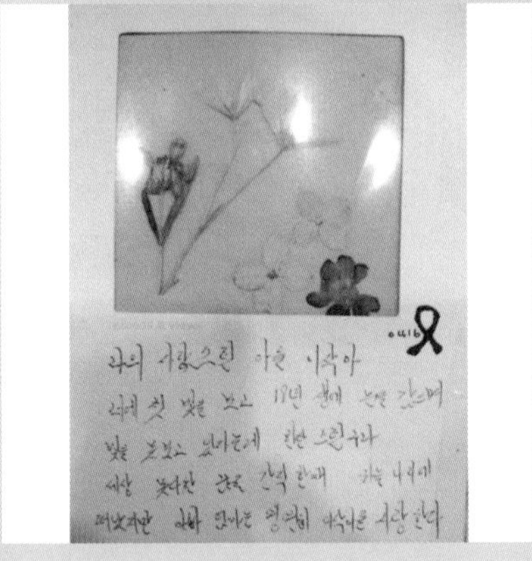

1. 엄마는 눈보다 손으로 귀로 이삭이를 느끼면서 키웠다.
이삭이 유치원 사진 위에 엄마 손이 하염없이 머문다.
2. 청년복지사를 꿈꾸었던 이삭이.
3. 아빠가 이삭에게 해 주지 못한 말은 이 책을 다 채워도 모자란다.

엄마, 큰 소리로 노래를 불러요

내가 어떻게 되겠지. 내가 어떻게 되겠지. 이 생각으로 애한테 항상 그거만 심어 주고 생각하고, 엄마가 가도 좋은 일 많이 해야 되고, 엄마가 이러이러한 사람들한테 도움을 많이 받았는데 다 하느님이 사람들을 통해서 우리에게 도움을 준 거다. 그런데 엄만 몸이 이래서 갚지를 못한다. 네가 어떤 청소부를 하든 뭘 해도 너보다 못한 사람을 도와야 된다. 그러면 끄덕끄덕해요. 이삭아, 우린 김치만 먹어도 감사한 일이야. 삭이가, 뭐가 감사해 그래, 감사한 일이야 이삭아. 물만 잘 먹어도 감사한 일이야. 엄만 투석 환자라 물도 맘껏 못 먹잖아. 오줌똥 싸는 것도 엄마 보면 알잖아. 우리 이삭이 오줌똥만 잘 싸도 너무너무 감사한 거야.

생활 보조금으로 우리 삭이랑 둘이 살았답니다. 길거리에서 500원짜리 양말을 사 줘도 불평 한 번 없었어요. 언젠가 아빠하고 명절에 할머니 집에 갔더니, 고모가 말하길 고모 애들은 명품 아니면 안 입고 안 들고 안 신는다고 그랬나 봐. 그래서 이삭이 아빠가 이삭이는 그런 거 따지지도 않는다고 그랬나 봐. 집에서 하소연을 하는데, 두 손을 막 이러면서 열변을 토하는데, 엄마 내가 명품을 좋아하지 않아서가 아니야, 입을 줄 몰라서가 아니야, 멜 줄 몰라서가 아니야. 나한테 막 하더니, 엄마 나 괜찮아. 나 그냥 고기반찬이나 좀 해 줘. 나 클 때잖아. 사춘기잖아. 그러는 거예요. 알았어, 했는데. 그것도 못 해 줬죠.

사춘기가 없었어요. 얘도 한 일주일은 그래도 왔었던 거 같아요. 손도 못 대게 하고 만지지도 못하게 하고 그러는데, 안 되겠다 싶었어요. 제가 막 겁이 나는 거예요. 얘가 날 목욕을 시킬지도 모르고 기저귀를 갈아야 할지도 모르고 그러는데, 어떤 상황이 벌어질지도 모르는데 싶어서. 제가 막 얘를 안고 몸을 비볐어요. 뽀뽀하고 안아 주고 엉덩이를 때려 주고. 첨엔 막 싫어하더니 나중에는 지가 나를 안아 주고 뽀뽀해 주고 몸을 비비고 엉덩이를 때리고 엉덩이춤을 춰 주고. 막 께벗고 나오고, 그러더라고요. 께벗고 나와도 내 눈엔 보이지도 않으니까. 그때가 중2나 중3쯤 되었을 거예요. 오히려 초등학교 때 성깔 있게 행동했었나 봐. 수업 시간에 막 뛰쳐나갔다고 그러고. 선생님한테도 막 대들었다고 하는 거 보니까. 그때 아빠랑 이혼하고 지가 이제 엄마를 책임져야 한다는 어떤 무게감에 지 딴에는 무척 힘들어했던 거 같아요.

엄마 혼자 자는 거 싫다고 그랬더니, 지가 옆에서 끌어안고 자고 새벽 기도 갈 때 같이 가고, 사춘기가 뭐야. 남들 안 하는 거 다 해 주고. 남들이 볼 때 지지배처럼 엄마를 챙겼더라고요.

어디 가면 제 손을 꼭 잡고 가지. 여학생들이 앞에 오면 손을 잠깐 놔. 나도 슬쩍 놓지. 지나가고 나서 말을 해. 창피해서 그랬어? 그러믄, 그게 아니라 엄마, 내가 엄마 손잡고 다니면 아직도 저 애는 엄마 손잡고 다닌다고 어린애 취급할까 봐 잠깐, 그럴까 봐 그랬어. 그랬어? 그러면서 다시 팔짱 끼고 수다 떨면서 장난치면서.

버스 타고 가자고 할 만도 한데, 내가 걷는 걸, 운동하려고 그냥 걸어, 땡볕이든 비가 오든 눈이 오든 그냥 걸어. 엄마는 너랑 이렇게 걸어가면 너무 행복하다. 우리 아들 엄마 죽고 나면 이 길을 생각하겠지. 그러면서 엄만 언제 어떻게 될지 모른다고 애를 가르치고 마음의 준비를 시키고…… 밤에 늦게까지 놀고 들어온 적이 없어요. 엄마 혼자 있는 거 걱정스러워 가지고. 학교 끝나면 벌써 전화를 해. 엄마 어디야? 집에 있는 거, 어디 갈 수도 없는 거 뻔히 아는데도, 엄마 어디야? 그러면 집이야. 뭐하고 있어? 집에서 벽 보고 얘기하고 있지. 알았어, 엄마 빨리 갈게. 걔는 500원을 줘도 천 원을 줘도 저 혼자 홀라당 까먹고 안 들어와. 지 좋아하는 거 하나, 나 좋아하는 거 하나. 꼭 이렇게.

이삭이가 엄마 나 단원고 가고 싶어 하길래, 그래 그러자 그럼, 엄만 네가 단원고 가도 상관없어. 그래서 제일 가까운 여기에 집을 얻었죠. 노는 걸 좋아해요. 공부 막 야간까지 하는 거 별로 안 좋아해요. 그리고 지가 해도 소용없고, 특기를 살려도 소용없을 거란 거를 아는 거 같았어요. 특기도 특별히 없지만 아예 생각을 안 하는 거 같았어요. 기를 펴 봤자 엄마만 힘들게 할 거 같으니까 아예 그냥, 여자 친구 있어? 그러면, 엄마 연애는 커서, 커서 할 거야. 여자 친구 한 번 안 사귀고. 나한테 뽀뽀하면서 여자 친구 생기면 이렇게 해 줄 거라고…… 나 안아 주고 업어 주고 힘자랑 하느라고 막 들었다 놨다 하고 그러는 거예요.

한 2년 전에 여름 수련회 얘기네요. 한 권사님이 막 오시더라고요. 나는 어떤 분인지도 모르는데 그분이 나한테 오시더니, 나만 그분을 모르지 그분은 우리 집이며 나에 대해 다 꿰뚫고 계시더라고요. 우리 가정은 다 드러내 놓고 사는 거나 마찬가지잖아요. 감출 수가 없어요. 하시는 말씀이 이삭이가 좀 위축되었을 줄 알았는데, 물놀이도 잘하고 다른 거 할 때도 애들하고 활발하게 너무 잘 놀더래요. 너무 밝아서 놀랐대. 시각 협회에서 놀러 갈 때가 있었어. 이삭이한테 말했지요.

이삭아 다른 사람은 다 도우미가 있는데, 엄만 없다. 엄마가 사람도 덥석덥석 못 사귀고 엄마 혼자 가야 하는데, 아는 사람도 없고. 우리 아들이 가 줄래? 첨엔 싫어, 그러더니 자고 나서는 엄마 갈게 그러는 거예요. 그래서 같이 갔는데, 남자분이 나한테 말을 거니까, 이삭이가 나를 이렇게 끌어안아요. 남자분이 오면 끌어안고, 가면 놓고, 말 걸려면 또 끌어안고, 그러는 거야. 남자분들이 장난치러 왔다가 그냥 가고 그러는 거예요. 물놀이 할 때는 또, 엄마 여기 앉아 있으라 해 놓고 너무 잘 노는 거예요. 이렇게 따라올 생각을 한 것도 기특한데 스스럼없이 잘 놀아서 너무 이쁘다고, 사람들이 너무 이쁘다고.

제가 애를 음, 빗자루로 무섭게 때린 적이 있어요. 게임을 하는데 지금 생각하면 그렇게까지 할 필요가 없었는데, 지가 생각해서 안 했을 건데, 제 딴에는 그래도 잘못된 거는 한번 혼내야 된다, 그런 생각을 했던 터라. 게임을 그냥 한 게 아니라, 청소하는데 얼핏 목소리가 들리는데, 여자애 목소리야. 게임상에 자꾸 뭐 사라고 사라고 제 또래는 아닌데 암튼 뭐 사라 사라 목소리가 들린 것 같아. 첨엔 통장 정리를 안 해서 몰랐고. 돈이 자꾸 비는 거야.

그 당시 도우미 언니가 있었는데, 통장 정리 한번 해 보자해서 했더니 다달이 사만 원, 오만 원이 막 나간 거야. 그래 가지고 그날 학교에서 오길래, 너 엄마가 매 든 거 이유를 알아 몰라 했더니 모르겠대. 우리가 매달 오만 원, 삼만 원 남을 때 있고 십만 원 남을 때 있고, 그런데 네가 매달 사만 원, 오만 원 다달이 이렇게 빼 쓰면 어떻게 하느냐면서, 대라고, 벽에 붙어 해 놓고는 엉덩이하고 종아리를, 도우미 언니 있는 데서 아주 심하게 때렸죠. 피멍이 들 때까지 때렸어요.

어설프게 때리면 하나마나일까 봐 무섭게 때렸는데, 안 그러다가 고1 때 또 이상해요. 이번에는 금액이 더 커. 학교에서 오자마자 너 알지 그랬더니 안다는 거예요. 벽에 붙어, 그날도 교복도 벗기지 않고 막 때렸지요. 도우미 언니가 하지 말라는데 막 때렸지요. 그런데 제가…… 하고 싶은 말이 뭐냐면, 애가 고1이면 나보다 힘도 세고, 지 나름대로 반항할 만하잖아요. 내가 이래서 했다. 엄마가 내게 해 준 게 뭐냐, 이것도 못 하냐, 핑계 댈 수 있잖아요. 벽에 붙으라니까 두말없이 탁 붙더라고요. 그렇다고 해서 내가 마음이 약해져선 안 되잖아요.

눈물 나려 하는데, 꾹 참고 그전에 때렸던 거보다 더 세게 때렸죠. 피하지도 않고 그대로 다 맞더라고요. 20대 맞을래 30대 맞을래 물었더니 20대 맞겠다고, 두말 않고 울지도 않고 피하지도 않고 내가 때리는 대로 다 맞고 그냥 방으로 들어가더라고요.

그러고 나서 그냥 저렇게 놔두면 상처받을 거 같아요. 저도 아는데 그랬을 거고, 하고 싶은 거 있을 거고, 도우미 언니 가고 나서 머리를 쓰다듬으며, 엄마가 왜 때렸는지 알지 그랬더니 안다고 그러더라고요. 엄마가 치킨 사 주면 먹을래? 했더니 응 그러더라고요. 치킨 하나 사 주면서 먹는 거 보고 있었죠. 맛있게 먹더라고요. 엄만 우리 삭이 먹는 거만 봐도 배부르다. 그랬죠. 한창 클 때라 그거 한 마리를 다 먹더라고.

이삭이 초등학교 때, 내 삶이 너무 지치는 거야. 그때는 이삭이 아빠랑 이혼 안 했을 때인데, 삭이 학교 끝나고 나랑 외출 갔다 오는데, 이삭아 엄마 사는 게 너무 힘들어, 그랬더니 우리 이삭이가 나도, 그러는 거야. 그래 제 나름 힘들겠지. 엄마, 슬퍼? 힘들어? 응 너무 힘들어 아들. 노래를 불러, 엄마가 좋아하는 가요를 불러 봐. 아니 엄마가 교회 다니니까 찬송가나 찬양을 해 봐. 난 엄마, 슬플 때 노래 부르니깐 안 슬프던데. 그래? 그러다가 그래도 그 말이 위로가 안 되는 거야. 그래서 엄마는 그래도 힘이 안 나. 엄마 하느님이 엄마랑 함께한다고 생각해. 또 그러는 거야. 아, 그땐 정신이 번쩍 드는 거야.

동원빌라인가 살 때, 저녁때야 설거지를 막 하는데, 누가 저쪽에서 한여름인데, 늦게까지 놀고 왔으니까 좀 껌껌했어. 어두워지기 막 직전인데. 누가 할렐루야를 저기서부터 막 부르며 오는 거야. 할렐루야 막, 막 찬양을 하고 오는 거야. 누구지? 누가 우리 삭이처럼 노래를 잘하는 애가 있네 누구지? 하는데, 걔가 계단을 올라오는 거야. 위층인가. 그러는데 삭이가 쑥 들어오는 거예요.

이삭아 나는 우리 동네에 우리 삭이처럼 정말 이쁜 놈이 있는 줄 알았더니 그 이쁜 놈이 우리 집으로 쑥 들어오네. 지도 좋으니까 막 웃어. 한 날은 친구들을 우르르 데리고 왔어요. 한 다섯 명 정도를. 엄마, 라면 끓여 줄 수 있어? 그럼 하면서 끓여 줬어. 밥상에 둘러앉아서는 우리 이삭이가 하는 말이, 내 말이 맞지? 울 엄마가 라면 끓여 주는 거 맞지? 지네끼리 밖에서 울 엄마가 너희들 데려가면 라면 끓여 줄 거야. 이 말을 했던 거 같아. 근데 긴지 아닌지 아이들이 가 보자. 그랬던 거 같아. 맞지 내 말이 맞지? 우리 엄마가 라면 끓여 주는 거 맞지? 그러니까 아이들이 그러네, 그러면서 먹고 가더라고.

자전거를 함께 타면, 저랑 나랑 스스럼이 없지만 내가 손을 어디에 둘지 몰라 가지고 여기도 잡았다 저기도 잡았다 몇 번을 했어요. 이삭이가 내 손을 탁 잡더라고요. 엄마

티브이에서 나오는 것처럼 애인이 잡는 것처럼 잡아 봐. 그래 가지고 이렇게? 이렇게? 몇 번 했더니 아니래, 배를 이렇게 감싸듯이 잡으래, 이렇게 잡는 거래.

우리 삭이는 엄마 가고 나서 울적하면 기타라도 치게 기타라도 배워라, 엄마랑 했던 거 막 생각날 때, 감당 안 될 때, 기타 갖고 드럼 갖고 풀 수 있는 그런 게 있어야 하잖아. 그림을 배워서 하든지 요리를 배워서 하든지 뭐 한 가지라도 배워라. 그러면 하고 싶지 않대. 친구 안 만나? 물었더니 속내를 한번 드러내데. 친구 만나면 다 돈이고, 나 돈 없어서 못 나가. 어울리면 다 돈이야 엄마, 영화도 봐야 하고 햄버거도 먹어야 되고. 안 만나는 게 좋아 엄마 그러면서 게임만 하는 거야. 그러니 게임을 못 하게 할 수 있어요? 그 애 숨통을 막는 거잖아.

우리 이삭이 그냥 건강하기만 하면 돼. 대학 가고 싶으면 가고, 아니면 그냥 직장 가고 싶으면 가, 대신에 네가 좋아할 수 있는 일 행복하게 살 수 있는 일만 찾아. 그랬더니 알았대. 시험 기간이 됐는데도 공부를 안 해. 왜 공부 안 해? 그랬더니, 엄마가 건강하게만 크라며? 당일까지 공부를 안 하는 거야. 인제 시험 보고 왔어. 잘 봤어? 잘 봤어. 잘 봤겠지, 굴렸냐 찍었냐 점쳤냐 그냥 하느님한테 물어보고 대충 찍었냐 했더니, 찍었대. 자알했다, 그럼 점수는 어떻게 나올 건지 뻔하네. 그렇대. 그냥 공부 안 해도, 하면이야 좋지만 엄만 그건 있어. 네가 노력도 안 하고 그러는 건 문제가 있긴 해. 그건 네가 마음이 잡아져야 하는 거고, 그래도 때는 있어. 엄마가 하는 말 좀 이해했으면 좋겠다, 엄마가 지금 건강하게 크라고 하는 건데, 니가 이제 마음이 잡히면 하겠지. 엄마, 고3 되면 할게 그러더라고…… 성적표 가져오잖아. 안 줘, 본 적이 없어. 아들 양치기 소년 다윗이냐? 그게 뭐냐, 다윗이 양치기잖아. 너 다 수우미양가면 다 양이야? 그랬더니, 그런 거 같대. 괜찮아. 양치기면 어떻고 뭐면 어떠냐. 학교 졸업만, 학교 졸업 못 하고 방황하는 애들도 있다는데, 거기에 비하면 감사한 일이다.

내 입장에서 좋은 모습만 보았겠지만, 교회 수련회에서 들은 얘긴데, 속마음 얘기하는 그룹이 있었나 봐요. 거기서 아빠에 대한 심한 욕을 하면서 자기 속을 털어놓았다고 그러더라고요. 그룹 사람들만 알아요. 다 아는 게 아니고. 어떤 집사님이 걱정된다고 하시더라고요. 나쁜 친구들 만나서 욱해서 어떻게 될까 봐. 난 그랬어요. 다행이라고 생각한다. 그 애가 거기서 그런 얘길 털어놓을 정도면 그 앤 절대 그럴 애가 아니다, 그랬어요.

애 아빠하고 그랬을 때는…… 마음이 다쳤죠. 마음이 힘들고 죽을 거 같고 세상에 버려진 것 같고 정말 공포스럽고 두렵고 나만 그런가 싶고 애하고 나하고 버려졌구나. 그런 어떤 과정이…… 그것뿐만 아니라 1년에 한 번씩 두 번씩 수술하고 그랬어요. 애 아빠하고 막내 오빠하고 수술비 다 댔고, 애 아빠도 지칠 대로 지쳤고…… 보내 줘야 할 것 같았어요. 수술할 때마다 차라리 깨어나지 않았으면, 그냥 갔으면, 하는 마음이 진짜, 애는 살아 있으니까 어떻게 되겠지. 기관이라도 가서 살겠지. 할머니 계시니 어떻게 돌봐 주시겠지. 기도할 때마다 이번엔 데려가 달라고 몸부림을 쳤지. 안 데려가더라고요. 그래서 마음을 바꿔 먹기 시작한 거예요. 살아야 된다는 생각이 들었어요.

주변 사람들한테 칭얼거리지 말자. 각오한다고 잘 안 돼요. 실패, 실패, 하면서 하나씩 밝은 모습으로 얘기할 수 있게 되었고. 우리 삭이가 충분히 삐딱할 수 있는 환경인데, 그러지 않았을 이유가, 지가 또 그런 얘길 하더라고요. 지가 나쁜 짓 하고 다니면 엄마 수술도 못 할 거고. 내가 나쁜 짓 하면 엄마가 일찍 죽는대, 애가 그러더라고. 우리 집이 이래서 친구 한둘밖에 없고, 잘 못 사귀는 거 아닌가 그랬는데, 형편에 맞게 어울리는 애들도 있었고, 우리 이삭이 꿈이 청년 복지사래요.

어느 날 우르르 대여섯 명을 데려와서 그러는 거야. 엄마 컵라면 사 줄 수 있어? 몇 개나? 한 여섯 개, 애들이 옥상에 다 올라가 있대. 형편이 나랑 비슷한 애들인데 용돈이 없잖아 엄마. 그러면서 한 집씩 돌아가면서 라면을 사 먹기로 했대, 이번이 우리 차례래. 다 먹고는 우르르 내려가더라고요. 삭이가 저나 친구들처럼 어려운 청년들을 위해 뭔가 하고 싶었나 봐.

중학교 들어갔을 때, 이삭아 너 몽정해 안 해? 그랬더니 몽정이 뭔지 모르는 거야.

여자들 생리하는 것처럼 남자들도 몽정을 하는데, 그냥 자연스러운 거야. 그런 기 하면 얘기해. 첨 했을 때 팬티를 보여 주면서…… 고등학교 때였어요…… 엄마 이거 한 게 몽정 맞아? 그 팬티를 받아 놓고서 박수를 치면서, 아들 축하해, 이제 장가들어서 아들 낳고 딸 낳을 수 있겠네. 다음에 또 팬티를 벗어 흔들면서, 엄마 나 몽정했어. 그러는 거예요. 축하해, 세탁기에 넣어, 다음부턴 네가 알아서 씻고 그러면 되는 거야.

포경을 안 시켰어요. 남들 다들 하는데 안 시켜서 어쩌니 했더니 그건 제가 알아서 한대. 알았어, 그건 너한테 맡길게 그랬더니, 엄마 사실은 내가 슬슬 까고 있어, 그러는 거예요. 그래 가지고 밤에 자는데 그 생각이 나는데 얼마나 웃기던지. 우리 아들이 정말 스스럼없이 얘기를 다 하는구나 안심이다 싶더라고요.

이삭이가 무섬을 많이 타. 어느 때는 화장실에서 머리 감다가도 무섭잖아, 엄마? 음, 나는 열 번을 불러도 열 번을 다 으음, 으음, 그래 줬어요. 왜애! 그러지 않고. 마무리는 더 자상하게 으음, 그래요. 우리 이삭이도 이삭아, 그러면 지도 똑같이 으음, 이삭아, 으음……

근데, 여행 갈 때는 인사를 안 했어. 학교 갈 때, 엄마 학교 갈게, 그러면 응 잘 갔다 와 아들, 그래야 학교에 가요. 그러면서 항상 안아 주는데 그날은 안아 주지도 않고 인사도 안 했어요. 걔도 쌩하니 갔어요. 옷 막 입고서 들떠 가지고 신발 신자마자 문을 확 닫고 그냥 가더라고. 여행 가는 게 얼마나 좋으면 엄마한테 인사도 안 하고 가네. 그러기도 했었거든요. 좋았겠지. 어디 가 보질 않았으니. 교회 수련회 빼고는 나랑이든 아빠랑이든 뭐 기억에 남을 만한 여행을 가 본 일이 없었어. 이삭아 여행 가면 배로 가니까, 선박 위에 올라가서 많이 봐라. 많이 보고선 엄마한테 얘기해 줘라. 휴대폰으로 많이 찍고 엄마가 보이지는 않지만 많이 찍어 와라.

어휴, 그렇게 되려고 그랬나. 나도 전화를 안 했고, 걔도 나한테 전화를 안 했고. 아빠한테도 전화를 안 했고, 주변 사람한테도 안 했더라고…… 애들하고 가만히 있으라니까…… 그냥, 애 아빠가 보니까, 구명조끼는 입었더래요. 나는 투석 때문에 못 갔어요. 아빠도 애가 어떻게 나올지 몰라서 발을 못 떼겠다고 그러는 거야. 우리 오빠들 둘 불러 가지고 같이 가 주라고 그래서…… 금요일 날 저녁에 나왔나 봐요. 우리 이삭이가 얼굴이 작아, 부었는데도 불구하고 부었다는 느낌은 안 들고, 좀 살이 쪘다는 느낌이고……

몇 달은 믿어지지가 않아서, 몇 달은 곧 살아올 것만 같아서, 숨이 안 쉬어지고 눕지를 못하겠는 거예요. 방안에 공기가 하나도 없는 거 같아요. 찬양을 듣고 말씀을 들으면서 잊을 때가 많았는데, 나도 모르게 막 생각이 밀려올 때가 있잖아요. 어떻게 할지를…… 우울하다가도 이삭이 생각을 하면 웃음이 나고…… 너무 보고 싶어.

오! 해피 데이

안산 단원고 2학년 5반 **조성원**

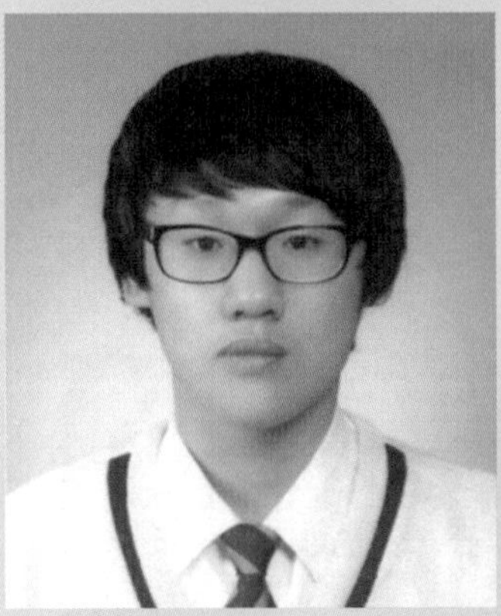

1. 2002년 월드컵 때 외할머니 댁에서 동생과 함께.
2. 단원고 1학년 때 증명사진.
3. 중학교 2학년 때 한 컷.

오! 해피 데이

06:33

잠에서 깼다. 4월이 되면서 해가 부쩍 빨리 뜬다 싶더니 그에 따라 잠도 일찍 깨는 모양이다. 하지만 몸뚱이는 잠이 덜 깼는지 여전히 이불을 돌돌 만 채다.

한동안 가만히 눈만 끔벅끔벅하다 문득 밖이 궁금해졌다. 억지로 손을 뻗어 창문을 열었는데 사이다 같은 바람이 훅 밀려들어 왔다. 그 덕에 온몸에서 잠이 몽땅 달아나 버렸고, 잠이 빠져나간 그 자리에 확고한 결심이 들어섰다. 결심은 바로, 학교 땡땡이!

밖에서 그릇 부딪히는 소리가 났다. 엄마다. 얼른 이불 속으로 다시 뛰어들어 자는 척을 했다. 아니나 다를까 조금 뒤 방문이 열렸고 엄마가 내 엉덩이를 퉁퉁 두들겼다.

"아들. 일어나. 학교 가야지."

금방 잠에서 깬 것처럼 게슴츠레한 눈으로 엄마를 돌아봤다.

"엄마 나 또 천식 왔나 봐. 학교 못 가겠어."

엄마가 믿지 않을 걸 뻔히 알면서 천식 핑계를 댔다.

"천식은 무슨. 오늘은 또 왜?"

엄마가 목소리를 낮춰 물었다. 내가 학교에 안 가면 중2병을 앓고 있는 환자 아름이도 덩달아 안 가겠다고 난리칠 게 분명하니까. 그래서 나도 소곤소곤 대답했다.

"날씨가 죽여주잖아. 이런 날 피 끓는 청춘을 학교에 가둬 놓는다는 건 국가적 손실이야."

퍽!

엄마는 내 널따란 등짝을 한 대 때리는 걸로 대답을 대신했다. 하나도 아프지 않았지만 난 죽을 것처럼 굴었다. 그 핑계로 결석이다! 핫핫핫!

07:45

현관문 닫히는 소리가 났다. 아마도 아름이가 나가는 소리일 것이다.

"아름이 학교 갔어?"

방문을 조금 열고 아름이가 없는 걸 재차 확인 후 밖으로 나왔다. 막내 록이가 병아리처럼 앉아 엄마가 조물조물 만들어 주는 김밥을 받아먹고 있었다. 김밥이라 봤자 조미김에 맨밥을 싼 게 다지만 그 조그만 입으로 어찌나 잘 받아먹는지 나도 모르게 군침이 꿀꺽 넘어갔다.

"형아, 오늘 학교 왜 안 갔어?"

"록이 학교 데려다주려고."

"아싸!"

록이가 이에 김이 낀 채로 눈이 감기도록 웃었다. 귀여운 녀석. 콩만 한 게 벌써 1학년이라니. 놀랍고 기특하다. 계란프라이에 김밥으로 아침을 대충 때우고 엄마, 록이와 함께 집을 나섰다. 록이는 한쪽 손은 엄마에게, 한쪽 손은 내게 맡긴 채 내 얼굴 한 번, 엄마 얼굴 한 번 올려다보았다. 그러다가 제 흥에 겨워 서너 발짝 앞서서 폴짝폴짝 뛰듯이 걸어갔다.

"록이 진짜 많이 컸다 그치?"

팔로 엄마 어깨를 두르며 물었다.

"그러게. 저 녀석 낳고 병원에 입원해 있을 때가 엊그제 같은데 언제 저렇게 컸냐?

너 록이 태어났을 때 기억나지? 그때 아빠도 바쁘고 그래서 네가 엄마 간호해 줬잖아. 똥오줌도 받아 내고. 너 그때 4학년인가 그랬는데."

"내가 그렇게 훌륭한 어린이였단 말이야? 역시!"

"으이그!"

엄마가 주먹으로 내 머리를 쥐어박으려 했지만 나보다 한참이나 작은 엄마에게 머리를 내어 줄 내가 아니다. 대신 엄마 어깨를 더 꽉 안아서 꼼짝도 못 하게 만들었다. 엄마가 아프다고 엄살 피우는 소리에 록이가 돌아봤다. 록이는 또 눈이 감기도록 웃었다. 앞니는 빠져 가지고 뭐가 그렇게 좋은지.

록이네 학교에 도착했다. 문득 교실이 궁금해졌다. 록이 자리는 어디인지, 짝꿍은 누구인지, 친구들은 어떤지……

"오늘은 형아가 특별히 교실까지 데려다준다."

"진짜? 아싸!"

교실에는 다행히 선생님이 안 계셨다. 나는 이때다 싶어 록이와 함께 교실 안으로 들어갔다. 갑자기 들이닥친 덩치 큰 고등학생을 보고 땅꼬마들 눈이 주먹만 하게 커졌다.

"너희들. 내가 누군지 알아?"

굵고 큰 내 목소리에 잔뜩 겁먹은 꼬맹이들 모습이 귀여워서 웃음이 비어져 나왔지만 꾹 참고 일부러 더 무서운 얼굴을 만들었다.

"내가 바로 조성록 형아다. 성록이랑 사이좋게 잘 지내라. 혹시라도 성록이 괴롭히는 녀석들은 이 형아가 혼내줄 거야!"

록이를 슬쩍 돌아다보니 으쓱한 어깨가 하늘 위로 치솟아 곧 날아갈 지경이었다. 싱글벙글 웃느라 정신없는 록이를 뒤로하고 얼른 교실을 빠져나왔다. 선생님이라도 마주치면 낭패니까.

"교실까지 따라 들어가서 뭐 했어?"

"록이 학교생활이 좀 더 즐거울 수 있도록 형님으로서 도움 좀 주고 왔지."

의심의 눈초리로 바라보는 엄마를 뒤로하고 봄볕을 가르며 성큼성큼 앞서 걸었다.

08:40

집으로 바로 들어갈까 하다가 그러기엔 날씨가 심하게 좋아 산길을 좀 걷기로 했다. 운동 기구가 있는 곳까지 걸어갔다 오면 20분이면 충분하니 아침 산책으로는 딱이다.

"한국사 능력 시험 준비는 잘되고 있어?"

엄마가 숨을 쌕쌕거리며 물었다. 내 걸음이 너무 빠른가 싶어 좀 천천히 걸었다.

"기본 실력으로 보는 거지 뭐. 해봉 샘도 인정하신 역사 실력이니 걱정 마."

엄마는 입을 삐죽거리면서도 기분이 좋은지 씽긋 웃었다. 내가 가장 좋아하고 잘할 수 있는 과목은 단연코 역사다. 덕분에 가고 싶은 대학과 하고 싶은 일을 다른 친구들에 비해 수월하게 결정할 수 있어 얼마나 다행인지. 역사 선생님이 되어 아이들과 함께 토론하는 미래의 내 모습을 상상하면 가슴이 뛴다.

엄마가 내게 팔짱을 꼈다. 친구들이 모두 부러워하는 엄마. 친구 같은 엄마. 누구보다도 날 믿어 주고 지지해 주는 엄마. 이렇게 결석을 해도 잔소리 대신 나와 함께 산책길에 나서 주는 우리 엄마. 그런 엄마와 함께 달콤한 봄날 아침 산책을 하는 거다.

산책을 마치고 집에 돌아오니 청이가 현관 앞까지 나와 꼬리를 흔들어 댔다. 이젠 제법 우리 가족과 친해진 모양인지 경계하고 두려워하던 모습은 많이 사라졌다. 전 주인에게 학대받은 상처가 있는 터라 더 안쓰럽고 마음이 가는 청이다. 참고로 '청이'란 이름에는 두 가지 뜻이 있는데, 내 마음에 들면 '심청이', 마음에 안 들면 '멍청이'. 그래서 '청이'다.

엄마는 텔레비전을 틀어 놓고 집 정리를 시작했다. 나는 컴퓨터 게임을 하기도 하고 발밑에서 노는 청이 사진을 몇 장 찍어 주기도 하다가 몸이 나른해져 안방에 누웠다. 그러다가 까무룩 잠이 들었다.

한 시간쯤 잤을까? 문득 잠에서 깨어 보니 청이도 엄마도 잠들어 있었다. 참 평화롭게도 잔다.

꼬르륵.

엄마가 깼다. 설마 내 꼬르륵 소리에 깬 건가?

"배고프지? 나가서 뭐 좀 사 먹을까?"

엄마가 내 쪽으로 돌아누우며 말했다. 엄마 말을 들으니 갑자기 배가 더 고파졌다.

"뼈다귀 해장국 먹자!"

결석한 날 엄마와 둘이서 한가로이 이른 점심을 먹는 일은 내가 무지 좋아하는 일 중 하나다.

마음이 급해진 나는 부스스해진 머리를 대충 만지고 신발부터 신었다.

11:13

"잠깐 있어 봐. 아들 있을 때 겨울 이불 좀 맡겨야지. 오늘 마침 이불 세탁 세일하는 날이야."

커다란 이불 보따리 두 개를 어깨에 들쳐 메고 집을 나섰다. 엄마가 보따리 하나를 들겠다는데 못 들은 척하고 성큼성큼 앞서 걸었다.

"뉘 집 아들인지 듬직하네!"

뒤따라오던 엄마가 장난스럽게 엉덩이를 팡 때리고는 빠른 걸음으로 앞질러 갔다.

밥 먹으러 가는 길에 '우리들 소아과'에 잠깐 들렀다. 내일 학교 갈 때 처방전을 가지고 가야 무단결석 처리가 되지 않기 때문이다. 나를 비롯해 아름이, 록이까지 어릴 때부터 쭉 다녀오던 병원이라 의사 선생님과 각별하다.

"선생님한테 안 혼났어?"

밖에서 기다리던 엄마가 처방전을 신나게 흔들며 내려오는 나를 보고 물었다.

"혼났지. 그래도 계속 아픈 척했어. 이 좋은 봄날에 자유를 얻으려면 이정도 고난쯤이야."

"그러게 오늘 날씨가 유난히 좋긴 좋다. 빨리 밥이나 먹으러 가자!"

엄마와 나는 순댓국집으로 향했다.

우리의 단골 순댓국집에 들어서자마자 배가 더 고파졌다. 순댓국집에서 뼈해장국을 더 자주 시켜 먹는 게 좀 이상할 수도 있지만, 우리 식구 입에는 뼈해장국이 더 맛있으니까 어쩔 수 없는 일. 맛깔스런 반찬들을 우적우적 씹으며 기다리고 있는데 드디어 뼈해장국이 나왔다. 오늘따라 유난히 김이 모락모락 나는 뼈해장국이 엄마와 나를 더없이 행복하게 만들었다.

"자, 먹자!"

나는 공깃밥 한 그릇을 통째로 해장국 뚝배기에 투하했다.

12:48

식당 공짜 자판기 커피 한 잔씩을 뽑아 들고 느릿느릿 어슬렁어슬렁 록이네 초등학교로 걸었다. 록이가 어린이집에 다닐 때나 유치원에 다닐 때에도 내가 자주 등하원을 시켰는데 초딩 때에도 하게 될 줄이야. 그런데 난 전혀 귀찮지 않다. 우리 막내는 내가 끝까지 지켜줄 거다.

"형아!"

친구들과 함께 학교를 나서던 록이가 먼저 엄마와 나를 발견하고 소리쳤다. 그러고는 친구들에게 손을 흔들고 달려와 내게 안겼다.

"너는 형아만 보이고 엄마는 안 보이냐?"

엄마가 그러거나 말거나 록이는 내 팔에 매달려 헤벌쭉 웃고만 있다. 내가 그렇게 좋을까? 짜식.

"형아가 아이스크림 하나 사 줄까?"

"아싸!"

"엄마는?"

"까짓, 둘 다 제일 비싼 걸로 골라!"

록이와 나, 엄마는 아이스크림 한 개씩을 입에 물고 콧노래를 부르며 길을 걸었다.

지난번 공단에서 알바 하고 받은 돈이 점점 바닥나고 있다. 록이 어린이날 선물 살 돈은 남겨 놔야 하는데 살짝 걱정이다.

"오늘 삼겹살이나 구워 먹을까?"

엄마가 돈 걱정 따위 날려 버릴 만한 기막힌 제안을 했다.

"좋아!"

셋은 마트로 돌진했다.

15:46

록이랑 게임을 하고 있는데 현관문 열리는 소리가 났다. 아름이다.

"뭐야! 오빠 오늘 학교 안 갔어? 아, 짜증 나! 나도 오늘 가기 싫었단 말이야! 오늘 학교에서 완전 털렸는데!"

가방을 집어 던지는 조아름. 역시 중2병.

아름이는 오자마자 충전 중인 내 핸드폰을 빼 버리고 자기 핸드폰을 충전기에 끼웠다.

"너 뭐냐. 내 핸드폰 아직 충전 안 끝났거든?"

"이거 내 충전기거든! 자기 건 어디서 잃어버려 놓고 왜 난리야?"

할 말 없음. 일단 후퇴. 밥 먹다만 불쌍한 핸드폰으로 나의 사랑 아이유 노래나 들어야겠다.

방에서 음악을 듣다가 슬쩍 보니 아름이랑 록이가 나란히 앉아 텔레비전을 보고 있어서 나도 슬금슬금 밖으로 나왔다. 골똘히 티비를 보고 있는 두 동생들에게 장난을 치고 싶은 마음이 드는 건 지극히 자연스러운 일.

나는 아름이 옆에 있는 리모컨을 슬그머니 집어 들고 채널을 돌려 버렸다. 당연히 아름이는 난리를 쳤고 몇 번의 실랑이 끝에 결국 리모컨을 뺏기고 말았다. 여기서 끝나면 재미없지. 얼른 텔레비전 앞을 가로막아 채널을 못 바꾸게 방해했더니 아름이가 약이 올라 팔딱팔딱 뛰었다. 왜 이런 짓을 하냐고? 재밌으니까!

"그만들 싸우고 빨리 삼겹살이나 구워 먹자!"

엄마 덕에 상황 종료.

우리는 불판 앞에 모여 앉아 저녁을 먹었다. 우리 세 남매는 엄마가 고기를 구워 내기 바쁘게 먹어 치웠다. 나는 종종 고기쌈을 싸서 엄마 입에 넣어 주었다. 우리 넷은 볼 빵빵하게 고기쌈을 물고 이따금씩 눈이 마주치면 웃음을 터뜨렸다.

저녁을 먹고 나서 아름이와 나는 가수 전효성에 대해 얘기하다가 또 싸웠다. 아니, 싸웠다기보다는 진지하게 토론했다고 치자.

19:10

청이를 데리고 집 앞 놀이터로 나왔다.

청이는 하루 종일 집에만 있다가 나와서 그런지 놀이터 여기저기를 돌아다니느라 바쁘다. 그러다가도 낯선 사람이 다가오면 쏜살같이 우리 곁으로 와 숨었다. 록이는 미끄럼틀에서 만난 친구와 노느라고 내려올 생각을 않고 있고, 엄마와 아름이와 나는 벤치에 앉아 쉬었다.

"너 이제 고2인데 학원 안 다녀도 되냐?"

"아우, 됐어. 내가 알아서 할 거야. 내가 필요하면 얘기할게."

공부하라는 잔소리 한 번 안 하는 우리 엄마도 내가 고2가 되니 슬슬 걱정이 되기 시작하나 보다. 내가 중2가 된 아름이 걱정을 하는 것처럼.

"너는 중학교 때 스펙 열심히 쌓아 둬. 임원 할 수 있으면 무조건 하고."

"걱정 마. 내가 알아서 해."

아름이가 내 참견이 귀찮은지 얼굴을 찡그렸다. 어렸을 땐 오빠라고 여기저기 잘만 따라다니더니 요즘엔 완전 개무시다. 뭐 중2병이 나으면 괜찮아지겠지.

바이브 노래가 문득 떠올라 흥얼거렸다. 갑자기 노래방이 가고 싶어졌다.

"우리 노래방 갈까?"

"너 수학여행 다녀와서 가자. 이젠 록이도 노래방 안 무서워할 거야."

엄마가 웃었다.

"그러자 그럼."

난 바람을 좀 더 쐬고 싶었는데 록이 감기 걸릴까 봐 집으로 들어가기로 했다.

"록아! 집에 가서 씻고 자자!"

"조금만 더 놀면 안 돼?"

"그럼 5분만 더 놀아!"

21:50

어느새 록이가 잠이 들었다.

아름이는 핸드폰 들여다보느라 정신이 없다. 그새 배가 꺼졌는지 출출하다. 난 엄마와 눈을 마주쳤다. 그러고는 아주 작게 말했다.

"편의점에 갈까?"

"다 들리거든!"

아름이가 소리쳤다.

"너도 갈래?"

"됐어! 또 둘이 맥주 마실 거잖아. 무슨 청소년이 술이야?"

그래서 엄마랑 둘이 나왔다.

밤이라 추울 수 있으니 겉옷도 잘 챙겨 입었다.

편의점 앞 테이블에 앉았다. 엄마가 맥주 두 캔과 감자 칩 하나를 사가지고 왔다. 바로 그때 대석이한테서 카톡이 왔다. 내일 현빈이네 집이 비는데 거기서 맥주 마시며 함께 놀자는 내용이었다. 나는 엄마 눈치를 슬쩍 봤다.

"왜? 나한테 할 말 있어?"

엄마가 맥주 한 모금을 마셨다.

"내일 현빈이네 집 빈다고 같이 놀자고 그러네. 근데 간만에 맥주 한 잔씩 하고 싶어서……"

다시 엄마 눈치를 봤다. 엄마가 나를 빤히 쳐다보고 있었다. 그렇게 조금 있다가 맥주 한 모금을 더 마신 뒤 입을 열었다.

"그러니까, 나보고 사다 달라는 거잖아. 알았어. 사다 줄게. 대신 너네 엉뚱한 짓 하고 돌아다니면 안 된다. 알았지? 내가 너네 믿으니까 사다 주는 거야."

나는 격하게 고개를 끄덕였다. 역시 우리 엄마다. 엄마가 안 사 준다고 해도 어떻게든 사다 먹겠지. 근데 엄마가 사다 주는 술은 정말 착하게 마시게 된다. 믿음의 힘인가?

맥주 한 모금을 입에 물고 고개를 젖혀 하늘을 봤다. 벚꽃이 까만 하늘 가득 하얗게 피어 있다.

"엄마 저 위 좀 봐 봐."

엄마도 맥주 한 모금을 물고 고개를 젖혔다.

"아, 이쁘다."

"나는 학교 빨리 졸업하고 싶어. 빨리 졸업해서 엄마 짐 덜어 주고 싶어."

"천천히 해. 천천히 해도 괜찮아."

바람이 불었다. 벚꽃이 화르르 날렸다. 맥주 한 모금을 더 마시고 고개를 뒤로 한껏 젖혔다. 꽃잎이 내 얼굴 위로 떨어졌다.

"아! 오늘은 정말 해피하다!"

"넌 학교만 안 가면 해피하지?"

"아냐. 오늘은 이상하게 더 특별히 행복하네."

그 까닭이 하얗게 핀 벚꽃 때문인지, 목으로 넘어가는 알싸한 맥주 때문인지는 잘 모르겠다. 어쨌거나 오늘은, 오! 해피 데이!

23: 51

집으로 돌아와 씻고 자리에 누웠다.

내 사랑 아이유 노래 딱 세 곡만 듣고 자야지.

그리고 내일은, 꼭 학교에 가야지.

너는 사랑만 주었다

안산 단원고 2학년 5반 **천인호**

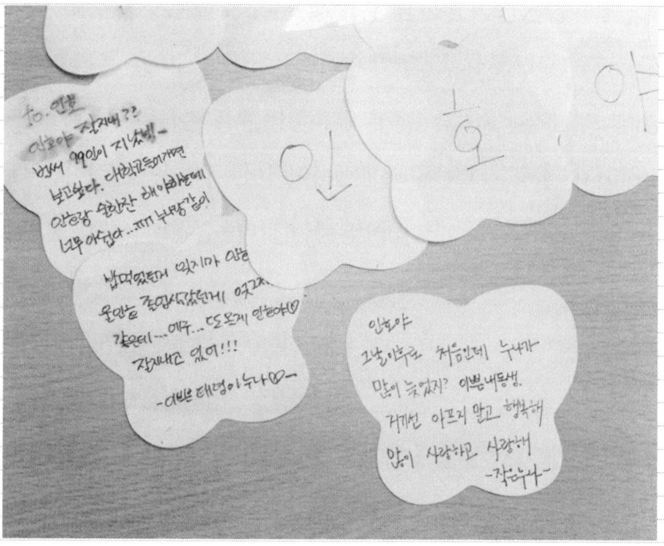

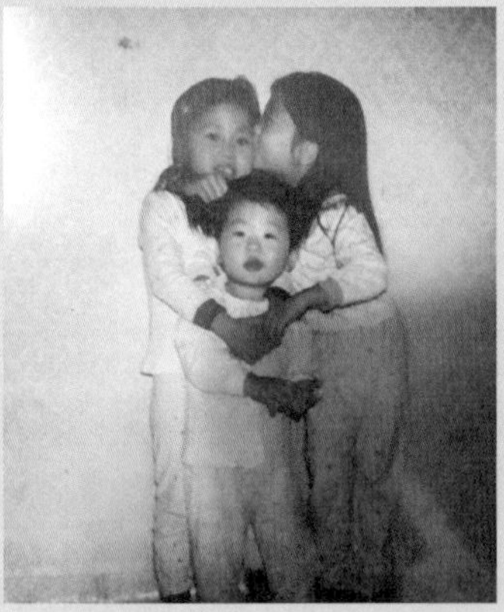

1. 한옥마을 놀러 갔을 때.
2. 누나들과 어릴 적.
3. 엄마, 작은누나와 함께.

너는 사랑만 주었다

가느다란 눈매, 웃으면 눈은 초승달 모양이 되었다. 높지도 낮지도 않게 오뚝 솟은 콧날과 굳게 다물면 도톰한 입술. 날렵하면서도 고운 턱선 때문에 엄마는 인호의 얼굴을 볼 때마다 예쁘다고 생각했다. 다섯 살, 네 살 터울의 큰누나, 작은누나도 그렇게 생각했다. 세상에서 하나뿐인 아들, 세상에서 하나뿐인 남동생.

무엇이든 잘해 주고 싶었다. 최고로 해 주고 싶었다. 넉넉한 살림은 아니었지만 인호가 '부족'이라는 단어를 떠올리는 건 싫었다. 그렇다고 허투루 쓸데없는 것을 바란 적은 한 번도 없었다. 무엇이든 해 주리라 마음먹었지만 무엇이든 다 해 달라고 하지 않는 아이. 엄마는 인호를 사랑할 수밖에 없었다.

인호는 사랑을 주면 받은 것 이상으로 돌려줄 줄 아는 아이였다. 집에서는 별말 없이 있다가도 엄마가 속이 상해서 누워 있으면 어느샌가 곁에 같이 누워 슬며시 끌어안으며 애교를 부렸다. 마음속에 응어리가 한껏 맺히다가도 등 뒤에서 인호의 체온이 느껴지면 엄마의 마음은 오월의 날씨처럼 화사하게 풀렸다. 인호는 곁에 있는 것만으로도 행복이었다.

누나들은 인호를 꾸며 주는 것을 좋아했다. 옷이든 헤어스타일이든. 덕분에 인호는 어딜 가든 옷 잘 입는다는 찬사를 듣고 다녔다. 누나들은 인호의 몸매가 예뻐서 무엇을 입혀도 잘 어울린다고 생각했다.

학교 축제에서 인호가 여장을 하고 나타났을 때는 가족 모두가 깜짝 놀랐다. 생각지도 못한 일이었는데, 무척이나 잘 어울려서 또 한 번 놀랐다. 거기다가 여장을 하고 춤을 추는 모습이라니, 인호에게 그런 끼가 숨겨져 있을 거라고는 누구도 예상치 못했다. 누나들 역시 있는 만큼은 한사코 잘해 주고 싶었다. 인호의 중학교 졸업식 날 큰누나는 자기 친구들을 모두 데리고 가서 인호와 친구들에게 축하 파티를 열어 줬다. 인호의 주변에서는 난리가 났다. 너네 누나 되게 예쁘다, 누나 친구들 되게 예쁘다. 인호는 한껏 뿌듯했다. '우리 누나가 이 정도야!' 마음속으로 생각했다.

인호는 단 음식을 무척 좋아했다. 초콜릿과 아이스크림. 큰누나는 강남 같은 데서 다른 친구들과 놀고 올 때면 디저트 가게에서 인호가 좋아할 법한 것들을 종종 사다 줬다. 누나가 사다 준 디저트들을 받아 들고 인호는 해사하게 웃었다.

작은누나는 상대적으로 터울이 적은 편이라 인호와 종종 다퉜다. 그렇다고 크게 다투는 것은 아니었다. 인호를 압도하는 큰누나와는 달리 작은누나는 고집이 세면서도 온순한 성품으로 인호와 친구처럼 지냈다. 주말이면 엄마와 누나들은 인호와 함께 데이트를 다녔다. 엄마도 인호의 손을 꼭 잡고 다녔고, 누나도 질세라 인호의 손을 꼭 잡았다. 서울에도 자주 놀러 다녔다.

집에서 인호는 말이 많지 않았다. 밖에서 힘든 일이 있어도 집에서는 내색하지 않았다. 하지만 사랑한다는 말에는 아낌이 없었다. 엄마 사랑해, 누나 사랑해. 사랑하는 아들 인호, 사랑하는 동생 인호. 인호는 세상에서 제일가는 보물이었다.

동까스 신동환, 굼벵이 허승연, 찹쌀이 김예진, 모두 인호가 붙여준 별명들이었다. 동환이는 인호가 동환쓰라고 부르다 돈까스로 발음이 전이되어 동까스가 되어 버렸다. 승연이는 행동이 굼뜨다고 인호가 굼벵이 같다 계속 놀리다 별명으로 정착되어 버렸다. 예진이는 피부가 많이 하얘서 찹쌀떡 같다고 말하다가 뒤에 떡은 발음하기 귀찮아 빼 버리고 찹쌀이가 되었다. 넷 중 인호만 별명이 없었다. 가끔 예진이가 깝죽이라고 놀리기는 했지만, 안타깝게도 공식적인 별명으로 정착되지는 못했다.

아이들은 중학교를 같이 다녔다. 예진이가 2학년 때 전학을 왔고 승연이와 인호가 같은 반이었다. 셋은 3학년을 올라가서도 같은 반이었는데, 그때 동환이가 합류했다.

예진이는 처음 전학 와서 잘 적응하지 못했다. 예쁘장한 외모에 질투하는 아이들도 있었고, 어째서인지 먼저 다가오는 친구들도 없었다. 예진이가 외로워서 학교에 대해 많은 회의를 갖고 있을 때 가장 먼저 손을 내민 것은 인호였다. 무심한 척하면서도 작은 먹거리 등을 예진이 앞에 툭툭 던져 주면서 지나갔다. 그러다가 말도 한두 번씩 붙이기 시작했다. 인호는 길게 말하는 타입은 아니었다. 짧게, "혼자 뭐하냐?"라고 던진 뒤 반응을 이끌어 냈다. 그러면서 어디 갈 때는 꼭 데리고 다니고, 밥도 같이 먹었다. 누구랑 어울려 놀 때도 꼭 예진이를 끼워 줬다. 예진이는 친구들 사이에 자연스레 어울리기 시작했다. 내성적일 거라 생각했던 예진이가 그렇게 말을 잘할 거라고는 누구도 생각하지 못했다.

인호는 그랬다. 자기 곁에 누군가 외로워하는 것을 보지 못했다. 베풀고 챙겨 주는 것이 무엇인지 본능적으로 알고 있었다. 공부를 잘하든 못하든, 착하든 그렇지 않든, 잘났건 못났건 인호에게는 다 똑같은 친구였다.

승연이는 언제 그랬는지도 모르게 자연스레 친해졌다. 승연이는 말이 적은 것 같았지만 한 마디 한 마디가 무게가 있었다. 정곡을 찌르는 화법이 매력이었다. 셋은 3학년 때도 같은 반이 되었다. 그때 처음으로 같은 반이 된 동환이가 그룹에 합류했다. 덩치가 큰 동환이는 생긴 것만큼이나 성격이 둥글둥글해서 사람들의 호감을 쉽게 얻는 친구였다. 그렇게 넷은 세상에 다시 없을 친구가 되었다. 항상 몰려다니고 밥도 같이 먹고 학교를 마치고서도 붙어 다녔다. 집에 돌아와서는 페이스북에서, 카톡방에서 노수다를 떨었다. 넷의 재잘거림과 함께 중3 시절은 훌쩍 지나갔다. 넷 중 인호만 단원고등학교를 가게 됐다.

학교가 다르다고 해서 넷의 우정이 달라지진 않았다. 안산 중앙동 카페베네는 아이들의 아지트였다. 모여서 떡볶이를 먹고 영화를 보러 다녔다. 노래방도 갔고, 포켓볼도 쳤다. 처음 포켓볼을 치던 날, 인호와 예진이가 한편을 먹고 승연이와 동환이가 한

곰빵이꺼!
우리는 친구
찹쌀이꺼!
맛나게 먹어라!
-인호-
동까스꺼!
내가 옆에 있으니까 좋지? 나도 좋아!
-인호가-

편을 먹었다. 인호와 예진이가 큐로 공을 치는데 치는 족족 구멍으로 공이 들어갔다. 자기들이 치고서도 믿을 수 없는 일이었다. 둘은 하이파이브를 하며 "우린 천재야!"라고 외쳤다. 아이들이 모두 함께 자지러졌다.

노래방에서 인호는 의외의 모습을 보여 줬다. 지드래곤의 〈삐딱하게〉를 멋드러지게 불렀던 것이다. 노래 자체가 난이도가 있고 지드래곤 특유의 음색 때문에 느낌을 살리기가 힘든데 인호는 랩에서 노래까지 훌륭하게 소화해 냈다. 아이들은 하나같이 제법이라는 반응을 보였다. 게다가 인호는 여성 가수의 노래도 꽤 불렀다. 남자임에도 불구하고 여성 가수 특유의 감성을 잘 살려 듣기 좋게 잘 불렀다.

인호가 수학여행을 떠나기 몇 주 전 아이들이 모였다. 3월 26일이었다. 한동안 만나지 못하다 모였다. 그래 봐야 몇 달이지만 중학교 때 붙어 다녔던 것을 생각하면 그것도 꽤 오랜 시간이었다. 수요일 저녁 카페에서 만나 또 한바탕 이야기 보따리를 풀어놓았다. 각자의 학교에서 겪은 다른 상황들을 늘어놓고, 그 또래라면 가질 법한 고민들을 함께 털었다.

〈제빵왕 김탁구〉를 보고 난 뒤 인호는 빵을 만드는 것에 흥미를 가졌다. 야간 자율학습이 정말 '자율'이 되면서 일주일에 두 번씩 제빵 학원을 다녔다. 만든 빵은 가져와서 집에 약간 남기고 나머지는 몽땅 학교 친구들에게 나눠 주곤 했다. 인호가 만든 빵은 꽤 맛있었다. 그런데 정작 이 세 친구한테는 빵을 먹여 줄 일이 없었다. 타이밍이 좀처럼 맞지 않았다. 평일에 만든 빵은 전부 학교에 가져가 버리니 말이다. 아이들은 하나같이 빵 맛 언제 보여 주냐며 타박했다. 한참을 벼르고 별러 인호는 이날 친구들에게 빵을 줄 생각이었다.

"오늘 빵 가져왔다."

"야, 그 비싼 빵 이제 먹어 보는 거냐. 얼른 꺼내 봐 봐."

빈정거림과 기대가 섞인 아이들의 반응이었다.

"싫은데, 이따 집에 갈 때 줄 거야."

"뭐야."

정신없이 떠들다 보니 어느새 늦은 시간이 되어 아이들은 집에 돌아가야 했다. 카페를 나와 각자 뿔뿔이 흩어질 때 인호는 예진이를 버스 정류장까지 데려다준다 했다.

정류장까지 가는 짧은 길에 둘은 두런두런 이야기를 나눴다.

"나 너한테 할 말 있다."

"뭔데? 뭔데?"

"나 마음에 드는 애 있는데, 고백할까?"

"누군데? 나 아는 애? 혹시 나?"

"뭔 헛소리야. 넌 모르는 애. 같은 동아리에 있는데 되게 착해."

어릴 적부터 엄마는 인호에게 인성이 먼저라고 가르쳤다. 인호 역시 천성이 남 챙기기를 좋아해 봉사 동아리 활동을 열심히 했다.

"야, 남자 놈이 뭘 고민해. 좋으면 그냥 좋다고 말해."

"응."

인호가 멋쩍게 웃었다.

"우리 인호가 이 누님한테 먼저 고민을 털어놓기도 하고. 다 컸네."

"야 꺼져. 버스 왔거든. 얼른 들어가. 동까스 생일 때 보자."

4월 19일이 동환이의 생일이었다.

"그래, 간다. 이따 톡방에서 보자!"

집에 돌아오는 길에 아이들에게 빵을 주지 않았다는 사실이 떠올랐다. 나머지 셋도 빵을 받아 간다는 것을 깜빡하고 있었다. 인호는 다음에 만날 때는 아이들에게 꼭 빵을 줘야겠다고 생각했다.

수학여행을 가기 전 엄마는 인호에게 맨투맨 티셔츠, 청바지와 새 운동화를 사 줬다. 고등학교 수학여행은 평생 기억에 남는 이벤트이니만큼 아이들은 한껏 멋을 부리고 간다. 그러니 인호에게도 제일 예쁜 새 옷을 입혀 주고 싶은 것이 엄마의 마음이었다.

수학여행을 떠나는 날이었다. 인호는 자기가 소중하다고 생각하는 건 모두 챙겼다.

엄마는 수학여행 가서 잃어버릴지도 모른다고 했지만, 인호는 굳이 좋은 것들을 챙겨서 갔다. 1월 5일이 인호의 생일이었는데, 엄마는 새 지갑을 하나 선물했다. 인호가 입학할 때 큰누나는 알이 큰 시계를 하나 선물했다.

한껏 멋을 낸 인호가 새 신발을 신고 현관문을 나섰다. 엄마는 현관문 밖까지 나와 인호를 배웅했다. 비록 3박 4일이지만 제 품을 떠나는 아들에게 혹시라도 무슨 일이라도 있으면 어쩌나 하는 걱정이 드는 건 어쩔 수 없는 일이었다.

"뭐 빠뜨린 거 없이 다 챙겼지? 조심해서 다녀와. 재밌게 놀고."

"응. 엄마, 다녀올게."

계단을 내려가며 인호가 대답했다. 인호는 환히 웃으며 엄마에게 손을 흔들었다.

화창한 봄 날씨였다. 나들이 가기 무척 좋은 날씨였다. 누구라도 멀리 떠나고 싶은 그런 날이었다. 학교로 향하는 인호의 걸음걸음마다 햇살이 쏟아졌다. 학교 정문으로 하나둘씩 친구들이 모여들었다. 오래도록 기억될 수학여행의 설렘을 제각기 한껏 품은 표정이었다.

그날 오후, 수업을 마친 아이들은 삼삼오오 모여 용돈을 얼마 받았다는 둥, 자기는 뭘 챙겨 왔고, 어떤 브랜드의 옷을 새로 샀다는 둥 자랑을 늘어놓았다. 아이들이 조잘대는 소리에 학교 운동장은 한껏 소란스러웠다. 준비된 버스에 아이들은 차례대로 올랐다. 항구까지 가는 길, 버스는 아이들의 기대가 가득 차 있었다.

항구에 도착해서 아이들은 질서 정연하게 배정된 방으로 들어갔다. 개중에는 배를 처음 타 보는 아이들도 있었다. 아이들이 배에 올라 출발 시간을 기다리고 있을 때 공지가 내려왔다. 출발시간이 좀 늦어진다는 것이었다.

인호는 엄마에게 문자를 보냈다.

「엄마, 출발이 늦다. 저녁 먹고 출발한대.」

엄마는 다시 한 번 조심하라고 당부했다.

배는 원래 시간보다 2시간 반이나 늦게 출발했다. 짙은 밤안개 속이었다.

인호와 친구들의 긴 수학여행은 그렇게 시작됐다.

보석처럼 빛나는 아들

안산 단원고 2학년 5반 **최남혁**

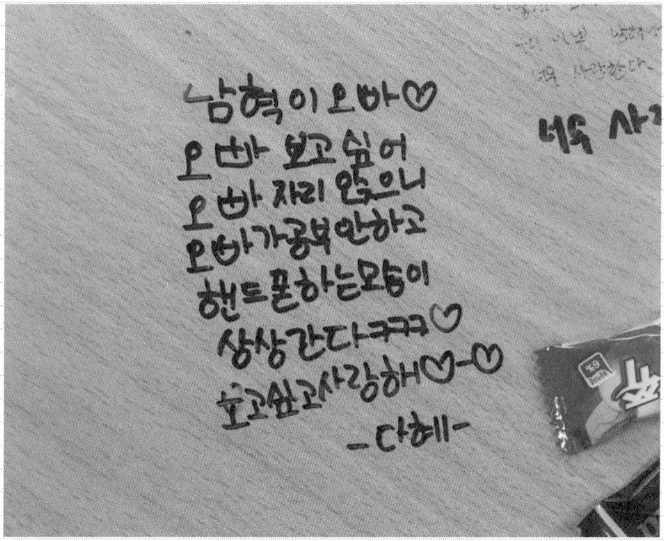

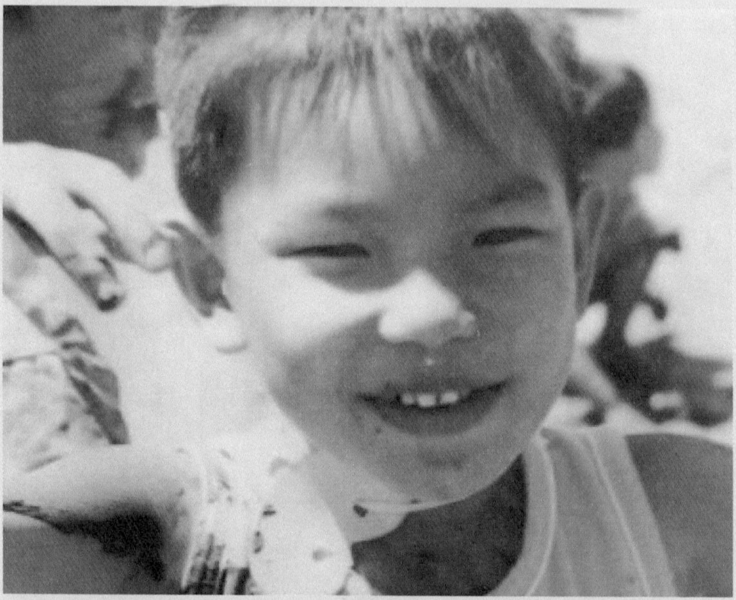

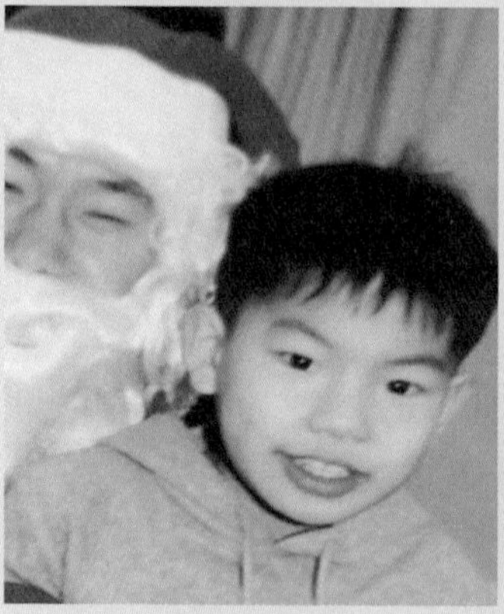

1. 모범생, 우등생, 행복 전도사.
2. 어린 시절 성탄절의 한때.
3. 단원고 다닐 때.

보석처럼 빛나는 아들

"엄마, 나 오늘부터 공부 들어갈 거야."

학교에 다녀온 남혁이 집에 오자마자 선언하듯이 말했다.

"응. 시험이 한 3주 남았나 보구나. 먹고 싶은 거 있어?"

시험을 앞두면 항상 3주쯤 전부터 남혁이가 공부에 몰입하는 버릇을 엄마도 잘 알고 있었다.

"나 먹고 싶은 거? 엄마도 알잖아. 이따 아빠 오시면 치킨 시켜 줘."

"넌 생긴 건 아빠를 쏙 빼닮았으면서 식성은 어째 그렇게 달라? 아빠는 채소를 좋아하는데 넌 맨날 치킨 아니면 삼겹살만 찾고. 살도 찌지 않으면서. 하긴 살찌는 것보다는 낫다."

엄마의 얼굴에 흐뭇한 미소가 가득 퍼졌다. 보고만 있어도 배가 불러오는 것 같았다. 내 배 아파서 낳은 자식이지만 어렸을 때부터 공부하는 걸 재미있어 하는 남혁이를 엄마는 대견해하면서도 신기해했다.

저녁에 아빠가 퇴근하는 길에 치킨 한 마리를 사 왔다. 동생 다혜까지 네 식구가 먹었는데도 한 쪽이 남았다. 치킨이 먹고 싶다던 남혁이도 겨우 몇 쪽 먹고는 배가 부르다고 했다. 네 식구가 둘러앉아 오순도순 이야기를 나누는 시간, 아빠는 누가 보아도 자신을 닮았다고 하는 남혁이를 보며 저절로 입가에 미소가 번진다.

"아빠, 이번에는 꼭 약속 지킬게요."

남혁이가 굳은 결심이라도 한 표정으로 말했다.

"약속? 무슨 약속?"

아빠는 정말 무슨 약속을 했는지 기억이 나지 않았다.

"제가 초등학교 졸업 전까지 꼭 올백 한 번 맞아 온다고 했잖아요."

"아, 그거? 그게 네 혼자 하겠다고 한 거지, 아빠랑 약속한 건 아니잖아. 그리고 괜히 너무 무리하지 마."

그제야 생각이 났다. 지난 1학기에 남혁이는 전 과목을 통틀어서 딱 한 문제를 틀렸다. 그 성적표를 보고 엄마 아빠는 놀라고 기뻐서 입이 벌어졌는데 남혁이는 한 문제를 틀린 것이 몹시 아까운 모양이었다.

어려서부터 남혁이는 학교에 가는 것도 공부하는 것도 재미있어 했다. 아침에 깨우지 않아도 척척 일어나서 학교에 갈 준비를 했고 단 한 번도 지각을 하지 않았다. 그런 남혁이를 보며 엄마 아빠는 신기해했다.

"솔직히 말해서 당신이나 나나 공부에는 그다지 소질이 없었던 거 같은데 남혁이는 누구를 닮아서 저렇게 공부하는 걸 좋아하지?"

두 사람이 그런 이야기를 나눈 적도 여러 번이었다. 그리고 차츰 남혁이에 대한 기대가 커져간 것도 사실이었다. 처음 태어났을 때부터 남혁이는 부부에게 보석과도 같은 아들이었다.

남혁이는 1997년 10월 2일에 태어났다. 가을로 접어들며 아침저녁으로 서늘한 바람이 불기 시작한 때였는데, 그날은 이상하게 낮 기온이 30도가 넘을 정도로 날씨가 몹시 더웠다. 구름 한 점 없이 맑은 하늘에 햇살이 따갑게 내리쬐던 목요일, 엄마 이금임은 두려움을 가득 안고 병원으로 향했다. 스물 넷, 아직 어린 새색시였다.

"언니, 우리 애기 손발 다 있어?"

정신을 차린 엄마가 함께 갔던 언니에게 물어본 첫마디는 겨우 그것이었다. 열 달 동안 몸에 품고 있으면서 건강하게 아기가 태어나게 해 달라고 늘 빌었던 엄마였다. 그래서 그런 말이 나왔을 것이다.

"그래. 손발 다 있고 아빠를 빼닮았다."

웃음과 함께 돌아온 대답을 듣고 금임은 비로소 안도의 숨을 내쉬며 다시 잠에 빠져들었다. 꿈인지 생시인지, 언젠가 아기를 가졌을 때 꾸었던 태몽이 떠올랐다 사라지곤 했다. 커다란 보석함이 금임 앞에 놓여 있었다. 이게 내 건가? 누가 이걸 내게 주고 갔지? 고개를 갸웃거리면서 살며시 보석함을 열어 보았다. 조금 열리자마자 강렬한 빛이 새어 나왔다. 그 빛을 내는 것은 보석함 속에 든 커다란 다이아몬드였다. 그렇게 큰 다이아몬드를 본 적은 없지만 그것은 분명히 주먹보다도 크고 각이 진 다이아몬드였다. 눈이 부셨다. 금임은 떨리는 손으로 그것을 꺼내어 품에 안았다. 그 꿈을 꾸고 난 후 금임은 그것이 태몽이었다는 것을 알았다.

아기는 4킬로그램이나 되었고 갓 태어난 아기답지 않게 피부가 하얬다. 아빠를 닮아 머리가 컸고 눈, 코, 입이 모두 아빠를 떠올리게 했다. 이게 바로 핏줄인가 싶을 정도로 아빠의 모습을 닮은 아들을 보며 아빠 최금복은 어쩐지 믿기지 않는 기분이었다. 내가 정말 아빠가 되었구나, 하는 마음과 함께 어쩌면 이렇게 나와 똑같은 아들이 생겨났지? 하는 신기한 마음이었다.

"우리 아들 이름을 무어라고 짓지?"

갓난아기를 앞에 둔 젊은 부부는 행복했다. 곰곰 이름을 생각하던 아빠가 생각난 듯이 말했다.

"잘 생각해 봐. 내 이름이 최금복이고 당신 이름이 이금임이잖아. 둘 다 이름 가운데 금(金)이 들어있는데 당신이 꾼 태몽도 보석 꿈이었어. 우리 아들 이름에는 빛날 혁(革) 자를 넣자구. 그리고 사내이고 남자다우라는 의미로 사내 남자를 붙여서 남혁이, 최남혁 어때?"

남혁이, 처음 듣는 이름이지만 어쩐지 입에 딱 붙으며 아기와 어울린다는 느낌이었다. 엄마는 아기를 바라보며 처음으로 남혁아, 하고 불러 보았다. 또 혁아, 라고도 불러보았다. 아기가 티 없이 맑은 눈으로 엄마를 올려다보며 웃고 있었다.

선부동을 고향으로 태어난 남혁이는 부부의 보살핌 속에 무럭무럭 자랐다. 두 살 터울의 여동생 다혜가 태어나고 아빠는 더 열심히 일했다. 몇 차례 이사를 다니기도 했지만 남혁이가 유치원에 들어갈 무렵에 다시 선부동으로 돌아와서 이후로 쭉 안산에 정착해서 살았다. 남혁이는 집안에서 처음으로 태어난 사내아이였다. 이미 먼저 결혼한 큰아버지가 있었지만 큰집에는 아직 아들이 없어서 집안에서는 남혁이를 장손 취급을 했다. 집안에 큰일이 있어서 모일 때면 큰아버지나 작은아버지가 모두 남혁이를 어르고 안아 주며 귀여워했다. 그때마다 아빠는 왠지 뿌듯한 마음이 들곤 했다.

남혁이는 화정초등학교를 다녔다. 친구들과 노는 재미도 알고 동생 다혜와 티격태격하기도 하면서 여느 아이와 다를 바 없는 것 같으면서도 점차 생각이 자라났다.

"아직 어려도 장남은 장남인가 봐. 남혁이가 벌써 엄마 아빠 생각하는 게 달라요."

엄마는 때때로 아빠에게 그렇게 말했다. 결혼 전에 직장 생활을 했던 엄마는 남혁이가 태어난 이후에는 육아에 전념하고 있었다. 바깥일에 바쁜 아빠보다는 아이들과 지내는 시간이 많으니까 남혁이가 변해 가는 모습을 잘 알고 있었다.

"그럼. 그렇겠지. 내가 우리 아들, 딸 보는 재미에 산다니까."

너나없이 힘들던 IMF를 겪으며 삶의 무게는 더해졌지만 아빠는 가정을 책임지고 두 아이를 잘 키워야 한다는 각오로 열심히 일했다. 그에 대한 보답이라도 하듯이 남혁이는 학교와 집에서 매사에 나무랄 것 없이 잘 생활해 나갔다. 공부에 재미를 붙이고 있다는 것을 안 이후에 꾸준히 학원에 보내 주었는데 남혁이는 단 한 번도 학원을 빼먹거나 늦게 가는 일이 없었다. 주변의 학부모들과 이야기를 해 보면 아이들이 어떤 핑계를 대서 학원을 빠지거나 심지어는 몰래 친구들끼리 놀다 오는 경우도 있다는데 남혁이는 절대로 그런 일이 없었다.

"엄마 아빠가 힘들게 번 돈으로 학원비를 내 주시는데 어떻게 빠질 생각을 해요? 말도 안 되죠."

남혁이는 정말 상복이 많은 아이였다. 초등학교 때부터 받아온 상이 셀 수 없을 정도로 많았다. 그만큼 노력한 결과였기에 남혁이가 상을 받아올 때마다 뿌듯한 마음을 감출 수 없었다.

“엄마, 드디어 목표 달성이에요!”

학교에서 돌아온 남혁이가 평소와 달리 꽤나 흥분한 목소리로 엄마에게 다가오더니 덥석 엄마를 끌어안았다. 가끔 기분 좋을 때 엄마를 안아 주는 아들이었다. 엄마는 무슨 일인지 금세 짐작이 가면서도 정말일까, 믿기지 않았다.

“정말이야? 정말 올백을 맞은 거야?”

엄마의 목소리도 커졌다.

“이것 봐, 엄마.”

남혁이가 내민 성적표에는 모두 1자와 0자 밖에 없었다. 전 과목 100점, 졸업하기 전에 꼭 이루겠다던 목표를 6학년 2학기에 마침내 달성한 것이었다. 싱글거리며 웃는 남혁이 앞에서 엄마는 저도 모르게 눈물이 핑, 돌았다. 아, 내 아들 정말 자랑스럽다. 100점을 맞아서가 아니라 자신이 세운 목표를 위해 노력하는 그 모습이 눈물겹게 고마웠다.

‘내가 복이 많은가 보다. 이런 아들을 갖게 되었으니.’

엄마는 가슴이 터질 것처럼 기뻐서 설사 팔불출 소리를 듣더라도 아무나 붙잡고 자랑을 하고 싶은 심정이었다. 하지만 제일 먼저 알릴 사람은 아빠였다. 서둘러 문자를 보내자, 금세 아빠에게서도 놀람과 기쁨이 섞인 답장이 왔다.

‘정말이야? 이렇게 좋은 날이 또 있을까. 오늘은 우리 집 파티하는 날이다.’

얼마 전 평소에 무얼 사 달라는 말을 잘하지 않는 남혁이가 자전거가 갖고 싶다고 했다. 친구들이 다 타는 자전거쯤이야 진즉 사 줄 수도 있었는데 남혁이는 전 과목 백점을 맞으면 그 선물로 사 달라는 것이었다. 남혁이와 함께 자전거를 고르고, 신나게 자전거를 달리는 모습을 보며 부부는 한없이 기뻤다. 멀리 더 높이 뻗어 갈 아들의 미래를 상상하는 것만으로도 저절로 미소가 배어 나왔다.

관산중학교에 입학하고 2학년 무렵, 조금씩 목소리가 변하는가 싶더니 코밑에 가

뭇가뭇 솜털이 벗겨지기 시작했다. 초등학교 때 활달했던 성격도 조금씩 말수가 적어졌다. 사춘기가 온 것이었다. 고3병보다 무섭다는 중2병이 오는 것은 아닐까, 엄마는 속으로 걱정이 되었지만 남혁이는 특별히 걱정을 끼치거나 하지 않았다. 꼭 한 번 친구 집에서 자고 싶다는 남혁이와 말다툼을 한 기억 정도가 남아 있을 뿐이다. 더 큰 걱정은 남혁이가 너무 마른 체격이 아닐까 하는 것이었다. 남혁이는 고등학교 2학년 때 키 172센티미터에 몸무게 60킬로그램이었다. 엄마는 가끔 좀 살이 붙으면 더 보기 좋겠다는 생각을 했다.

남혁이는 꾸준하게 공부에 신경을 썼고 특히 수학 과목을 좋아했다.

"어머니, 저 변호사나 검사하면 어때요?"

남혁이는 중학교 때 이후로 부모에게 존댓말을 썼다. 물론 기분이 좋거나 웃고 떠들 때는 엄마 아빠라고 부르며 편하게 이야기했지만 평소에는 의식적으로 존댓말을 쓰려고 했다.

"야, 징그럽다. 어머니, 아버지가 뭐야?"

엄마가 그렇게 말해도 남혁이는 고개를 저었다.

"부모님한테 너무 친구처럼 막 대하는 것도 좋지 않다고 생각해요. 친구들이 부모님한테 반말로 막 얘기하는 거 보면 정말 버릇없이 보여요."

남혁이는 점점 의젓한 소년으로 자라고 있었다. 그런 남혁이를 보며 엄마는 반듯하고 예의를 아는 아들이 더없이 믿음직스러웠다. 게다가 변호사나 검사라니, 그렇게만 되면 무엇을 더 바랄까.

"너 그 시험 얼마나 어려운지 알아? 정말 더 열심히 공부해야 될 거야."

"알아요. 당연히 열심히 공부해야죠."

씩 웃으며 대답하는 남혁이가 목표로 삼은 대학교는 고려대학교였다. 이미 중학교 때부터 친구들이 잘 가는 피시방도 일절 끊은 남혁이었다. 그런 결심이라면 못 할 것도 없겠지, 나는 우리 아들을 믿으니까. 엄마는 언제까지나 아들의 꿈을 응원해 주기로 굳게 마음을 먹었다.

그날, 모든 것이 물거품으로 변한 그날이 오기 전까지.

* * * *

아빠가 혁이에게

오늘도 소주 한 병을 들고 네 방으로 왔다. 이 녀석아, 어찌 아들의 영정 앞에 아빠가 술잔을 따르는 이 기막힌 현실을 남겨 주었니? 아무래도 이것은 몹쓸 꿈인 것만 같다. 꿈이라면 어서 깨어나기라도 할 것을. 네가 이 세상에 없다니, 네가 이 세상에 없다니……

아빠는 네 생각을 하며 소주를 마신다. 식구들끼리 저녁을 먹으러 갈 때면 늘 삼겹살을 선택하던 너. 그때마다 소주를 반주로 마시면서 어서 네가 커서 아빠와 술잔을 나누게 될 날을 그려보곤 했다. 남자끼리 술 한잔 마시며 속을 털어놓을 이야기도 있지 않겠니? 이제 와서 후회가 된다. 네가 고등학교에 들어가고 나서 아빠가 소주 한잔 주어 볼걸, 하고 말이야. 아직 어리게만 생각했는데, 따지고 보면 열일곱, 여덟이면 아빠랑 소주 한잔 해도 될 나이였는데.

아빠가 너와 살갑게 많은 이야기를 나누지는 못했어도 너를 얼마나 자랑스럽게 생각했는지 모를 게다. 아빠가 친구들이나 같이 일하는 사람들에게 얼마나 네 자랑을 하고 싶었는지 모른다. 아마 은근히 배 아픈 사람도 있었을 테지만 어쩌겠니, 아빠는 자식 이야기가 나오면 네 자랑을 하고 싶어서 입이 근질근질하니 말이야. 실은 네가 아주 어렸을 때부터 그랬단다. 큰집에 가서 큰아버지나 작은아버지를 만날 때도 아빠는 은근히 큰아버지를 놀려 주었지. 형님이 장손이라도 아들로는 우리 집안에서 남혁이가 장손 아닙니까, 그러니까 어서 형님도 아들 하나 낳으셔요, 그러면서. 그래, 남혁이를 보면 괜히 어깨에 힘도 좀 들어가고 뻐기고 싶었던 게 솔직한 아빠 마음이었어. 때로는 엄마가 꾸었다는 태몽을 떠올리며 정말 엄청난 보석이 내게서 태어났구나, 하는 생각도 들었단다.

정말이지, 아빠를 꼭 닮은 네가 태어나 잘 자라준 것만 해도 더없는 행복이었다. 게다가 기대 이상으로 반듯하고 제 할 일을 해내는 네 모습은 밥을 먹지 않아도 배가 부를 정도였다. 네게는 그런 말을 하지 못했지만 엄마에게는 자주 했던 말이 있단다. 나, 우리 혁이 보는 재미에 산다고.

전 과목 100점을 맞아서 선물로 사 주었던 자전거를 너는 얼마 안 가 잃어버리고 말았지. 자전거 도둑들이 많기는 하지만 그 뒤로도 너는 세 번이나 새로 사 준 자전거를 잃어버렸던 거 기억나지? 네가 더 속상해하던 모습도 떠오르는구나. 그때는 엄마도 네 학원비라도 보태겠다며 다시 일을 시작했을 때였는데, 네게 들어가는 건 그 무엇이라도 아깝지 않았다. 혁이는 아빠의 보물이었으니까.

네가 가고 난 후 네 유품을 정리하다가 영어사전 안에서 5만 원짜리 다섯 장이 나오더구나. 용돈을 아주 넉넉하게 준 것도 아닌데 어떻게 그렇게 큰돈을 모았던 걸까. 수학여행에도 가져가지 않은 걸 보면 그 돈으로 무언가 꼭 하고 싶었던 게 있었을 텐데, 이루지 못한 네 꿈인 것도 같아서 그만 주저앉아 울고 말았다.

소주 한 병을 다 비우고 다시 네 사진을 본다. 착하고 마음 깊었던 내 아들, 먼 윤회의 길을 돌아 내 아들로 왔던 혁아, 기다려라. 언젠가 우리 식구 모두 네 곁으로 가마. 그곳에서 다시 만나자. 고맙고, 그립구나.

* * * *

남혁이는 4월 23일 새벽, 자는 듯 깨끗한 모습으로 돌아왔다. 그리고 1년이 지난 2015년 4월 20일, 엄마의 꿈에 나타난 남혁이가 말했다. '엄마, 선생님이 우리 반 애들 다 모이래요.' 엄마는 남혁이 대신 이해봉 담임 선생님이 잠들어 있는 효원공원을 찾았다.

민석이는 떠나지 않았다

안산 단원고 2학년 5반 **최민석**

1. 형과 함께 식당에서 한 컷.
2. 웃음을 퍼트리는 아이 민석이.
3. 어릴 적 놀이터 철봉에 매달려 한 컷.

민석이는 떠나지 않았다

토닥토닥 키보드 자판 두들기는 소리가 민석이 방에서 조용히 들렸다. 민석이는 약간 구부정한 자세로 책상에 기대앉아 모니터 화면을 바라보고 있었다. 잠을 자야 하는데 수학여행 전날이다 보니 좀처럼 잠이 오지 않았다.

시간은 사뿐히 자정을 넘어가고 있었다. 몇 번의 마우스 클릭 소리가 잇따랐다.

민석이는 게임 정보 사이트 '루리웹'의 이용자였다. 루리웹에는 다양한 사람들이 모여들었다. 그래서 꼭 게임뿐만 아니라 다양한 정보가 공유되는 사이트였다. 민석이가 자주 가는 곳은 유머 게시판이었다. 꼭 '유머'만 이야기 하는 곳은 아니었다.

민석이의 닉네임은 '하루카씨'였다. 민석이가 가장 좋아하는 애니메이션인 아이돌 마스터의 여자 주인공 중 한 명의 이름을 따다 쓴 것이었다.

민석이는 '[잡담] 내일 수학여행가는데 밀린애니들을 못봤네요'라는 제목으로 글을 남겼다. 게시 시간은 2014.4.15.(00:52:52)로 기록되었다.

> 충사…… 죠죠…… 러브라이브…… 다음주까지 기다려야 겨우 볼 수 있겠네요.
> 어우 뭔 제주도를 3박 4일로 가는지……

유머게시판에 흔하게 올라오는 잡담성 게시물이었다. 워낙에 많은 게시물이 올라오는 곳이다 보니 글의 조회 수는 몇 백 단위를 넘지 않았다. 특히나 평일 새벽녘에 올린 게시물이라면 더욱 반응이 적었다.

게시물을 남기고 민석이는 인터넷을 뒤적뒤적거리다가 컴퓨터 전원을 껐다. 잠자리에 누워 수학여행에서 뭘 해야 하나 생각했다. 제주도를 다녀와서 엄마한테 드릴 선물은 뭘까, 감귤 초콜릿을 많이 사 가지고 오니 그걸 사다 드리면 좋겠다고 생각했다.

'그 일'이 벌어졌다. 민석이가 남긴 글에 사람들의 이목이 순식간에 집중됐다. 몇 백, 몇 십 수준으로 지나갈 게시글의 조회수는 4월 16일 오후를 지나면서 폭발적으로 증가하기 시작했다. 이용자 중 한 명이 올린 '유머 게시판에 남긴 글 중 하나가 단원고 학생 같다'는 말이 번지면서 벌어진 일이었다. 설마 하던 사람들이 하루카씨의 신상을 파악하기 시작했다. 닉네임 '톱임팩트586'이라는 이가 주도적으로 과거의 글을 찾고 단서를 파악해서 민석이의 신원을 밝혀냈다.

얼굴 없는 '하루카씨'는 사람들에게 '최민석'으로 다시 나타났다. 그 일은 뉴스에서만 지켜보고 무척이나 안타깝다고만 생각할 일이 아니었다. 하루카씨는 나와 비슷한 취미를 갖고 있으며, 내가 남긴 게시물을 읽었을 테고, 내가 보고 좋아한 것들을 좋아했을 것이었다. '하루카씨' 민석이는 다른 먼 곳에 있는 사람이 아니었다.

민석이의 글에 사람들의 댓글이 주렁주렁 달리기 시작했다. 사람들의 댓글은 한결같았다. 모두가 지금 민석이가 '그곳'에 없기를 바랄 뿐이었다. 혹시라도 그곳에 있다면 당장 무사히 돌아와 달라는 절박한 바람이었다.

닉네임 '느라느하'는 "죄송한데 이 댓글 보시면 새글 달아 주세요. 제발 부탁입니다. 어차피 하루에도 십몇 개씩 올리셨잖아요. 제발요"라고 말했다.

닉네임 'tazzmaniac'은 "얼른 와. 너 오면 내가 메일로 보고 싶은 애니메이션 다 내 시간 할애해서 보내 주마. 얼른 와. 와서 댓글만 달아. 제발…… 아침부터 형들 이렇게 울리고 나쁜 놈아……얼른 와서 댓글 달아……"라고 말했다.

닉네임 'CrossXGame'은 "무책임하고 이기적인 어른들 때문에 무서운 피해를 본 너희에게…… 이 형이 다 미안한 감이 드는구나…… 살아 있다면 걱정하는 분들 많으니까 글 꼭 쓰고 그게 아니라면…… 하늘에서라도 보고 싶었던 애니랑 게임들 마음껏 할 수 있다면 좋겠다. 그리고 나는 너희를 생각해서라도 그런 무책임한 어른이 되지 않을 것을 약속할게. 편히 쉬렴"이라고 말했다.

이같은 댓글이 수천 개가 달렸다. 댓글 수가 제한을 넘기자 과거에 민석이가 남긴 다른 글에도 댓글이 달렸다. 그중 누구도 허투루 말하지 않았다. 간절한 바람을 노골적으로 드러내는 이도, 간간히 욕설을 섞어 가며 격정적으로 말하는 이도 있었지만 하나같이 민석이의 무사 귀환을 바랄 뿐이었다.

비단 루리웹에서만 사람들의 염원이 울려 퍼진 것이 아니었다. 누군가가 민석이의 게시글을 인터넷 커뮤니티 여기저기에 퍼나르기 시작했다. 순식간에 '하루카씨'와 단원고 아이들의 무사 귀환을 바라는 사람들의 염원이 눈덩이처럼 불어났다. 티브이와 신문에서는 연일 비관적이면서도 건조하고 무책임한 내용의 뉴스가 범람했지만, 인터넷에 퍼지는 사람들의 간절한 바람은 식을 줄을 몰랐다. 얼굴 한 번 보지 못한 민석이가 그들에게는 친구이자 동생이자, 아들이자, 조카가 되었다.

그러나 사람들의 염원은 끝내 이뤄지지 않았다.

민석이는 4일 만에 다시 세상에 모습을 드러냈다. 민석이의 빈소가 차려지자 낯선 사람들이 하나둘씩 찾아왔다. 그들의 손에는 각각 무언가 하나씩은 들려 있었다. 애니메이션이 들어 있는 하드디스크, 라이트노벨(그림이 곁들여진 가벼운 내용의 소설), 만화책, 게임 소프트웨어, 휴대용 게임기 등등 각양각색이었다. 모두 생전 민석이가 좋아하던 것들이었다. 조문객들은 민석이가 그간 올린 게시물들을 보고 민석이의 취향을 파악해서 빈소에 올려놓고 갔다. 누구는 조용히 다녀가기도 했고, 누구는 다녀와서 인증글을 올리면서 다른 사람들의 동참을 당부하기도 했다.

흔치 않은 풍경이었다. 아마도 초유의 일이었을지도 모른다. 찾아오는 사람들은 각자 나름대로 민석이와 아이들에 대한 미안함을 그렇게 표현하고 있었다. '그 일'이 벌어진 것에 대해 각자가 짊어진 조금씩의 책임을 그렇게 지고 있었다. 물론 그것으로 자신의 책임을 다했다고 생각지는 않았다. 끊임없이 기억하고, 분노하고, 자신의 주변을 한 번 더 돌아보며 민석이를 가슴 속에 품었다.

그들은 민석이를 아직도 계속해서 찾고 있다. 민석이가 남긴 글을 틈만 나면 찾으면서 그 일이 벌어졌을 때의 다짐을 곱씹곤 한다. '하루카씨'로 스쳐 지나갈 수도 있었건만, 어느샌가 누구보다도 친숙한 사람이 되어 있었다. 때로는 댓글을 달면서 민석이에게 대화를 건넨다. 답글은 달리지 않는다. 그러나 그게 중요한 것은 아니었다. 그들은 자신의 마음과 대화했고, 그 마음속에는 민석이가 살고 있었다. 사람의 마음에는 불가사의한 사랑이 맺히기도 한다.

민석이는 참 반듯한 아이였다. 다른 여러 가지 말을 찾아보려 했지만 도저히 다른 말을 떠올리기 힘들 정도다. 어찌나 고지식한지 횡단보도가 아니면 절대 길을 건너지 않았다. 같이 가는 엄마가 차가 오지 않으니 길을 그냥 건너도 괜찮다 말해도 그럼 횡단보도를 왜 만들었겠냐며 오히려 핀잔을 줬다.

어릴 적 다른 친구들이 장난감을 찾을 때 민석이는 책을 찾았다. 학교에서 찍은 사진을 보면 민석이는 죄다 책 읽는 모습만 찍혀 있었다. 덕분에 상식이 매우 풍부했다. 뭐든 물어보면 척척 대답하는 만물박사였다.

그래서인지 학원을 다니지도 않았다. 민석이는 학원에서 공부하는 아이들을 이해하지 못했다. 학교에서 선생님 말씀만 잘 들어도 되는데 왜 시간과 돈을 낭비하냐는 문제의식을 갖고 있었다. 학교에서 열심히 공부하고 저녁 시간에는 집에 와서 놀겠다는 것이 민석이의 철학이었다. 효율을 중시하는 태도였다. 다들 잠만 자는 야간 자율 학습도 굳이 해야 할 이유가 없어서 입학하고 처음에만 잠깐하다가 유도를 배우러 다녔다.

민석이는 화려한 옷과 신발을 좋아하지 않았다. 학생은 학생답게 입어야 한다면서 눈에 띄는 형광이 들어간 신발 같은 것은 절대 신지 않았다. 일진처럼 보인다는 이유였다. 옷은 검은색 아니면 흰색 등 단색 계열만 찾았다.

민석이의 입맛 역시 성품을 따라갔다. 민석이는 라면과 같은 인스턴트 식품을 그리 좋아하지 않아 거의 입에 대지 않았다. 엄마가 만들어 주는 음식을 굉장히 좋아했다. 따뜻한 밥을 먼저 찾았고 된장찌개에 돌자반김을 좋아했다. 삼겹살도 좋아했다. 형인 우석이와 민석이, 형제가 공히 좋아하는 음식이었다. 돈가스와 볶음밥도 좋아했는데 그건 먹는 집이 따로 있었다. 엄마는 민석이에게 삼겹살을 마음껏 먹여 주지 못한 것이 못내 안타까웠다.

사람들을 좋아했다. 어릴 적 아빠와 떨어져 살게 되면서부터 사람들을 항상 그리워했다. 사람들이 집에 놀러 왔다가 돌아가면 울음을 터뜨리곤 했다. 지나가는 아이들을 보면 예쁘다고 생각하면서 반드시 지켜 줘야 할 존재라고 여겼다. 어쩌면 민석이가 사람들을 찾은 만큼 사람들이 다시 민석이를 찾게 된 걸지도 모를 일이다.

민석이의 꿈은 확고했다. 경찰이 되는 것이었다. 대학을 가려면 반드시 장학금을 받을 생각이었다. 엄마에게 부담을 주지 않기 위해서였다. 담임인 이해봉 선생님은 민석이의 꿈이 확고하니 굳이 대학에 갈 필요 없이 고등학교를 졸업하자마자 노량진에 있는 학원에 다닐 것을 추천했다. 민석이는 병역 문제가 해결돼야 경찰 시험에 응시할 수 있다고 가산점을 받을 수 있는 의경을 가겠다고 했다. 벌써부터 진로를 정해 놓은 상태였다. 민석이를 아는 사람들은 분명히 훌륭한 경찰이 될 거라 믿어 의심치 않았다. 엄마는 민석이에 대해 걱정할 것이 하나도 없었다.

민석이의 침대 옆에는 엄마가 게임해서 뽑아 준 인형이 하나 놓여 있다. 민석이는 항상 베개 옆에 인형을 두고 잠을 잤다. 민석이가 떠난 후에도 엄마는 그 인형을 치우지 않았다. 민석이의 방을 정리하다 인형에 때가 타 있으니 빨까 해서 집어 들었는데, 민석이의 냄새가 확 풍겨 올라왔다. 엄마는 인형을 안고 펑펑 울었다. 구석구석에 민석이의 흔적이 가득 배어 있었다. 민석이의 흔적을 차마 치울 수 없었다.

엄마에게 시간은 약이라는 말은 새빨간 거짓말이었다. 시간이 갈수록 민석이에 대한 그리움만 커졌다. 시간은 약이 아니라 고통이었다. 자식을 먼저 보낸다는 것은 헤아릴 수 없는 아픔이었다.

용기를 내서 민석이의 번호로 전화를 걸었다. 정지돼 있다는 음성이 들려왔다. 예전에는 민석이가 전화를 안 받으면 나중에 민석이에게 화를 내곤 했다.

엄마는 민석이가 어딘가에 살아 있을 것만 같았다. 어디 사람 없는 섬에서 지낼지도 모른다는 생각이 들었다. 민석이를 키우면서 한 번도 속을 썩은 적이 없었다. 민석이는 말 없이 어디를 나간다거나 늦게 귀가를 하는 일이 절대 없었다. 말썽을 부리는 친구들과 어울리는 일도 없었고, 반듯하게 학교를 다니고 반듯하게 졸업했다. 가만히 놔두면 알아서 자라는 아이였다. 그런 민석이가 엄마의 곁을 떠났다. 믿기 힘든 일이었다.

루리웹 닉네임 '톱임팩트586'은 민석이와 일면식도 없는 사람이었다. 그는 '그 일'이 벌어진 뒤 루리웹에서 '하루카씨'의 이야기를 보고선 빈소를 찾았다. 빈소에서 울부짖는 가족들을 보고 도저히 발길을 뗄 수 없었다. 그는 자신의 가족인 양 상주하면서 조문객들을 챙겼다. 찾아오는 루리웹 회원들을 안내도 했다. 그는 장지까지 함께했다.

민석이를 보낸 뒤 그는 진도체육관을 찾았다. 찾아가는 길부터 한 장면 한 장면씩 기록했다. 누군가는 반드시 그래야 한다고 생각했고, 그게 자신이라고 여겼다.

슬픔과 분노가 가득한 현장에서 그는 묵묵하게 쓰레기를 치우고 자리를 정리했다. 저지르는 사람은 따로 있었다. 그리고 치우고 정리하는 사람도 따로 있었다. '그 일'도 그랬다. 누군가는 일으키고 숨기려 했다. 누군가는 진실을 밝히고 바로잡으려 했다. 지리멸렬할지라도 반드시 진실은 이겨야만 한다. 그는 그렇게 생각했다.

여러 장소를 오가면서 필요치 않은 오해를 받는 일도 있었다. 그에게 당연히 악의 같은 건 없었다. 오해를 살 만한 행동을 한 것도 없었다. 그는 자신이 할 수 있는 일이 있는 곳, 되도록이면 남들이 먼저 찾지 않는 곳을 찾아갔다. 그러나 어쩐 일인지 오해는 벌어졌고 그에게 필요치 않은 아픔을 안겨 주기도 했다. 그는 모든 것을 감내했다.

누구의 대가를 바란 것이 아니었다. 대가를 줄 사람도 없었다. 유족들의 따뜻한 말, 인터넷에 간간이 올라오는 사람들의 응원이 그에게는 유일한 대가였다. 사실 그는 그

조차도 바라지 않았다.

유족들의 집을 찾을 일이 많았다. 어느 집을 가도 그에게 고생 많았다며 밥상을 차려 주었다 그는 밥상을 받을 때마다 음식을 하나도 남기지 않고 먹었다. 남길 수 없었다. 밥상에 차려진 것은 음식이 아니라 그를 향한 사람들의 마음이었다.

민석이로 인해 그의 삶은 바뀌었다. 다니던 회사도 그만뒀고, 주변에는 이해할 수 없다면서 그를 타박하는 이들도 있었다. 하지만 그것이 그의 사명임을 떨칠 수가 없었다. 그는 아직도 민석이를 위해 기록하고 있다. 민석이는 차별 없고 행복한 세상을 바랐다. 그는 민석이의 마음을 이어 가야 한다고 생각했다. 작은 싸움이다. 누군가는 세상을 망친다 하더라도 그와 같은 이들이 보이지 않는 곳에서 바로잡기 위해 노력하고 있다. 그것만은 반드시 알아야 한다.

그가 민석이의 빈소를 지키던 어느 날 새벽이었다. 지친 그는 벽에 잠깐 기댔다 순식간에 잠이 들었다. 쉬이 잠을 잘 수 없는 상황과 장소였다. 잠깐 눈을 붙였다 떴다. 아직 잠에 취해 비몽사몽이던 그에게 민석이가 보였다. 만나 본 적은 없지만 그 아이가 민석이라는 것은 분명히 알 수 있었다.

민석이는 위패 앞에 쌓인 조문객들의 선물을 하나하나 살펴보고 있었다. 떠날 때 입었던 옷 그대로였다. 민석이는 먼 곳에 있지 않았다.

비단 민석이뿐만이 아닐 것이다. 떠난 이들은 떠난 그 자리에서 남은 이들을 지켜보고 이끌어 준다. 그들이 그 자리에 있다는 사실을 아는 것만으로도 남은 이들은 위안과 희망을 얻는다. 민석이는 떠난 것이 아니다.

경기도교육청 '약전발간위원회'

위원장 | 유시춘

위원 | 노항래 박수정 오시은 오현주 정화진

경기도교육청 약전작가단(139명)

강무홍 강정연 강한기 공진하 권현형 권호경 금해랑 김경은 김광수 김기정 김남중 김동균
김리라 김명화 김미혜 김민숙 김별아 김선희 김세라 김소연 김순천 김연수 김용란 김유석
김은의 김이정 김인숙 김지은 김하늘 김하은 김해원 김해자 김희진 남궁담 남다은 남지은
노항래 명숙 문양효숙 민구 박경희 박수정 박은정 박일환 박종대 박준 박채란 박현진
박형숙 박효미 박희정 배유안 배지영 서분숙 서성란 서화숙 선안나 손미 송기역 신연호
신이수 안미란 안상학 안재성 안희연 양경언 양지숙 양지안 오수연 오시은 오준호 오현주
유시춘 유은실 유하정 유해정 윤경희 윤동수 윤자명 윤혜숙 은이결 이경혜 이남희 이미지
이선옥 이성숙 이성아 이영애 이윤 이재표 이창숙 이퐁 이해성 이현 이현수 임성준 임오정
임정아 임정은 임정자 임정환 임채영 장미 장세정 장영복 장주식 장지혜 전경남 정덕재
정란희 정미현 정세언 정윤영 정재은 정주연 정지아 정혜원 정화진 정희재 조재도 조지영
진형민 채인선 천경철 최경실 최나미 최아름 최예륜 최용탁 최은숙 최정화 최지용 하성란
한유주 한창훈 함순례 홍승희 홍은전 희정

416 단원고 약전

짧은, 그리고 영원한 5권 (2학년 5반)

엄마, 큰 소리로 노래를 불러요

초판 1쇄 2016년 1월 12일
초판 3쇄 2018년 3월 20일

지은이 경기도교육청 약전작가단
엮은이 경기도교육청
펴낸이 이재교
책임감수 유시춘
책임교정 양순필
책임편집 박자영
그림 김병하
손글씨 이심
디자인 김상철 박자영 이정은
인쇄 신사고하이테크(주)

펴낸곳 굿플러스커뮤니케이션즈(주)
출판등록 2013년 5월 7일 제2013-000136호
주소 서울시 마포구 동교로17길 51 (서교동 458-20) 4, 5층
대표전화 02.6080.9858
팩스 0505.115.5245
이메일 goodplusbook@gmail.com
홈페이지 www.goodpl.net
페이스북 www.facebook.com/pages/416book

ISBN 979-11-85818-16-0 (04810)
ISBN 979-11-85818-11-5 (세트)

「이 도서의 국립중앙도서관 출판시도서목록(CIP)은
서지정보유통지원시스템 홈페이지(http://seoji.nl.go.kr)와
국가자료공동목록시스템(http://www.nl.go.kr/kolisnet)에서 이용하실 수 있습니다.
(CIP제어번호: 2015035192)」

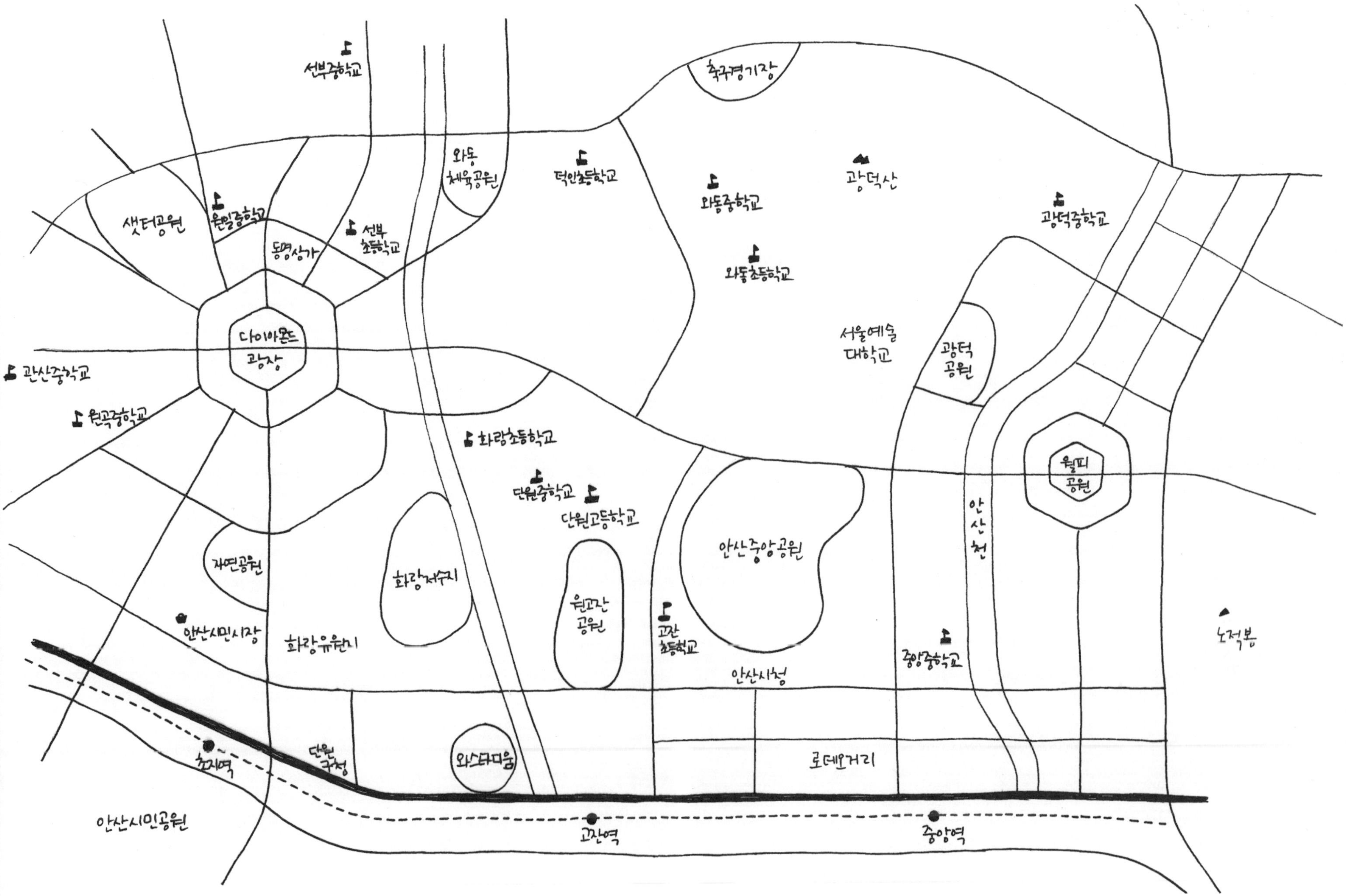
선부중학교
축구경기장
와동
체육공원
덕인초등학교
와동중학교
광덕산
광덕중학교
샛터공원
원일중학교
선부
초등학교
동명상가
와동초등학교
다이아몬드
광장
서울예술
대학교
광덕
공원
관산중학교
원곡중학교
화랑초등학교
월피
공원
단원중학교
단원고등학교
안
산
천
안산중앙공원
자연공원
화랑저수지
원고잔
공원
고잔
초등학교
노적봉
안산시민시장
화랑유원지
중앙중학교
안산시청
단원
구청
와스타디움
로데오거리
초지역
안산시민공원
고잔역
중앙역

머물렀던 거리

←